DU MÊME AUTEUR

Aux Éditions Gallimard

LE LISEUR, 1996 (Folio nº 3158)

BROUILLARD SUR MANHEIM, 1997 (Folio policier nº 135)

AMOURS EN FUITE, 2001 (Folio nº 3745)

LE NŒUD GORDIEN, 2001 (Folio policier nº 438)

UN HIVER À MANHEIM, 2002 (Folio policier nº 297)

LA FIN DE SELB, 2003 (Folio policier nº 542)

LE RETOUR, 2007 (Folio nº 4703)

VÉRIFICATIONS FAITES, 2007

LE WEEK-END, 2008 (Folio nº 5031)

MENSONGES D'ÉTÉ, 2012 (Folio nº 5629)

LA FEMME SUR L'ESCALIER, 2016 (Folio nº 6456)

OLGA, 2019 (Folio nº 6828)

COULEURS DE L'ADIEU, 2022

Du monde entier

BERNHARD SCHLINK

LA PETITE-FILLE

roman

Traduit de l'allemand
par Bernard Lortholary

nrf

GALLIMARD

Titre original :

DIE ENKELIN

PREMIÈRE PARTIE

1

Il rentrait chez lui. Il était dix heures ; le jeudi, il ne fermait pas la librairie avant neuf heures, et quand à neuf heures et demie il avait abaissé les rideaux de fer des vitrines et de la porte, il prenait le chemin qui traversait le parc en une demi-heure, plus long qu'en empruntant les rues, mais après une longue journée cela lui faisait du bien. Le parc était ensauvagé, les parterres de rosiers envahis par le lierre, les haies de troènes n'étaient pas taillées. Mais cela sentait bon le rhododendron ou le lilas, le tilleul ou le vernis de Chine, l'herbe fauchée ou la terre humide. C'était son itinéraire, hiver comme été, que le temps fût beau ou mauvais. Quand il arrivait chez lui, il était débarrassé des soucis et des contrariétés de la journée.

Il habitait avec sa femme au premier, à l'étage noble d'un immeuble art nouveau, acheté peu cher des dizaines d'années plus tôt, et qui depuis lors avait pris de la valeur et leur garantissait d'avance une bonne retraite. Le large escalier, sa rampe courbe, le décor en stuc représentant une beauté nue dont l'immense chevelure cascadait d'un étage à l'autre : il aimait entrer dans cet immeuble, gravir le premier escalier et ouvrir d'un tour de clé la porte au vitrail de fleurs multicolores. Même sachant ce qui l'attendait.

Dans l'entrée, le manteau de Birgit était par terre, et deux sacs de provisions étaient renversés. La porte donnant sur le séjour était ouverte. L'ordinateur de Birgit, comme la couverture de laine qu'elle aimait disposer sur elle, était tombé du divan. À côté de la bouteille, le verre de vin rouge s'était renversé en éclaboussant la moquette. Une chaussure était près de la porte, l'autre près du grand poêle en faïence ; Birgit avait dû s'en débarrasser comme souvent, en les envoyant promener.

Il accrocha son manteau dans la penderie, posa ses chaussures à côté de la commode et alla dans le séjour. Il découvrit alors que le vase de tulipes aussi avait été flanqué par terre ; ses débris et les fleurs fanées baignaient dans l'eau au pied du piano à queue. Du séjour il alla à la cuisine. À côté du micro-ondes était posé l'emballage vide d'un riz au poulet, dans l'évier il vit l'assiette de Birgit à moitié pleine et la vaisselle du petit déjeuner pris ensemble. Il laverait tout ça, essuierait et rangerait.

Il resta debout, éprouvant sa colère dans le ventre et dans les mains. Mais c'était une colère fatiguée. Il l'avait sentie trop souvent venir et passer. Aussi bien, que voulait-on qu'il fasse ? Si le lendemain il affrontait Birgit avec colère, elle le regarderait d'abord avec honte et défi, puis se détournerait en réclamant qu'on lui fiche la paix, elle avait juste bu un peu, une fois de plus n'avait-elle pas le droit de boire un peu, et la quantité était son affaire, si ça le dérangeait, il n'avait qu'à partir. Ou alors elle fondrait en larmes, s'accuserait et s'humilierait, jusqu'à ce qu'il la console : il l'aimait, elle allait bien, tout allait bien.

Il n'avait pas faim. Il se contenta du reste de riz au poulet. Il le réchauffa dans le micro-ondes et le mangea assis à la table de la cuisine. Puis il rangea les achats dans le frigo, ramassa dans le séjour la bouteille de vin, le verre, les débris du vase et les fleurs fanées, les apporta dans la cuisine, épongea l'eau, humecta de jus de citron les taches de vin rouge sur la moquette, referma l'ordinateur, plia la couverture de laine et fit la vaisselle. Une petite pièce, autrefois garde-manger et aujourd'hui buanderie, était attenante à la cuisine; il y transféra dans le sèche-linge le contenu du lave-linge et le remplaça par celui de la corbeille de linge sale. Il fit chauffer de l'eau, se prépara du thé et s'assit à la table de la cuisine pour en boire une tasse.

C'était un soir comme beaucoup d'autres. Certaines fois, quand Birgit avait commencé tôt à boire, il y avait par terre plus que deux sacs de provisions, un verre de vin et un vase en miettes. D'autres soirs, où elle était arrivée à la maison peu avant lui, elle n'avait bu qu'un premier verre et elle était enjouée, bavarde, gentille, et si c'était du champagne au lieu du vin, elle était alors d'une vivacité qui le rendait à la fois heureux et triste, comme tous les bons moments dont on sait qu'ils sont trompeurs. Ces soirs-là, ils allaient au lit ensemble. Sinon, quand il rentrait, elle était déjà couchée, ou bien elle gisait sur le divan ou par terre, et il la portait au lit.

Ensuite, il s'asseyait sur le tabouret devant la coiffeuse et il la regardait. Le visage ridé, la peau fanée, les poils des narines, la salive au coin de la bouche, les lèvres gercées. Parfois ses paupières clignaient, ses mains faisaient des gestes vagues, elle disait des mots dénués de sens, elle gémissait ou soupirait. Elle ronflait, pas au point de l'empêcher de dormir lorsqu'il finissait par se coucher à côté d'elle, mais assez fort pour qu'il eût des difficultés à trouver le sommeil.

Il avait aussi du mal à supporter son odeur. Elle sentait l'alcool et les aigreurs d'estomac, et parfois son haleine lui rappelait les boulettes d'antimite que sa grand-mère mettait dans ses armoires. Quand il arrivait, par bonheur rarement, qu'elle vomisse dans le lit, il ouvrait grande la fenêtre, s'arrêtait de respirer en nettoyant le corps, le lit et le sol, et allait reprendre son souffle à la fenêtre.

Mais jamais il ne manquait de faire une pause sur le tabouret. Il la regardait, et voyait dans ce visage ravagé le visage intact des bons moments, qui selon les humeurs diverses pouvait avoir des expressions si différentes qu'il en était parfois déconcerté, mais toujours, même mal réveillé, épuisé ou bougon, ce visage était plein de vie. Comme il était sans vie, lorsqu'elle avait bu ! Quelquefois transparaissaient aussi dans le visage actuel ses visages du passé, l'air décidé de l'étudiante à la chemise bleue, l'expression de la jeune libraire, prudente et réservée au point d'être pour lui souvent une énigme et un charme ; son visage une fois qu'elle avait trouvé le chemin de l'écriture, concentré comme si elle réfléchissait sans cesse à son roman ou qu'elle n'arrivait jamais à se l'ôter de la tête ; son visage rose quand, ayant appris très tard à apprécier le vélo, elle rentrait après avoir pédalé pendant une heure ou deux.

Elle avait un visage vieux. Elle était vieille. Mais ce visage bien à elle était celui qu'il aimait. Auquel il voulait parler et qui devait lui parler, celui dont les yeux marron si chaleureux lui réchauffaient le cœur, dont le rire lui donnait envie de rire, qu'il avait besoin de prendre entre ses mains et d'embrasser, qui, lui, l'attendrissait. Elle l'attendrissait.

Sa recherche d'une place dans la vie, le secret dont elle entourait son écriture, son rêve d'un succès tardif, sa maladie de l'alcool, le plaisir qu'elle prenait avec les enfants et les chiens – tout cela contenait beaucoup d'inaccompli, d'impossible à accomplir, et qui lui l'attendrissait. La tendresse était-elle une forme mineure de l'amour? Peut-être si elle était tout. Pour lui elle n'était pas tout.

En se levant du tabouret, il n'était pas en paix avec lui-même. Il ne cessait de souhaiter que les choses changent. Mais il était calme. C'était comme ça, voilà tout. Il alla dans le séjour, s'assit sur le divan et lut les livres qui venaient de paraître – c'était à cause de ce flot intarissable de nouveautés qu'il était devenu libraire.

2

Mais ce soir-là, lorsqu'il alla dans leur chambre pour s'asseoir auprès d'elle, elle n'était pas dans le lit. Il revint dans l'entrée et gravit l'escalier qui montait vers la chambre de bonne se trouvant au-dessus de la cuisine. La pièce était étroite et basse de plafond, la fenêtre était petite et donnait sur la cour, mais Birgit aimait bien ce réduit sans hauteur, elle aimait les deux portes, l'une en bas de l'escalier et l'autre en haut, et elle avait fait le choix de cet endroit pour écrire. Il frappa; Birgit ne voulait pas être dérangée, et encore moins surprise par lui. N'obtenant pas de réponse, il ouvrit la porte. Le bureau était en ordre, à gauche une pile de papiers, à droite le stylo qu'il lui avait offert voilà des années. À côté de la fenêtre était épinglé un bout de papier manuscrit de sa main. Il savait qu'il n'était pas censé le lire. « Tu as… » Il n'en lut pas davantage.

Il trouva Birgit dans la salle de bains. Elle était allongée dans la baignoire, la tête sous l'eau, sa chevelure sombre sur le bord de la baignoire. Il lui souleva la tête, l'eau était froide, elle devait être là depuis des heures. Il la tira assez pour que sa tête repose sur le bord. Dans une baignoire moderne, elle n'aurait pas pu glisser ainsi sous l'eau. Pourquoi n'avaient-ils pas une baignoire moderne ! Ils avaient tous deux apprécié le luxe de cette profonde et longue baignoire art nouveau, ils aimaient l'occuper ensemble et sa restauration avait été coûteuse.

Debout, il parcourut Birgit des yeux. Regarda ses seins, le gauche un peu plus gros que le droit, son ventre avec la cicatrice, ses bras et ses jambes étendus, ses mains qui, le dos vers le haut, semblaient flotter sans toucher le fond. Il se rappela son envie, souvent exprimée mais jamais réalisée, de se faire réduire le sein gauche, se rappela sa peur lorsqu'elle eut une appendicite et qu'il fallut l'opérer, se rappela son jeu au piano, que ses longs doigts n'auraient pas dû abandonner. La regardant ainsi d'en haut, il sut qu'elle était morte. Mais en même temps il eut l'impression qu'il pourrait plus tard lui raconter qu'il l'avait trouvée morte dans la baignoire, et en parler avec elle. Comme si sur le moment elle était bien morte, mais pas pour longtemps, pas pour toujours.

Il fallait qu'il appelle les secours. Mais il n'y avait aucun secours à donner, rien ne pressait. Et il redoutait l'agitation, les ambulances avec leurs sirènes et leurs gyrophares bleus s'arrêtant devant la maison, les brancardiers avec leur civière, la police qui chercherait des empreintes et l'interrogerait, le concierge curieux surgissant de son sous-sol. Il s'assit sur le bord de la baignoire. Heureusement que Birgit avait fermé les yeux. S'ils avaient été ouverts et qu'elle eût fixé sur lui un regard vide – quelle horreur. Ç'aurait été le cas si elle avait eu un infarctus ou une attaque cérébrale. Non, elle s'était endormie. Tout simplement ? Avait-elle juste trop bu ? Ou avait-elle, en plus, pris quelque chose ? Il se leva, alla voir dans l'armoire à pharmacie, ne trouva pas le valium à sa place habituelle, et ouvrit du pied le couvercle d'une petite poubelle. La boîte en carton et le feuillet d'aluminium y étaient, vides. Combien de comprimés y avait-il eu là, combien Birgit avait-elle pu en prendre ? Voulait-elle seulement être sûre de dormir ? Ou voulait-elle ne plus se réveiller ? Il se rassit sur le bord de la baignoire. Que voulais-tu, Birgit ?

Il était au courant de ses dépressions depuis des années. Il avait sans cesse voulu l'envoyer chez un thérapeute ou chez un psychiatre ; il avait des amis qui avaient calmé leurs dépressions en suivant des thérapies ou les avaient bloquées en prenant des cachets. Mais elle n'avait pas voulu. Elle prétendait qu'elle n'était pas en dépression, que la dépression ça n'existait pas. Il y avait des gens mélancoliques, il y en avait toujours eu, c'était son cas. Elle ne voulait pas se laisser transformer en quelqu'un d'autre à coups de médicaments. Que tout le monde doive être équilibré et fiable, c'était une aberration de la modernité. Et de fait, même lorsqu'elle n'était pas déprimée, elle était plus réfléchie, plus sérieuse, plus triste que d'autres. Non qu'elle fût incapable de rire d'un fait ou d'une remarque amusante. Mais la légèreté superficielle, la supériorité ironique avec lesquelles, entre amis ou entre collègues, on traitait des livres et des films, de la société et de la politique, voilà qui lui était étranger, et plus encore le fait que politiques et artistes ne se prenaient pas eux-mêmes au sérieux, ni ce qu'ils faisaient, mais se contentaient de constater que cela suscitait l'attention, qu'elle étonnât, fît rire ou déroutât, mais en tout cas que l'attention fût provoquée. Elle, ce qui était sérieux, elle le prenait au sérieux. Ce n'est que tardivement, après la réunification, lorsqu'il connut de plus près des libraires de Berlin-Est et du Brandebourg, qu'il comprit que Birgit était une enfant de la RDA, du monde prolétaire qui, avec une ferveur prussienne et socialiste, voulait devenir bourgeois et prenait culture et politique au sérieux, comme la bourgeoisie l'avait fait jadis et l'avait oublié depuis. Il la regarda dès lors avec d'autres yeux, avec estime et aussi avec la tristesse de voir ce que son monde à lui ne savait plus faire et avait perdu.

Non, sa mélancolie ne l'avait pas poussée au suicide. Elle et le vin rouge, encore un verre et encore un autre, l'avaient fatiguée. Alors elle n'avait pas voulu attendre que le sommeil vienne, elle avait voulu le forcer à venir. Et elle l'avait forcé à se rapprocher, et il l'avait abattue. Pourquoi n'avoir pas pu attendre, Birgit ? Mais il savait qu'elle était impatiente. C'est pourquoi elle ne prenait pas le temps d'ôter ses chaussures ni de ranger ses achats, ni de se soucier de cuisiner, de laver, ni du linge. Une mort par impatience.

Cela le fit rire, en sanglotant. Il se leva et appela les secours. Puis il appela la police. Pourquoi attendre que les secours s'en chargent. Il voulait se débarrasser de tout.

3

Cela dura deux heures. Le service de secours arriva et repartit. La police, deux hommes en civil et deux en uniforme, sécurisa le lieu du décès et chercha des indices. Il décrivit aux officiers comment il avait trouvé Birgit, il expliqua pourquoi il avait rincé le verre où elle avait bu, il leur montra la boîte et le feuillet d'aluminium dans la petite poubelle, et il les regarda chercher en vain une lettre d'adieu. Ils firent venir une entreprise de pompes funèbres qui enveloppa Birgit dans un sac mortuaire et l'expédia aux médecins légistes. Ils lui demandèrent quand il avait trouvé Birgit et ce qu'il avait fait l'après-midi et le soir. Lorsqu'il eut répondu qu'il avait été jusqu'à neuf heures à la librairie, ce que pourraient confirmer des employés et des clients, ils devinrent plus aimables. Pourrait-il se présenter, demain dans la journée, au poste de police ?

Il les raccompagna, referma la porte et mit la chaîne. Il ne savait que faire. Il était incapable de dormir, de lire, d'écouter de la musique. Il aurait voulu pleurer. Il alla dans la buanderie, emporta le linge séché jusqu'à la table de la cuisine et mit dans le sèche-linge ce qui venait d'être lavé. Quand il trouva entre ses mains un t-shirt de Birgit, un qu'elle aimait bien et mettait souvent, il sentit qu'il n'en pouvait plus et il laissa tout tomber.

Il monta l'escalier qui conduisait à la petite chambre de Birgit, y entra et s'assit au bureau. Là, il lut jusqu'au bout : « Tu as ce que t'a donné un Dieu sévère. » De qui était-ce ? Pourquoi Birgit avait-elle écrit ça ? Pourquoi l'avait-elle affiché ? Qu'est-ce que c'était censé lui rappeler ? Puis il tira vers lui la pile de papiers. C'était un manuscrit ; il reconnut le nom de l'auteur, c'était une femme que Birgit avait rencontrée dans un atelier d'écriture. Mais il ne voulait rien lire d'une femme quelconque, il voulait lire quelque chose de Birgit. Il ouvrit les tiroirs du bureau, l'un après l'autre. Dans celui du haut il y avait du papier vierge, des crayons de toutes sortes, des gommes et des taille-crayons, des trombones et des rouleaux de ruban adhésif. Dans les deux d'en dessous il trouva des dossiers contenant des feuilles dactylographiées, tantôt quelques lignes, tantôt de longs développements, des petits papiers de la main de Birgit, des lettres, des coupures de presse, des copies, des photographies, des brochures. Les dossiers n'étaient pas étiquetés et leurs contenus ne semblaient pas ordonnés. Mais il connaissait Birgit ; la pagaille était trompeuse, les différents dossiers devaient se référer à différents concepts ou aspects ou chapitres de son roman, auxquels ces contenus se rapportaient. Mais il était incapable de se concentrer et de discerner leur ordre.

Parmi les dossiers se trouvait une carte postale. Elle reproduisait *La belle chocolatière* de Jean-Etienne Liotard, qui se trouve à la Gemäldegalerie de Dresde. Il tourna la carte. Elle portait un timbre de RDA et aucun nom d'expéditeur. « Chère Birgit, je l'ai vue récemment, c'est une petite fille joyeuse. Elle te ressemble. Ta Paula. » Il retourna la carte postale et regarda attentivement la belle chocolatière. Il ne put voir aucune ressemblance. Attentive, oui, Birgit pouvait avoir un air attentif, mais pas avec ce nez pointu ni cette bouche en cœur. Et joyeuse, non, de fait la belle chocolatière n'avait pas un air joyeux.

Il se rendit compte que dans l'appartement il n'y avait aucun portrait de Birgit, et qu'il n'y en avait pas non plus sur son bureau à la librairie. Certains de leurs amis avaient chez eux, au-dessus de la commode, une série de photos dans des cadres d'argent et noirs, des images de leur mariage, de vacances et d'excursions, de leurs parents, de leurs enfants. Birgit et lui n'avaient pas d'enfants. Et de leur mariage en 1969, dont ils avaient eu un peu honte parce qu'aux yeux de leurs amis c'était un rituel démodé, ils n'avaient pas fait de tralala et il n'y avait pas de photos. Ils ne prenaient pas de photos. Il tira son portefeuille de sa poche et s'assura que la photo du passeport de Birgit, qu'il avait sur lui depuis des années, se trouvait bien encore à côté de son permis de conduire et de sa carte grise. Il la ferait photographier et agrandir.

Dans le bureau de Birgit, il ne trouva rien de ce qu'il cherchait. Aucun tiroir ne recelait un manuscrit. Dans le tiroir du bas se trouvait une bouteille de vodka, et tout en continuant ses recherches vaines dans le rayonnage de livres sur le côté de la pièce, il en but. Au petit matin, il s'endormit par terre. Le chant des oiseaux le réveilla bientôt. Sur le moment, il ne se rappela pas ce qui s'était passé la veille. Ensuite vint le souvenir, qui inonda d'abord sa tête puis son corps entier. Enfin il put pleurer.

4

Il s'écoula des semaines avant qu'il retourne dans la petite chambre de Birgit. Il ne pouvait pas faire disparaître ses affaires, ni les manteaux ni les robes des armoires, ni le linge de la commode, ni la brosse à cheveux, les flacons et les crèmes de la coiffeuse et de la petite armoire au-dessus du lavabo, ni la brosse à dents dans son verre. Il n'ouvrit pas les endroits où étaient ses affaires, n'ouvrit d'abord même pas la chambre. Qu'un homme puisse, comme il l'avait vu dans un film, enfouir son visage dans les vêtements d'une morte pour en respirer l'odeur, ça le dépassait. Voir ou palper ou sentir ses affaires, c'était plus qu'il ne pouvait supporter. Il souffrait déjà assez de l'environnement où Birgit avait eu sa place et où elle manquait. Il souffrait dans l'appartement et souffrait dans la librairie, et il songea un moment à se défaire des deux. Mais comme il souffrait aussi quand il se déplaçait, il ne pouvait pas vraiment croire à un nouveau départ dans un lieu nouveau. Birgit l'accompagnerait partout. Elle serait partout autour de lui, sans être là.

Puis arriva une lettre des éditions Badische Verlagsanstalt. Le directeur, Klaus Ettling, se présentait comme un ami de Birgit qui était depuis longtemps en contact avec elle et s'était intéressé à son travail. Il n'avait pas lu beaucoup de choses d'elle, mais il avait admiré ces rares textes et parlé souvent avec elle d'autres textes à venir et de son roman. Il exprimait sa tristesse et ses condoléances. Il s'enquérait du manuscrit de Birgit, achevé ou inachevé. Des livres inachevés pouvaient révéler, comme les symphonies inachevées, une maîtrise achevée qui conquérait le public.

Kaspar connaissait la Badische Verlagsanstalt. Une petite maison d'édition qui avait un bon programme et faisait de beaux livres qu'il aimait exposer et vendre dans sa librairie, tout en se demandant comment elle s'en sortait. Il n'avait jamais rencontré son directeur. Comment Birgit et lui s'étaient-ils connus ?

En s'interrogeant, il regarda la photo de Birgit. Elle lui renvoya un regard indéfini ; même agrandie, cela restait une photo de passeport. Mais elle avait relevé, comme il aimait, sa chevelure sombre et bouclée, son visage était plus plein que dans les dernières années, plus féminin, plus séduisant, sa bouche esquissait légèrement un sourire, et ses yeux marron avaient, peut-être éblouis par le flash, une expression de surprise, non pas effrayée mais réjouie, comme rencontrant à l'instant quelque chose de bien. Quel genre de textes lui as-tu envoyés ? De quels textes à venir lui as-tu parlé ?

La lettre était arrivée un mardi. Pendant le week-end il se rendit dans la chambre de Birgit, s'assit au bureau, sortit les dossiers des tiroirs, les empila soigneusement et ouvrit celui de dessus. Sur la première page était écrit, de la main de Birgit : « Comment apprend-elle à être elle ? Si elle ne peut pas être pour elle, si elle ne peut pas être près de soi ? Toujours et partout des voix, des chuchotements, des bredouillements, des cris, des hurlements, nuit et jour. Le bruit, l'odeur, la lumière. » Après un retour à la ligne, cela continuait : « Aveuglement. Passage de l'obscurité chaude à la lumière crue. La naissance est un aveuglement. Quand les enfants n'étaient pas sages, les foyers laissaient la lumière la nuit. Ou l'allumaient et l'éteignaient, l'allumaient et l'éteignaient, oui et non, oui et non, oui. Le soleil est aveuglant. La neige est aveuglante. Le plafonnier aveugle. La lampe de poche aveugle. La lampe de poche braquée sur le visage pour voir s'il dort, la lampe de poche braquée sur le sexe pour voir s'il crie. Le visage aveuglé. Le sexe aveuglé. Ébloui jusqu'à être aveugle. » Venaient ensuite des coupures de journaux, des copies et des brochures concernant les orphelins en RDA, les adoptions, les adoptions imposées, l'éducation familiale et en foyer, les foyers spécialisés, les fermes d'artisanat, les camps d'éducation et de travail, et l'organisation et le fonctionnement de l'aide à la jeunesse.

Le dossier suivant contenait du matériel sur la détresse sociale et la violence individuelle et en groupe dans la jeunesse, sur la xénophobie et le radicalisme de droite, sur les skinheads et les groupes fachos en RDA et dans les nouveaux Länder, à nouveau des coupures de journaux, des copies et des brochures, et en outre des lettres à des journalistes et à des instituts de recherche, et leurs réponses. À nouveau Birgit avait écrit à la main quelques lignes sur un petit papier : « Enfin / frapper, battre, piquer / librement. / Enfin / picoler comme les mecs / pareil. / Enfin / sueur et sang et larmes / frères. » Un autre dossier contenait des photographies de rues, de maisons, de jardins, de paysages. C'étaient des endroits qu'il ne connaissait pas et dont il ne voyait pas non plus s'ils valaient la peine d'être photographiés, ni pourquoi ils l'avaient été ; au dos, il y avait parfois une date des années 1950, mais sans autre indication.

Il ouvrit un autre dossier et y trouva des copies d'articles de la *Sächsische Zeitung* de l'année 1964. Leo Weise lors de l'inauguration de la station de pompage des eaux usées, Leo Weise lors de l'inauguration de l'étable bovine ouverte de la coopérative de production agricole, Leo Weise dans le combinat fabriquant des wagons à Niesky, Leo Weise accueillant la brigade d'étudiants. Leo Weise est grand, il a un visage engageant et, lors des cérémonies officielles, un maintien détendu au milieu des autres, fonctionnaires et cadres raides. Pour accueillir la brigade d'étudiants, il sourit, et les étudiants et étudiantes qui sont avec lui sur la photo sourient aussi. Dans ce groupe, il y a Birgit. Elle porte une blouse de travail et un foulard ; l'impression à gros grain et la pâleur de la reproduction ôtent à son visage sa fraîcheur. Mais c'est bien elle. Il trouva un papier intitulé « Évolution d'un cadre » où elle avait noté les étapes de la carrière de Leo Weise : Faculté des travailleurs et ouvriers agricoles, instructeur de la FDJ, la jeunesse libre allemande, à Weißwasser, Grande école de la jeunesse, premier secrétaire de la direction de secteur de la FDJ à Görlitz, Conseil Jugendhochschule sociale, deuxième secrétaire de la direction de secteur du SED, le Parti socialiste unifié d'Allemagne, à Görlitz, premier secrétaire de la direction de secteur du SED à Niesky.

Le dernier dossier contenait un assez long texte dactylographié, sans mention d'une ou d'un auteur, mais sans doute de Birgit. « Durant ses quarante années d'existence, la RDA a enfermé 120 000 jeunes dans des foyers. Foyers normaux, foyers spéciaux, foyers distincts, fermes de travail jeune, camps de redressement et de travail, foyers de transit. Lors de l'admission, le corps était visité, les orifices du corps inspectés, les cheveux et les poils rasés. Le jeune était d'abord enfermé dans une cellule individuelle avec un tabouret, un bat-flanc et un seau. Ensuite il était transféré dans une cellule collective ; celui qui était récalcitrant se retrouvait chez des brutes, celui qui se révoltait culturellement ou politiquement était mis avec des criminels, la victime de violence se retrouvait avec des coupables de violence, et la victime de violences sexuelles chez des coupables de ces mêmes crimes. Il était mis là où il serait maté. Les autres le mataient parce qu'il était différent, parce qu'ils pouvaient le mater, parce qu'ils avaient été matés eux-mêmes. S'il faisait mal son lit et plaçait mal sa brosse à dents dans le gobelet, ou s'il disait quelque chose quand il aurait dû se taire, ou l'inverse, la direction punissait le groupe, et le groupe le punissait lui. Certains tentaient de s'échapper. Quand cela échouait, ils tentaient de se battre. Quand cela échouait, ils se figeaient. Ils gelaient. Même une fois libérés, ce gel ne fondait plus jamais; ils souffraient d'amnésie, de claustrophobie, d'agoraphobie, ils souffraient psychologiquement ou physiquement, ils devenaient impuissants ou frigides ou faisaient des fausses couches, ils devenaient alcooliques. Les jeunes furent ainsi redressés et matés dans les foyers de RDA, et on faisait de même dans les foyers allemands avant 1945, et l'on continua encore longtemps après 1945 dans… » Cela continuait ainsi, c'était d'abord général, puis détaillé selon les différents foyers et les méthodes diverses de traitements et de maltraitances. Que ce texte fût la copie ou un compte-rendu de lecture du contenu du premier dossier, qu'il fût à usage personnel ou destiné à être publié – ce n'était pas ce qu'il cherchait.

Il ouvrit la petite fenêtre. Le châtaignier, dans la cour, n'avait pas encore ses feuilles, mais l'air qui pénétrait dans la chambre apportait déjà le printemps. Il entendit le chant dialogué de deux merles, les chercha des yeux, trouva l'un, le plus proche et le plus fort, sur le faîte du toit de la maison derrière lui, et au-delà, moins fort, à la pointe du clocher, l'autre. Il se rappela comment Birgit, voilà des années, l'avait réveillé un matin parce que chantait le premier merle de l'année. Du reste, il n'avait jamais prêté attention au chant d'un merle, jusqu'à ce que Birgit le lui fasse écouter.

Depuis combien de temps Birgit avait-elle commencé à travailler sur ce roman? Un beau jour, elle avait cessé de collaborer à la librairie; ce congé, après quelques mois de retraite en Inde, aboutit à une démission. Birgit suivit une formation de bijoutière, puis une autre de cuisinière, mais n'exerça que peu de temps dans l'un et l'autre de ces métiers, et là-dessus s'engagea pour la protection de la nature et du climat, organisant des événements, des actions, des manifestations. Elle en parlait volontiers. Du roman elle ne disait rien, ni pourquoi elle l'écrivait, ni de quoi il s'agissait, uniquement qu'elle y travaillait. Depuis quand ? Depuis six, sept ou même dix ans ? Que faisais-tu lorsque tu te retirais dans ce petit bureau ? Tu écrivais dans ta tête ? Tu écrivais sur du papier que sans cesse tu froissais et jetais ? Est-ce que tu regardais par la fenêtre et écoutais : les merles, les moineaux qui l'été faisaient tant de bruit dans le châtaignier, les enfants jouant dans la cour ou, dans les appartements voisins, faisant du piano ou du violon, ou encore la pluie qui bruissait dans le châtaignier ou contre la corniche métallique de la fenêtre ? As-tu passé ces années à rêver ?

Dans cette tristesse où Birgit lui manquait toujours et partout, comme si elle avait toujours été et partout autour de lui, il avait oublié comme elle avait souvent été si loin de lui.

5

Ne voulant pas déconsidérer Birgit, il écrivit à l'éditeur qu'il était encore en train d'inventorier et de classer ce qu'elle avait laissé. « Vous vous enquérez du manuscrit de son roman. Pour mon inventaire et mon classement, ce qui m'aiderait ce serait que vous m'indiquiez, si vous le connaissez, le sujet de ce roman. Birgit était très peu loquace, s'agissant de ce qu'elle écrivait, et je respectais son silence et ne l'interrogeais ni sur son roman ni sur d'autres de ses textes. Aujourd'hui, connaître ses projets m'aiderait dans mon travail. »

La réponse ne se fit pas attendre. L'éditeur écrivait que Birgit et lui s'étaient connus voilà cinq ans à l'occasion d'un stage de yoga d'une semaine sur la côte de la Baltique. Ses promenades l'amenant constamment à passer devant une dune où elle s'asseyait pour écrire, il avait fini par s'asseoir près d'elle et lui avait demandé ce qu'elle écrivait. Elle n'avait pas hésité à lui lire le poème qu'elle était en train d'écrire, et aussi à lui montrer sans aucune gêne les autres poèmes de son cahier. Il se rappelait ce cahier, sa couverture de cuir et la bande en cuir qui permettait de la maintenir. Elle ne lui avait pas envoyé ses poèmes, bien qu'il le lui eût souvent demandé. Mais il s'en souvenait très bien, se rappelait la tonalité sobre et lyrique à la fois qui les rendait particulièrement touchants, leurs images déroutantes, leurs chutes parfois effrayantes. Elle avait ri lorsqu'il lui avait dit vouloir rassembler ses poèmes en un volume. Elle n'était pas poète, elle était romancière, lui avait-elle dit. Lorsqu'il l'interrogeait sur son roman, elle disait qu'il traitait de la vie comme d'une fuite. Il avait trouvé cela intéressant, et quand Birgit et lui, une ou deux fois par an, avaient une longue conversation au téléphone, il lui demandait où en était le roman et elle répondait qu'il avançait. « Si vous m'envoyez le manuscrit, achevé ou inachevé, je le sortirai. Et si vous retrouvez le cahier à la couverture et au bandeau de cuir, je me ferai une joie de pouvoir enfin réunir en un volume les poèmes de Birgit Wettner. »

Il n'avait jamais vu de cahier en cuir, n'avait jamais su que Birgit écrivait des poèmes, ni qu'elle avançait dans son roman. Il était vexé. Birgit avait écrit des poèmes et les avait montrés à un étranger sans hésitation ni gêne – et pas à lui ? Elle avait parlé de ce qu'elle écrivait avec un étranger – et pas avec lui ? Elle avait écrit sur la vie comme fuite, sur sa vie comme une fuite – alors que c'était pourtant lui qui l'avait aidée non seulement à s'enfuir, mais aussi à arriver ?

Birgit ne lui manquait pas moins qu'avant. Sa présence, son corps, contre lequel il ne pouvait se blottir la nuit, ses visages, le joyeux, le sérieux, l'arrogant, le triste, son rire, les dialogues sur le quotidien ou sur une action qu'elle préparait, ou sur un nouveau livre qu'elle lisait, son allure quand elle était sur le lit et lui sur le tabouret. Mais dans son amour et son deuil se glissait un petit ressentiment.

Il apporta l'ordinateur de Birgit chez l'informaticien qui avait installé et entretenait l'équipement informatique de la librairie. Pourrait-il rallumer cet écran noir ? L'informaticien le brancha sur un autre écran, et l'on vit s'y inscrire la demande du mot de passe. Kaspar ne le connaissait pas. L'informaticien voulut savoir où et quand Kaspar et Birgit avaient fait connaissance, où et quand Birgit était née, quel nom de naissance elle avait et quels prénoms avaient ses parents et ses frères et sœurs, quels lieux et noms et dates avaient encore été importants pour Birgit, quels secrets elle pouvait avoir gardés. Berlin, 17 mai 1964, Berlin, 6 avril 1943, Hager, Eberhard et Irma, Gisela et Helga – à Kaspar vint encore à l'esprit le 16 janvier 1965, le jour où Birgit avait atterri à Berlin, mais rien de tout ça ne menait au mot de passe, ni même son nom, Kaspar Wettner, ni sa date de naissance, le 2 juillet 1944. L'informaticien ne sut comment il pourrait accéder à cet ordinateur ; il le garda et promit de trouver une idée.

Oui, c'est le 16 janvier 1965 que Birgit avait atterri à

Tempelhof. Était arrivée à Berlin, arrivée chez lui. C'est là qu'avait commencé leur vie commune, et lui avait eu le sentiment qu'en fait sa vie avait commencé là, sa vie d'adulte après l'enfance et l'adolescence et un amour de jeunesse raté et un choix d'études manqué. À moins que cela eût commencé dès le 17 mai 1964 ?

6

Kaspar avait fait deux semestres d'études dans sa ville natale, pour le semestre d'été 1964 il changea et partit pour Berlin. Il fuyait son amour de jeunesse qui avait trouvé quelqu'un d'autre, il cherchait les excitations de la grande ville, il voulait aller à l'université fondée par des étudiants, il espérait qu'au centre même du conflit Est-Ouest la vie et les études seraient plus passionnantes. Et il voulait vivre l'Allemagne, toute l'Allemagne, pas seulement l'Ouest, où il avait jusque-là vécu dans une Rhénanie tranquillement catholique. Son père était un pasteur protestant ; Kaspar avait grandi avec Luther et Bach et Zinzendorf, et pendant les vacances chez ses grands-parents, avec les livres d'histoire patriotiques où l'Allemagne devait sa complétude à la Prusse. Berlin, Est et Ouest, le Brandebourg, la Saxe, la Thuringe, tout le pays à l'est de l'Elbe était son Allemagne tout autant que le pays à l'ouest et au sud.

Il arriva à Berlin un samedi par le train interzone et prit une chambre dans une communauté d'étudiants à Dahlem. Le lendemain matin, il se leva tôt et parcourut pendant deux heures et demie la ville dans sa tranquillité dominicale, jusqu'à la porte de Brandebourg, pour avoir une vue par-delà le Mur. Puis il prit le S-Bahn jusqu'à la Friedrichstraße, fut contrôlé par les agents frontaliers en uniformes verts, changea de l'argent ouest-allemand en monnaie de l'Est et s'apprêta à s'acclimater à la ville tout entière, à l'Allemagne tout entière.

Il marcha jusque dans la soirée. Il n'avait ni projet ni but, il se laissa porter. Il monta dans un métro et se retrouva dans l'est de la ville, suivit la Karl-Marx-Allee d'est en ouest depuis les maisons des années 1950, avec leurs plans complexes, leurs arcades et leurs décors, jusqu'aux immeubles en plaques de béton des années 1960, il vit l'Alexanderplatz, la cathédrale et l'université sur l'avenue Unter den Linden, en passant par l'île aux Musées il aboutit à Prenzlauer Berg avec ses larges rues pavées, ses maisons bourgeoises jadis somptueuses et à présent en piètre état, parfois flanquées d'un parc. La ville à l'est était plus grise qu'à l'ouest, il y avait davantage d'espaces non reconstruits, moins de circulation, et les autos n'avaient pas la même odeur. Mais sur son trajet matinal jusqu'à la porte de Brandebourg il avait suivi assez de rues vides aux maisons grises pour trouver maintenant la différence minime. Aussi bien, il n'était pas venu à l'Est pour trouver des différences, mais des points communs. Même les grandes affiches, il les classait dans les points communs : à l'Est elles annonçaient la rencontre, à la Pentecôte, de la jeunesse allemande, à l'Ouest elles vantaient la lessive Persil, les cigarettes Zuban ou les bas Elbeo.

L'après-midi, la ville s'anima. La matinée froide et brumeuse avait donné, passé midi, une journée printanière, chaude et ensoleillée. En bordure du parc public de Friedrichshain il tomba sur un stand vendant des saucisses, de la salade de pommes de terre et de la limonade. Il en acheta et s'assit sur un banc face à une table de béton et regarda les enfants jouer et leurs mères parler. Un homme le salua et s'assit en face de lui, attendit que Kaspar eût fini de manger et de boire, et lui demanda s'il pouvait lui demander quelque chose. Kaspar fit signe que oui et apprit que son interlocuteur voulait le stylo à bille qui dépassait de la poche de sa chemise. L'homme travaillait dans un ministère, il rédigeait des documents importants, et les stylos à bille d'ici bavaient.

Alors Kaspar regarda l'homme avec plus d'attention. Âge moyen, peu de cheveux, l'air renfrogné et zélé, blouson beige sur chemise beige. Étrange, se dit-il un instant, que cet homme, pour mieux servir son État et sa classe, mendie auprès de l'ennemi de classe issu de l'État ennemi. Zèle de bureaucrate socialiste. Mais des âmes de bureaucrate comme la sienne, il y en avait aussi à l'Ouest. Kaspar, parti pour trouver des points communs, en trouvait un aussi à sa première rencontre avec un citoyen de la RDA. Il sourit à son vis-à-vis et lui donna le stylo à bille.

Au cinéma près de Friedrichshain, il vit *Velours noir*, un film policier dont le scénario compliqué impliquait des agents de l'Est et de l'Ouest et une grue de chantier parfaite, mise au point en RDA et devant être présentée à la foire de Leipzig, mais que les agents de l'Ouest cherchaient à détruire, pour déconsidérer la RDA. Là aussi, Kaspar trouva des points communs ; l'agent de l'Est était un James Bond, juste plus popote, vêtu simplement, techniquement autosuffisant, sans exigences gastronomiques et sans humour.

Dès le lendemain, il retourna à Berlin-Est, cette fois à l'université Humboldt, et à la porte il demanda avec tant d'insistance à voir le doyen de la faculté de lettres qu'on alla chercher un étudiant pour le conduire. Germaniste et historien, est-ce qu'il pourrait être admis comme étudiant pendant un semestre ? Le doyen lui énuméra quantité de raisons qui rendaient la chose impossible, depuis les problèmes d'immatriculation et d'administration jusqu'au statut de Berlin et à l'absence de coexistence pacifique entre les deux États allemands. Toutefois, l'étudiant qui était venu chercher Kaspar l'emmena au restaurant universitaire, et finit par le raccompagner jusqu'à la porte. Il était transporté d'enthousiasme par ce présent qui était le début de l'avenir prédit par Marx et Engels, et il fit une leçon à Kaspar sur la liberté comme reconnaissance de la nécessité, la fin de l'exploitation et l'égalité des droits entre hommes et femmes en RDA. Kaspar tenta en vain de parler de choses personnelles, de la charge de travail pendant les études, des perspectives professionnelles, des destinations de vacances. L'autre s'en tint à Marx, Engels et la RDA.

Kaspar fut découragé. Comment faire pour s'acclimater à tout Berlin, à toute l'Allemagne ? Les semaines suivantes, il se limita à quelques visites au Berliner Ensemble. Dans les cours et les séminaires qu'il suivait à la Freie Universität de Berlin-Est il fit la connaissance d'étudiants qui, comme lui, attendaient la rencontre de Pentecôte de la jeunesse allemande comme l'occasion de connaître des jeunes de l'Est et de leur âge. Cela commença le 16 mai.

7

Les défilés et les processions avec drapeaux sur la Marx-Engels-Platz ne tardèrent pas à ennuyer Kaspar. Il partit se promener. Il était trop timide pour adresser la parole à une fille ou un garçon portant la chemise bleue. Ils se déplaçaient en groupes, s'asseyaient sur les places et dans les parcs, ils écoutaient de la musique ou regardaient des pièces de théâtre, ils dansaient. Beaucoup avaient son âge. Mais il avait le sentiment qu'avec leurs chemises et leurs groupes ils se suffisaient à eux-mêmes et que, s'il se joignait à eux, ils seraient interloqués.

N'empêche qu'il se demandait qui choisir pour l'aborder. Certains semblaient ne pas se soucier de leurs chemises bleues trop grandes ou trop petites et ne leur allant pas. Ils les portaient comme une tenue qu'ils n'aimaient pas. D'autres les portaient fièrement et on aurait dit qu'ils auraient préféré pouvoir déjà les remplacer par un uniforme. Chez certaines filles, la chemise bleue déboutonnée en haut moulait la poitrine ; elles étaient attirantes, mais tout autrement que les filles de l'Ouest. Quelques-unes avaient passé un pull léger ou choisi un foulard multicolore comme pour cacher la chemise bleue. Étaient-elles disposées à rencontrer un étudiant de l'Ouest ?

Le premier soir, il rentra chez lui mécontent ; mécontent de la journée, et de lui-même. Il fallait que le jour suivant fût différent. Il irait à nouveau à l'Est. Il surmonterait sa timidité. Il parlerait à quelqu'un. S'il avait échoué la première fois, il ferait une deuxième tentative et une troisième.

Sur la Bebelplatz, voyant des étudiants qui suivaient les mêmes cours que lui en train de parler avec des chemises bleues, il se joignit à eux. L'Ouest parlait contre l'Est, l'Est contre l'Ouest, une altercation banale et rageuse, que Kaspar suivit uniquement parce qu'une fille en chemise bleue disait certes la même chose que les autres, mais avec charme. En plus, avec ses longs cheveux sombres bouclés, ses yeux marron, ses pommettes hautes et la courbe de sa bouche, elle était ravissante. Par hasard, ils se croisèrent à nouveau sur l'Alexanderplatz, se parlèrent, y prirent plaisir, si bien qu'ils passèrent ensemble le reste de la rencontre, qu'ensemble ils regardèrent, écoutèrent, parlèrent, rirent, dansèrent et firent la connaissance d'autres étudiants et étudiantes de l'Est et de l'Ouest. Cela devint un cercle d'amis qui se retrouva immanquablement.

Quand Kaspar racontait comment il avait rencontré Birgit et en était tombé amoureux, il décrivait un coup de foudre. Lorsqu'il l'avait vue sur la Bebelplatz, vive, rayonnante, répondant du tac au tac, mais sans être idéologiquement bornée comme les autres, toute au plaisir de l'affrontement, il avait été subjugué. Ne trouvant pas de possibilité de lui parler, il s'était éloigné en se reprochant cet échec, pour un peu il aurait fait demi-tour, mais il n'osa pas. La croiser de nouveau sur l'Alexanderplatz, il reçut cela comme un cadeau du ciel. Comme si Dieu, auquel Kaspar ne croyait pas, avait donné sa bénédiction au premier regard porté sur Birgit sur la Bebelplatz et qui l'avait subjugué.

Kaspar n'était pas d'habitude aussi rapide. Il n'était tombé amoureux que lentement de son premier amour, qui ne lui convenait pas et réciproquement ; si elle ne l'avait pas quitté, il ne s'en serait, là aussi, que lentement détaché ; il avait mis du temps à choisir ses études ; et pour s'acheter un vêtement, une machine à café ou un vélo, il avait du mal à se décider. Mais là, tout alla très vite. Lorsque Birgit et lui se dirent au revoir à la fin du semestre, lui pour faire un stage chez un éditeur de sa ville natale, elle pour rejoindre une brigade d'étudiants dans un foyer de vacances sur la Baltique, il fut clair qu'ils resteraient ensemble. Il proposa d'émigrer en RDA, elle refusa immédiatement. Alors il la ferait sortir de RDA et l'emmènerait à l'Ouest. Il ne savait pas encore comment, mais il trouverait.

Au début du semestre d'hiver, il rencontra des étudiants qui aidaient les transfuges et connaissaient des gens qui vendaient de faux papiers. Il prit contact avec eux et obtint un rendez-vous dans un café de Neukölln. Ils arrivèrent dans un coupé Mercedes noir aux pneus à flanc blanc que le film *La fille Rosemarie* avait rendus célèbres, ils portaient des manteaux en poil de chameau et aux doigts des bagues aux pierres énormes. Birgit pourrait partir le 15 janvier. Par Vienne via Prague. Il fallait qu'elle demande une autorisation de voyage de week-end à Prague, et que Kaspar fournisse les photos pour les passeports et 5 000 DM, les photos tout de suite, l'argent d'ici début janvier. Le dialogue fut bref, le marché conclu par une poignée de main.

Lorsque Kaspar rentra chez lui, il tremblait et il crut avoir de la fièvre. Tout d'un coup, la fuite n'était plus une idée, elle était là, bien fixée. Lui était engagé et obligé. Il devait passer la frontière avec des papiers qu'on ne pouvait trouver sur lui. Si on les découvrait, Birgit et lui iraient en prison. Birgit, en plus, avait tout à craindre jusqu'après avoir traversé la Tchécoslovaquie et atteint l'Autriche. Les dangers n'étaient plus un fantôme. Ils étaient réels. Kaspar avait peur.

Et il était complètement épuisé. Il se mit au lit en tremblant, s'endormit, et se réveilla deux heures plus tard trempé de sueur. Étonné, il constata que la peur avait passé. Des années plus tard, il s'éveillait parfois la nuit, le cœur battant, parce qu'il avait rêvé d'un contrôle où il devait cacher quelque chose ou d'un interrogatoire où il cherchait à taire un secret. Dans les semaines précédant la fuite de Birgit, la peur ne revint pas même en rêve. Dans tout ce qui était à faire, Kaspar fut tout à fait calme.

8

En même temps, il vécut tout avec la plus grande intensité. Le lendemain, il se rendit en début d'après-midi à Berlin-Est pour récupérer les photos de passeport. Birgit n'avait pas le téléphone, il ne pouvait pas l'appeler pour s'annoncer, il ne pouvait qu'espérer la trouver sur place. Il était allé une fois chez elle, avait salué la grand-mère, la mère et les sœurs, Helga qui logeait encore là comme Birgit et Gisela qui était là en visite, on lui avait offert du café et du gâteau dans le séjour, il s'était assis sur le divan où Birgit dormait la nuit, on l'avait jaugé et il avait été content de partir avec Birgit pour aller au théâtre. Il se souvenait de l'itinéraire : en sortant du S-Bahn, repasser sous le tunnel, prendre une grande rue puis une petite, passer devant une école en briques avec des arcades et des colonnes, au coin où le tramway tournait en faisant grincer ses roues, traverser la rue en passant devant une petite boulangerie. Il trouva la maison, sonna, attendit en vain qu'un bourdonnement lui réponde, voulut pousser la porte. Elle resta fermée.

Il était trois heures. Kaspar fit le tour du pâté de maisons et, en revenant, vit qu'au premier étage une femme était à la fenêtre, les coudes appuyés sur un coussin. Que devrait-il dire si à nouveau personne ne réagissait à son coup de sonnette et que cette femme lui demandait ce qu'il voulait ? Habillé comme il était, elle verrait qu'il venait de l'Ouest. Ses amis et amies de l'Est lui avaient un jour énuméré en riant tout ce qui le rendait identifiable, tout ce qu'il devait mettre pour aller visiter Potsdam et Sanssouci, tout ce qui lui était interdit. Il aurait dû se changer. Que penserait cette femme en voyant un homme de l'Ouest réapparaître constamment devant la porte ? Comment était-elle ? Méfiante ? Gentille ? Flairait-elle une menace de la part de l'ennemi de classe ? Pensait-elle à la jeunesse et à l'amour ? Kaspar aurait bien voulu chercher sur ce visage de la méfiance ou de la gentillesse, mais pour cela il eût fallu qu'il s'approchât plus qu'il ne lui semblait prudent. Il se retourna, fit cette fois le tour de deux pâtés de maisons et, retrouvant encore une fois la femme à sa fenêtre, il alla jusqu'au bord de la Spree.

Le brouillard lourd et gris de décembre pesait sur la ville, étouffait les bruits et obscurcissait la vue. Mais pour Kaspar tout était curieusement limpide et proche, les immeubles, les rues, la rivière. Comme si la dangerosité de son projet avait aiguisé son regard au point que les choses prenaient une forme plus dure. Et ce n'était pas que son regard, tous ses sens étaient affûtés. La scie chez le menuisier résonnait si fort, les déchets dans la poubelle sentaient si âprement, il sentait aussi précisément la brise sur sa joue que si rien ne s'était trouvé entre lui et le monde.

Il s'assit sur la berge et regarda l'eau couler. Birgit lui avait raconté les ennuyeux dimanches de son enfance, les promenades détestées le long de la Spree, sous la pluie ou le soleil, les vues toujours identiques sur l'eau, les péniches et les entrepôts et, là où les maisons avançaient jusqu'à la Spree et où le chemin de la berge devenait une rue, sur les maisons avec ou sans jardin devant elles, jusqu'au moment où l'on atteignait la Kölnische Heide, où l'on s'engageait pour ensuite en sortir et revenir. Lui aussi se souvenait des dimanches de son enfance, où il s'ennuyait. Où rien ne l'attirait ni le retenait, aucun jeu ni aucun livre, où il se laissait traîner, regardait dans la chambre de sa sœur, prenait une pomme à la cuisine, traversait le jardin, se couchait dans l'herbe et se relevait bientôt, bottait le ballon vers le mur et l'y laissait. C'étaient de bons souvenirs d'un état de vide douillet et assoupi. Maintenant, de même, il n'y avait pour Kaspar rien à faire, rien à penser non plus. Il aurait pu vider sa tête, la laisser vide et jouir de l'état douillet et assoupi. Mais il était excité, tendu, prêt à bondir.

Puis il eut froid. La journée était douce, le vent soufflant le long de la rivière, tiède. Mais le sol était froid. Il se leva, les membres raides, et revint sur ses pas. La femme n'était plus accoudée à la fenêtre, mais celle-ci était ouverte, et lorsqu'il sonna à nouveau et qu'à nouveau personne n'ouvrit, il entendit en haut : « Chez qui voulez-vous aller, jeune homme ? » Il ne regarda pas en l'air, fit des épaules et des mains un geste de renoncement et de regret, et il s'en alla.

Il prit alors lui-même le chemin de la Kölnische Heide, aller et retour, comme l'avait décrit Birgit. Il n'y avait rien à voir, et il comprit l'ennui dont elle avait souffert. De l'ennui l'on ne peut jouir que seul, que quand on se laisse traîner par lui, et non à la main d'une mère ou d'une grande sœur qui vous tire d'un côté et de l'autre.

Puis le soir tomba. Lorsque Kaspar se retrouva debout devant la maison, la fenêtre où s'était accoudée la femme était fermée, et il vit la lampe allumée derrière le léger rideau. À la fenêtre qu'il supposait correspondre au logis de Birgit il n'y avait pas de lumière, et à nouveau, quand il sonna, la porte resta close. Il eut peur. Pour que Birgit et Helga soient absentes, il pouvait y avoir de multiples raisons. Mais la grand-mère marchait difficilement et, si elle aussi était absente, cela pouvait être dû à un accident et toute la famille était peut-être à l'hôpital. Cela pouvait durer. Lui devait être à la Friedrichstraße avant minuit.

Il acheta deux petits pains à la boulangerie et les fourra dans la poche de son manteau. Puis il resta planté sur le trottoir sans savoir que faire. L'école, en face, n'était pas éclairée. Il traversa la rue, trouva à l'entrée, derrière une colonne, un renfoncement où il put se mettre et s'asseoir tant bien que mal sur le socle de la colonne en pouvant surveiller l'entrée de la maison. Il mangea les deux petits pains.

Dans la rue, il ne se passait pas grand-chose. Rarement une voiture qui pétaradait et puait le carburant. Toutes les dix minutes arrivait d'un côté un tram bondé, qui repassait dans l'autre sens presque vide au bout de deux minutes. Au même rythme, des gens arrivaient au coin de l'école ; le S-Bahn les avait emportés quand leur journée s'achevait dans les usines et les bureaux de la ville. Kaspar les voyait à la lumière des réverbères, leurs manteaux, vestes, écharpes, salopettes, chapeaux, foulards, cartables, les bras ballants ou les mains fourrées dans les poches, marchant avec fatigue, assurance ou calme. Certains disparaissaient dans les entrées d'immeuble de l'autre côté de la rue, et peu après une lumière s'allumait dans un appartement. Plus la soirée avançait, moins le S-Bahn amenait de gens.

Jamais Kaspar n'avait observé les passants. Bien sûr, il s'était déjà trouvé debout ou assis à un endroit où des gens passaient, et il les voyait. Mais en même temps il parlait à quelqu'un, ou il avait ouvert un livre, ou il suivait une idée. Là, il ne faisait rien d'autre qu'observer les gens, et il prit conscience du nombre de vies qui passaient devant lui, des vies qui avaient leur travail et leur logis, leur famille ou leur solitude, leur bonheur ou leurs soucis, qui s'étaient accommodées de leur monde ou l'incriminaient. Lui avait vécu sa vie, et les autres vies autour de lui avaient été à ses yeux comme les maisons, les rues et les arbres qui l'entouraient. À moins qu'il n'eût affaire à eux, ou eux à lui ; alors il ressentait un sentiment pour eux et pour ce qu'ils étaient pour lui. Là, maintenant, il avait pour la première fois un sentiment de ce qu'ils étaient pour eux-mêmes, chaque vie individuelle un monde entier, complet, parfait. Oui, il aimait Birgit, et elle l'aimait, elle ne voulait pas qu'il vienne auprès d'elle à l'Est, elle voulait le rejoindre à l'Ouest. Mais elle avait sa vie, qui était aussi à sa manière complète et parfaite, seulement lui ne le savait pas, et il ne savait pas ce qu'elle avait de bien et ce qu'elle avait de mal. Elle l'avait fait entrer dans sa vie à elle. Et pourtant il se sentait tout d'un coup comme un intrus et il en était effrayé.

Maintenant c'était le silence. Il y avait juste, rarement, un piéton qui tournait au coin, ou une auto qui passait, que Kaspar avait entendue de loin. Près de l'école se trouvait une église que Kaspar avait vue en sortant du S-Bahn et dont il aurait aimé que les cloches l'accompagnent au long des heures. Mais il attendit en vain ; l'horloge était hors d'usage, ou bien le carillon d'une église n'était pas toléré sous le socialisme. Le tramway respectait son horaire, mais toutes les vingt minutes au lieu de dix : deux boîtes de verre pleines de lumière, avec peu de passagers et parfois personne. À la plupart des fenêtres, la lumière était bleuâtre. Que pouvaient bien regarder les gens ?

Kaspar s'écarta de la colonne et fit quelques pas sans but. Bouger lui fit du bien. Mais un passant qui semblait pressé le jaugea d'un air méfiant, cela le fit rentrer dans son renfoncement. Lui vint à l'esprit la façon qu'il avait souvent, quand son train arrivait à destination, de rester assis à sa place, non parce que le lointain l'attirait, mais parce que dans le train il se sentait chez lui. Le renfoncement derrière la colonne, l'obscurité de la nuit, la maigre lumière des quelques réverbères, les rares bruits de la rue, le grincement des roues du tramway – il aimait bien tout ça. S'il n'avait pas eu peur que Birgit ne soit pas à l'heure et d'arriver trop tard à la Friedrichstraße, dans son renfoncement il se serait senti chez lui.

Puis une jeune femme tourna le coin de la rue. Ce n'était pas Birgit mais elle lui ressemblait, et elle avança jusqu'à l'entrée de la maison et allait mettre une clé dans la serrure. Kaspar traversa la rue en courant – c'était Helga. Ils se regardèrent brièvement dans l'ombre, elle ne dit rien ni lui non plus, elle ouvrit, et il la suivit dans l'escalier peu éclairé. Lorsqu'elle eut ouvert la porte de l'appartement et allumé dans l'entrée, elle se tourna vers lui. Qu'elle est belle, pensa-t-il, belle, mystérieuse, attirante. Pourquoi n'ai-je pas vu ça jusqu'ici ?

« Il me faut des photos de passeport pour Birgit », dit-il, confus et hésitant.

Helga approuva de la tête, lui fit signe de rester dans l'entrée et s'éloigna. Une horloge sonna quelque part ; c'étaient les huit notes de Big Ben pour la demi-heure. Onze heures et demie. Kaspar attendit avec plaisir dans la chaleur de l'appartement ; il mesura comme il avait eu froid et avait besoin de se réchauffer. Déjà Helga revint avec une enveloppe. Il l'empocha.

« Merci.

— Elle fait un mètre soixante-quatorze et a les yeux marron. »

Elle le serra dans ses bras, il sentit son étreinte et voulut faire de même, mais déjà elle avait dit « prends soin d'elle », s'était écartée et lui ouvrait la porte.

9

Il y eut encore autre chose, dans la préparation de la fuite, qui fit sur Kaspar une impression profonde. La femme au châle jaune.

Birgit et Kaspar seraient bien restés ensemble à Berlin pour Noël. Ingrid, l'amie de Birgit, était partie dans le Harz et lui avait laissé son appartement. Même si Kaspar devait chaque jour se rendre à l'Est et en revenir, ils auraient eu pendant une semaine un appartement à eux ! Mais il devait retourner chez lui et emprunter à ses amis l'argent pour la fuite. Il y arriva ; l'un put donner 500 marks, un autre 300, aucun ne se déroba. Début janvier, il put remettre aux deux hommes aux manteaux en poil de chameau l'enveloppe contenant 5 000 marks.

Deux semaines plus tard, ils lui donnaient les papiers pour Birgit. Et pas seulement pour elle. Le lendemain s'enfuyait aussi quelqu'un d'autre ; il devait également apporter ses papiers à une autre femme. Elle le retrouverait le lendemain à deux heures sur les marches de l'Opéra ; il la reconnaîtrait à son châle jaune et à ce que, lorsqu'il lui adresserait la parole, elle lui demanderait s'il venait effectivement de Venise.

Certaines fois, lorsque Kaspar passait la frontière de la Friedrichstraβe, il était non seulement contrôlé mais emmené dans une arrière-salle et forcé à se déshabiller, slip compris. Si cela devait lui arriver encore, il se dit que cela ne ferait pas de différence qu'il ait sur lui les faux papiers d'une femme ou de deux, et du coup il passa le contrôle tranquillement.

Il ne vit la femme au châle jaune que lorsqu'il fut debout devant l'Opéra. Elle s'était tapie dans le coin au bas de l'escalier comme si elle voulait y disparaître.

« Vous venez effectivement de Venise ? » Elle était grande et bien en chair, avec un joli visage éveillé, et parlait sur un ton résolu. Pourquoi, se demanda Kaspar, cette résolution semble-t-elle si forcée ? Il fit signe que oui, et elle l'entraîna dans son coin. « Je ne veux pas ces papiers. Je ne pars pas. C'est impossible.

— Je ne comprends pas. Tout est prêt. L'argent a été versé, sinon les hommes ne m'auraient pas donné les papiers, le…

— Mon fiancé. »

Kaspar patienta un instant, mais elle n'ajouta rien.

« Pourquoi est-ce impossible ? »

Elle regarda ailleurs.

« La fête n'a pas eu lieu mercredi, telle que nous l'avions fixée, mais elle est prévue pour demain.

— Quel genre de fête ?

— Nous l'avons préparée depuis des semaines. Les enfants s'en font une joie. J'ai répété avec eux une pièce que sans moi ils… »

La voix lui manqua, elle tira un mouchoir et se détourna.

Kaspar était déconcerté. Est-ce qu'elle sanglotait ? Devait-il lui mettre la main sur l'épaule, lui prendre le bras ?

« Une fête pour enfants... »

Elle se retourna vers lui et à nouveau parla avec ce même ton faussement résolu.

« C'est moi qui dirige le jardin d'enfants. Je ne peux pas saboter la fête. Si vous ne comprenez pas ça, je ne vous en voudrai pas, je n'en voudrai pas non plus à Alexander.

— Voulez-vous rester ici ?

— Rester, s'enfuir... Laissez-moi tranquille. Demain je ne peux pas, c'est tout, je ne peux pas. »

Elle le regarda comme un enfant buté qui dit non.

« Je vais y aller. »

Elle partit sans un mot de plus et traversa l'avenue Unter den Linden. Kaspar la regarda jusqu'à ce qu'elle eût disparu entre la Neue Gasse et l'Arsenal.

Lorsque vous avez décidé de vous enfuir, vous saviez pourtant bien qu'ici c'en serait fini de tout : du jardin d'enfants et des enfants et des fêtes, oui, fini de tout ! Comment maintenant cette seule fête peut-elle envoyer au diable cette décision ? Kaspar aurait aimé lui poser la question. Est-ce que certaines personnes sont incapables de dépasser ce qui est sous leurs yeux ? Sont-elles capables de s'engager pour ce qui se trouve au-delà quand c'est encore loin, quand c'est l'été et que la fuite est prévue pour l'hiver et reste abstraite ? Et quand elle approche et va devenir concrète, ne fait-elle plus le poids face à ce qui est déjà concret et imminent ? Est-ce que les nobles, pendant la Révolution française, ont ainsi renoncé à s'enfuir, alors qu'ils risquaient la guillotine ? Aussi bien, la dame du jardin d'enfants ne risque pas la guillotine, mais seulement de perdre la vie à l'Ouest avec Alexander, une vie qui pour elle était peut-être restée toujours abstraite.

Kaspar avait le temps, il n'était convenu de retrouver Birgit qu'à cinq heures. Ils avaient fixé le rendez-vous à l'église St. Marien, non loin du bâtiment où Birgit étudiait l'économie. Elle allait à l'université comme si de rien n'était, comme si elle restait. Kaspar n'arrivait pas à imaginer qu'elle aussi renonçât à fuir. Mais son départ n'était pas pour autant une raison de manquer le cours ou le séminaire du jour.

Qu'est-ce que je ferais si du jour au lendemain je devais renoncer à ma vie passée et en commencer une nouvelle ? Planter un arbre la veille de sa mort, continuer à vivre comme si de rien n'était : Kaspar ne savait rien de mieux. Tant que cela ne vous faisait pas manquer la vie nouvelle.

Il parcourut les rues au hasard. Où qu'il se trouve à quatre heures et demie, il connaissait à présent Berlin-Est assez bien pour être à cinq heures à St. Marien. À nouveau c'était un ciel profond et gris qui s'étendait sur la ville, par moments il pleuvait légèrement. Dans l'air tiède, Kaspar avait l'impression d'éprouver déjà le contact du printemps. Depuis sa première découverte de Berlin-Est, les rues pavées, les vieilles maisons bourgeoises dégradées, les nombreux emplacements non reconstruits, les petits parcs austères, les rares voitures et leur mauvaise odeur s'étaient mis à le faire se sentir chez lui. Cela serait pour longtemps sa dernière visite à Berlin-Est. Une fois Birgit passée à l'Ouest, son environnement social serait examiné, leur lien de couple serait découvert et lui serait soupçonné d'avoir favorisé la fuite.

Il n'avait encore jamais traversé le cimetière de Dorotheenstad ; c'était maintenant la dernière occasion.

Il découvrit les philosophes et les écrivains, les gens du théâtre et ceux de la politique et de l'administration. Bien qu'étrangers les uns aux autres et souvent ennemis, ils gisaient là côte à côte. Ils devaient se sentir à l'étroit. Kaspar songea aux livres juxtaposés dans les rayons des bibliothèques et des librairies, et qui devaient forcément aussi se sentir à l'étroit, Hegel près de Kant, Marx à côté de Feuerbach, Heine près de Platen. Libraires et bibliothécaires ne pouvaient pas les aider. Devenir libraire : cela lui passa par la tête pour la première fois.

Ensuite il retrouva Birgit, lui remit les papiers, un sac de voyage, un foulard, un paquet de Marlboro, et lui expliqua ce qu'elle avait à faire. Ils étaient tous les deux gênés. L'idée d'être entré en intrus dans sa vie, depuis le soir d'attente devant chez elle, ne l'avait plus quitté. Il sentait qu'elle avait peur de ce qui pourrait mal tourner, et qu'elle ne voulait pas le montrer. Ils s'étreignirent et ils ne pouvaient plus se lâcher, aussi parce qu'ils ne savaient ce qu'il fallait dire. Puis ils entendirent quelqu'un siffler et d'autres rire, et Kaspar et Birgit s'écartèrent l'un de l'autre et regardèrent les jeunes types s'éloigner.

«Je t'aime, Birgit.

— Je t'aime aussi.

— À samedi à Tempelhof. »

Elle fit oui, lui donna un baiser et s'éloigna pour prendre le S-Bahn. Il avait envie de faire encore une promenade avec elle ou de prendre un café ou une bière. Mais si elle voulait y aller, qu'elle y aille. Samedi, à l'aéroport de Tempelhof, il la serrerait dans ses bras.

10

C'est ce qui se passa. Le 16 janvier 1965, Birgit atterrit à Tempelhof et ce ne fut pas seulement le début de leur vie commune. Jusque-là, il avait pris la vie comme elle venait. Faire passer Birgit de l'Est à l'Ouest, cela allait de soi puisqu'ils s'aimaient. Mais chercher un petit appartement, le trouver, le louer, abandonner ses études et entamer un apprentissage de libraire, reprendre la librairie et l'agrandir, acheter un grand appartement : ce n'était pas prendre la vie comme elle venait, c'était lui donner sa forme. C'était sa vie, et elle commença le 16 janvier 1965. S'il avait pu jouer le chiffre 1611965, il l'aurait fait et il aurait gagné.

Mais même ce 1611965 n'avait pas ouvert l'ordinateur de Birgit. Le mot de passe qui y parvint finalement, ce fut « kbaisrpgairt », Kaspar et Birgit entremêlés, cela fit plaisir à Kaspar. L'écran était hors d'usage ; on pouvait écrire sur l'ordinateur, mais on ne pouvait plus lire ce qui était écrit. Est-ce que Birgit ne s'en était pas souciée et avait tout de même continué à écrire ?

Kaspar demanda qu'on lui imprime tout. Tout ? Il confirma, il voulait avoir tout, sans se soucier du volume, ni de la brièveté, ni de la banalité. Il voulait savoir ce que Birgit avait collecté, conservé, écrit, pensé, ce qu'il y avait eu dans son cerveau et qui avait trouvé place dans son ordinateur. Il voulait voir dans son cerveau.

Lorsqu'il eut reçu cette grosse liasse de feuilles imprimées, qu'il l'eut posée sur le bureau dans la chambre de Birgit et qu'il se fut assis devant dans le fauteuil, il n'osa en commencer la lecture. Comme si, en voulant voir dans son cerveau, il découpait son crâne à la scie et en ôtait la calotte, comme s'il mésestimait et détruisait ce qui avait permis à ce cerveau de se protéger. Il lui revint à l'esprit comment à l'époque, ayant besoin des photos d'identité et attendant Birgit dans le renfoncement à l'entrée de l'école, il s'était senti comme un intrus, bien qu'il eût été invité et admis dans sa vie. Maintenant, il voulait lire ce qui avait été enregistré dans son ordinateur et protégé par un mot de passe. Il figurait dans le mot de passe, mais cela ne lui donnait pas le droit de forcer l'entrée. Rien ne lui en donnait le droit. Pas plus que le ressentiment qui émergeait lorsqu'il pensait aux poèmes et à l'avancée du roman qu'elle lui avait cachés.

Puis son regard tomba sur la première feuille, où était imprimé un e-mail accusant réception, voilà six mois, d'une montre que Birgit avait donnée à réparer – et il se mit à lire. Les e-mails ne recelaient pas de secrets, ils faisaient défiler le quotidien des dernières années, la vie quotidienne de Birgit et leur vie à deux. Invitations, acceptations et refus, vœux d'anniversaire et de bon rétablissement, commandes de billets de concerts, d'opéra et de théâtre, mails qu'il lui adressait depuis la foire de Francfort ou de Leipzig, faute de la joindre au téléphone, pour lui souhaiter bonne nuit, et mails pour se rappeler l'un à l'autre les choses qu'il fallait régler. Et ils s'étaient envoyé des offres et des brochures pour leurs prochaines vacances. Dans le Haut-Adige, une auberge dans un vignoble sur les versants au-dessus de Bolzano où ils voulaient se reposer et partir en randonnée ; les derniers jours, ils iraient à Venise et à Trieste. Il adorait les vacances avec Birgit ; elle buvait peu, avait la tête claire et le cœur chaleureux et joyeux, ils marchaient, ils nageaient et se faisaient la lecture au lit.

Il ne prendrait pas ces vacances sans elle. Il ne partirait plus du tout en vacances. Il n'irait plus à des concerts, à l'opéra, au théâtre. Sans elle, il ne pouvait plus non plus goûter cette vie quotidienne où il se sentait protégé par l'alternance entre l'appartement et la librairie, les trajets du matin et du soir, les vieilles routines et les livres nouveaux. Fonctionner, voilà ce que la mort de Birgit ne lui avait pas fait oublier, et il continuerait à savoir le faire. C'était ce qui lui restait.

Il regarda du côté de la nuit, et l'obscurité n'était pas seulement dehors, elle était en lui. Il songea à Orphée. Il avait été autorisé à pénétrer dans l'empire des morts et à trouver Eurydice grâce à sa lumière. C'est cette lumière qui fit que le jeu de ses cordes et son chant étincelèrent et enchantèrent le passeur Charon au point qu'il l'emmena à la rame jusque dans l'empire des morts et que Cerbère le chien des Enfers le laissa passer. La trouverais-je, songea Kaspar, si la lumière était en moi comme en Orphée, si mon amour pour Birgit étincelait comme les chants d'Orphée ? L'espace d'un instant il rêva de Birgit et lui face à face dans la lumière de son amour. Me suivrait-elle, moi et la lumière ? Aurais-je assez confiance pour ne pas me retourner vers elle sur le chemin qui ramène à la vie ? Ou bien aurais-je si peu de foi que je doive m'assurer de sa présence, ou bien lui en voudrais-je de m'avoir caché ses secrets et exigerais-je aussitôt d'elle qu'elle s'explique ?

Soudain il eut peur qu'en dépit du désir et du deuil qu'il éprouvait elle lui échappât, comme Eurydice avait échappé à Orphée sur le chemin ramenant à la vie. Bien que Birgit fût morte, elle était encore là, mais s'il cessait de croire en elle et commençait à lui en vouloir, elle mourrait encore une fois et resterait morte.

11

Les jours suivants, Kaspar lut les mails de Birgit. Il y trouva non seulement le quotidien des dernières années, mais aussi les amitiés de Birgit au sein de l'atelier d'écriture, son engagement pour la nature et le climat, ses rendez-vous pour monter des actions. Pour l'été qui venait, elle avait prévu de séjourner dans une cabane dans un arbre, situé dans une forêt menacée par le tracé d'une grande route et promise à l'essartage. Encore une chose dont elle n'avait rien dit.

Après les mails vinrent des textes qu'il connaissait ; les copies étaient dans les dossiers. Il y avait un long texte qu'il ne connaissait pas. Contrairement aux autres, il avait un titre, « Un Dieu sévère », il commençait par se demander qui serait devenue Birgit si elle était restée en RDA, et ce devait être un fragment du roman, une notation de ses souvenirs ou un essai personnel. En tout cas ce texte n'avait rien de quotidien, rien qui l'eût autorisé à le lire d'un cœur léger. Si maintenant il continuait cette lecture, il pénétrerait dans l'intimité de Birgit, contreviendrait à sa volonté, renoncerait à la retenue affectueuse avec laquelle il avait accepté ses décisions de donner à sa vie telle ou telle tournure, et aussi le secret de son écriture.

Eurydice étant une ombre au royaume des morts, Orphée ne pouvait pas entendre ses pas derrière lui sur le chemin ramenant à la vie. Est-ce qu'elle le suivait, c'était un mystère qu'Orphée avait à supporter. Kaspar savait qu'en arrachant à Birgit le mystère du texte, il se retournait vers elle. Quoi qu'il apprenne par sa lecture, quoi qu'il découvre sur Birgit, elle lui échapperait encore plus.

Il n'en lut pas davantage. À nouveau passèrent des

semaines sans qu'il pénètre dans la chambre de Birgit. Il attendait que guérisse la plaie laissée par sa mort, mais elle ne guérissait pas. Il allait le matin de l'appartement à la librairie et le soir de la librairie à l'appartement, mangeait en général le même plat passé au micro-ondes, riz au poulet, et, quand il avait oublié de faire des courses, dînait d'une pizza chez l'italien du coin ; il s'obligeait le dimanche à faire une promenade et, s'il pleuvait, à aller voir un film ; il se laissa inviter plusieurs fois à dîner dans la famille de sa collaboratrice qui s'inquiétait ; et le soir, en lisant les livres venant de paraître, il buvait plus que naguère. L'été était là maintenant, un été avec beaucoup d'orages. Regarder depuis la librairie le vent sous les nuages noirs faire tourbillonner la poussière des rues, les feuilles et les papiers, courir jusque chez lui sous la pluie battante, les éclairs et le tonnerre, être trempé et avoir un peu froid, puis se réchauffer chez lui sous une douche bouillante – voilà qui lui faisait du bien. Une fois sec et vêtu de sa robe de chambre, il se disait, en marchant dans l'appartement, que le vieux chien n'était pas mort.

Un soir, ce qu'il adviendrait d'Eurydice lui fut égal. Il avait beaucoup bu, et en lui bouillonna une colère contre Birgit, la colère en quoi se mue le deuil lorsqu'il ne supporte plus son impuissance. L'égoïsme de Birgit, son manque d'égards, son entêtement, ses lamentations ! Pourquoi devait-il toujours faire comme elle l'entendait, supporter ses envols et ses éclats, éponger ce qu'elle vomissait ? Il gravit l'escalier menant à la chambre de Birgit, en hésitant pas à pas, ses mains s'appuyant aux murs, arriva à la table et au fauteuil, et se mit à lire. Mais il était ivre, le texte était compliqué, ses yeux se fermaient. Lorsqu'il voulut l'emporter en bas, il trébucha dans l'escalier, put se rattraper mais pas le texte, et les feuilles se répandirent dans l'escalier et dans l'entrée.

Le lendemain matin il ramassa les feuilles. Il avait perdu Eurydice la veille. Il ne s'agissait plus de cela. Il retourna avec le texte dans la chambre de Birgit, s'assit à nouveau à la table et lut.

Un Dieu sévère

Qui serais-je devenue si j'étais restée ? Si je n'avais pas rencontré Kaspar, si je n'en étais pas tombée amoureuse, si je ne l'avais pas choisi ? Si je n'avais pas du tout songé à partir, si je n'avais su que rester ?

Sur la commode était posée la photo du père, tête de mort sur le col, dans un cadre d'argent avec un ruban noir en bas à droite. La petite fille levait les yeux vers la photo et voyait un visage bon, fort, et des yeux bons et chauds, et elle regrettait le père resté à la guerre. Resté ? Non, jour après jour il exigeait qu'on s'imposât discipline, engagement et endurance. C'est ce que disait la mère. La mère disait aussi qu'il avait été un héros, ce qu'on n'avait plus le droit de dire, et un bon mari et un bon père. Il se dressait au-dessus de la petite fille, il se dressait aussi au-dessus de la grande fille. Où qu'elle se tînt debout, il était debout derrière elle, où qu'elle allât il la suivait, il projetait son ombre sur elle. Son ombre de mort.

La fille retourna la photo. Mais le père se redressait, avançait à nouveau derrière la fille, jetait à nouveau son ombre. L'ombre de la vieille époque, la néfaste. La fille voulait prendre part à la nouvelle époque, la bonne. Où ceux qui avaient combattu contre le père et libéré le pays et les êtres humains créaient un pays nouveau et un être humain nouveau. La fille de l'ombre méritait-elle d'être un être humain nouveau dans ce pays nouveau ? Peut-être, si elle s'y efforçait, si elle faisait ses preuves, si elle était de bonne volonté et docile.

Je m'y suis efforcée. Est-ce que, si j'étais restée, je m'y serais toujours efforcée, indéfiniment ? Si ces efforts n'avaient pas porté leurs fruits, me serais-je crue coupable ? Parce que j'étais la fille de l'ombre ? Parce que cela ne pouvait pas être la faute de l'époque nouvelle ? Parce que l'époque nouvelle était la bonne ?

Si un jour il était devenu clair que cela ne pouvait plus durer, que les tâches imposées étaient absurdes et que les efforts consentis n'avaient pas de sens, est-ce que même alors je ne me serais pas retournée contre l'époque nouvelle ? L'époque nouvelle serait-elle restée la bonne époque ? Aurais-je collaboré au tissage du tapis rassurant des espoirs mensongers ? L'économie du pays nouveau est en ruine – néanmoins elle a rejeté le joug de la propriété privée, elle nourrit tout le monde, occupe tout le monde et n'exploite personne. La culture du pays nouveau est figée – les vieux camarades ont fait de la résistance, ils n'ont pas cédé, et qui ne cède pas ne peut que se raidir. La politique du pays nouveau se méfie des bourgeois – dans la résistance les vieux camarades ont dû apprendre la méfiance, et cette méfiance une fois apprise ils n'ont pas pu s'en défaire. S'ils ne conduisent pas le pays vers la bonne époque nouvelle aussi vite et directement que nous le souhaitons, nous leur devons néanmoins respect et patience. Nous n'avons pas le droit de leur arracher des mains la torche qu'ils portent. Nous avons le devoir de les aider à la porter jusqu'à ce qu'ils ne le puissent plus et nous la transmettent. Alors ce sera à nous d'avancer sur le chemin, d'atteindre le but, d'achever l'ouvrage.

Est-ce que la mauvaise conscience, sous l'ombre de mort qui ne me permettait aucune rébellion, ne m'aurait ôté la moindre ambition ? Me serais-je contentée de peu, m'en serais-je tenue à un emploi de bibliothécaire ou de bureaucrate ? Et si, après la réunification, la bibliothèque, le service ou l'usine avaient continué d'exister, me serais-je adaptée aux nouvelles lois, à la nouvelle technique et aux nouveaux chefs, et aurais-je en même temps fait le deuil de mes anciennes espérances ? De mon vieux petit pays qui voulait devenir un pays nouveau pour des êtres humains nouveaux ? De tout ce qui aurait pu arriver, si seulement… je n'avais pas su quoi, mais il aurait tout de même pu arriver quelque chose, d'une manière ou d'une autre il aurait pu se faire que je ne sais quoi doive tourner autrement et fonctionne mieux.

Non, pas comme ça. Je n'étais pas si petite, si bête, si docile. Je ne suis pas restée la fille avec l'ombre. J'ai retourné la photo et j'ai laissé derrière moi l'ombre du père et les phrases de ma mère. J'ai cru à l'époque nouvelle, qui crée un pays nouveau et une nouvelle humanité, et à mon droit d'être un être nouveau dans le pays nouveau. J'ai fait de mon mieux pour que l'époque nouvelle devienne une époque bonne. Je fus toujours partante. Mais je ne fus pas toujours docile.

Si j'avais compris que l'économie était en ruine, que la culture étouffait l'imagination et la créativité, que la politique mettait les citoyens sous tutelle, que la situation n'allait pas, que les tâches étaient absurdes et les efforts dénués de sens, certes je ne me serais pas retournée contre l'époque nouvelle. Mais j'aurais espéré que la torche soit arrachée aux mains des vieux camarades et confiée à des mains jeunes. J'aurais encore cru au but, mais en cherchant un autre chemin. Au printemps 1968, à Prague, il m'aurait paru à portée de main, en 1985-1986 à Moscou avec Gorbatchev. Enfin il y aurait eu pour moi, en novembre 1989, un printemps de Berlin et un espoir allemand de glasnost et de perestroïka.

Comment aurais-je vécu avec tout ça ? Aurais-je commencé par faire carrière, dans une maison d'édition, une école, une institution culturelle ou scientifique ? Aurais-je alors causé des problèmes et eu des difficultés, qui m'auraient valu d'exercer pendant deux ou trois ans une activité manuelle ? Aurais-je finalement trouvé ma niche, comme faisaient beaucoup d'autres ? J'aimais les langues étrangères, jeune fille j'avais un correspondant kazakh, j'aurais pu apprendre le kazakh, traduire de la littérature kazakhe et, à côté, écrire des poèmes. Une bonne vie ? Je puis m'imaginer que, dans ma niche, je serais devenue triste et tranquille – et, en novembre 1989, heureuse.

Mais en 1990 le printemps, la glasnost et la perestroïka en Allemagne étaient déjà passés. La niche non plus n'aurait plus existé en 1990. Personne n'aurait plus rien eu à faire de littérature kazakhe en traduction allemande, le petit éditeur qui imprimait mes poèmes aurait fait faillite, et la maison de Prenzlauer Berg où j'aurais pu me loger pour pas cher aurait été achetée par un investisseur et divisée en appartements. Serais-je allée à Marzahn pour y vivre d'aides sociales ?

Ou bien serais-je devenue en 1990 une interprète recherchée par des entreprises allemandes investissant au Kazakhstan ? Aurais-je été bien payée, assez bien pour obtenir un crédit, faire valoir mon droit de préemption et acheter mon appartement ? Serais-je passée de mes poèmes à des paroles de chansons ou des textes publicitaires qui auraient eu du succès ? Serais-je devenue une gagnante de la réunification ?

Ou bien est-ce que tout aurait tourné autrement ? Après mon amour pour Leo, la trahison de Leo et la naissance de ma fille, serais-je devenue tout autre ? Déçue, ravagée, amère ? Un enfant hors mariage, à l'époque, n'était pas un problème, si la mère était au clair avec elle-même et avec l'enfant. Aurais-je été au clair avec moi et avec l'enfant ? Ou bien, dans la fausseté de Leo, aurais-je vu la fausseté du système, et dans la froideur qu'il mettait à m'utiliser, la froideur avec laquelle le système utilisait les gens ? Aurais-je rompu avec le système, me serais-je refusée et aurais-je refusé mon enfant à ce monde dans lequel nous vivions ? Aurais-je compris ma mère, non son amour pour le père à la tête de mort sur le col, mais la vie qu'elle avait, sans le monde et contre lui ? Est-ce que, avec ma fille, je serais restée près d'elle et de Grand-mère ? Il m'aurait peu importé de savoir comment gagner ma vie, à cette époque et dans ce pays impossibles à aimer. J'aurais bien trouvé quelque chose, fait quelque chose.

Je me serais débrouillée, n'attendant rien et n'étant déçue par rien, même pas par ma fille. La réunification n'aurait rien changé. Qu'est-ce qui aurait dû changer ? J'aurais continué à vivre sans le monde et contre lui, j'aurais continué à marcher à mon pas, continué à pester pour moi seule. Me serais-je réjouie que les alcools soient meilleurs ? Ou ne l'aurais-je déjà plus remarqué ?

Je suis contente de ne pas être restée. Je suis contente d'être partie. Je ne veux vivre aucune de ces vies non vécues. Mais je ne peux pas m'en défaire. Mes vies non vécues sont miennes comme celle que j'ai vécue. Elles sont tristes, et je porte la tristesse de la vie avec mauvaise conscience sous l'ombre de mort, la tristesse de la vie dans la niche, la tristesse de la vie sans et contre le monde.

La RDA me rend triste. L'enthousiasme pour l'époque nouvelle, l'espoir d'un pays neuf et d'un homme nouveau, l'engagement et les sacrifices des premières années – même si rien n'est resté de ce début, ce fut pourtant un début. Même si rien ne reste des tentatives pour faire avancer le pays en dépit du système et contre lui, rien de l'insistance à marquer que socialisme et liberté vont de pair et que l'avenir appartient aux deux ensemble, ce fut un moment et ce fut réel et une bonne réalité contre la mauvaise du socialisme réel. Sa disparition me rend triste, même si je sais que la bonne réalité ne pouvait s'affirmer que contre la mauvaise, et sans elle ne pouvait que disparaître.

Si l'on vit dans un pays sous un mauvais régime, on espère un changement, et un jour il advient. À la place du mauvais régime, un bon se met en place. Quand on a été contre, on peut de nouveau être pour. Si l'on a dû s'exiler, on peut revenir. Le pays, pour ceux qui sont restés et pour ceux qui sont partis, est à nouveau leur pays, le pays dont ils rêvaient. La RDA ne deviendra jamais le pays dont on rêvait. Elle n'existe plus. Ceux qui sont restés ne peuvent plus se réjouir. Ceux qui sont partis ne peuvent pas y revenir ; leur exil est sans fin. D'où le vide. Le pays et le rêve sont perdus irrémédiablement.

Cette perte irrémédiable ne me rend pas triste. Mais le vide me rend triste. Le vide, la douleur du vide, la douleur.

*

L'excursion au barrage de Quitzdorf. C'était en janvier, le temps avait d'abord été doux, puis il s'était refroidi et nous avions fait un feu. Lorsque Leo nous rejoignit, nous pensâmes que ça allait barder. Mais il se mit à rire. La prochaine fois, il faudrait aller demander une autorisation, et avant de partir il faudrait nettoyer le foyer. Il n'était pas venu pour nous contrôler. Il voulait voir comment nous allions. Il nous dit que nous étions sa première brigade d'étudiants. Qu'il n'était secrétaire de district que depuis l'année dernière. Puis il s'assit avec nous près du feu. Il but, mangea et chanta avec nous.

Est-ce qu'il le fit exprès, comme il me le dit plus tard ? Ou était-ce par hasard ? Qu'il s'est dégourdi les jambes tandis que je m'étais assise à l'écart, près de l'eau ? Il est d'abord resté debout à côté de moi, puis il s'est accroupi près de moi, m'a offert une cigarette, en a pris une et m'a donné du feu. Je me rappelle qu'il a secoué le paquet jusqu'à ce que deux cigarettes en sortent, qu'il m'en a fait attraper une et qu'il a pris la sienne avec la bouche.

Près du feu, nous avions parlé de chiens, et il continua. « Mon frère avait un chien, moitié chien de berger, moitié fox-terrier, une bête pas jolie, adorable, fidèle. C'était un compagnon. Un compagnon, c'est quelqu'un d'égal à égal, non ? Quelquefois Caro était aussi comme ça, et en forêt nous allions à gauche au lieu d'à droite parce que Caro voulait aller à gauche, et on le laissait nager dans une mare boueuse, même si après il nous fallait le laver même si nous n'en avions pas envie. Mais en fin de compte c'était nous qui disposions de lui. Quand il voulait sortir et nous pas, il restait à l'intérieur, quand il reniflait le pied d'un arbre et que nous voulions continuer, il était tiré par la laisse, c'est nous qui choisissions ce qu'il mangeait, et c'est mon frère qui décida quand il serait euthanasié. Je ne voudrais pas avoir un chien. L'avoir comme compagnon, et en même temps disposer de lui.

« N'est-ce pas ce que fait un secrétaire de district ? D'une certaine façon, les camarades et les citoyens sont ses compagnons, mais il dispose d'eux. »

Il rit, et son rire me plut. Un rire qui venait du ventre, pas de la gorge. Au lieu de rester accroupi, il s'assit sur le sol.

« J'espère les entraîner à me suivre. Je leur parle. Je les convaincs.

— Et s'ils ne se laissent pas convaincre ?

— Alors ce n'est pas moi qui dispose d'eux, c'est le Parti.

— Et les camarades et les citoyens sont les chiens.

— Si je m'impatiente et que je tire le chien par sa laisse, c'est mon problème. Ce n'est pas le problème du Parti. Lui, c'est de nous qu'il se soucie. »

Il disait ça comme s'il y croyait, avec sérieux et bonne humeur. J'avais un peu froid, je tremblais, il posa son bras sur mes épaules. Sans s'imposer ni prendre possession, il dit d'ailleurs en même temps : « On devrait retourner près du feu. » Mais je restai assise et m'appuyai contre lui. C'est comme ça que je voulais être aimée. Comme compagne, d'égal à égale.

C'est à ce moment-là que je suis tombée amoureuse de lui.

*

Que l'on n'échappe pas à soi-même, que l'on s'emmène toujours et partout avec soi-même, je le savais. Mais je ne savais pas qu'on emmène aussi les autres avec soi, toujours et partout.

Grand-mère. Comme elle était assise dans notre pièce à vivre, elle est assise dans ma tête. Sur un fauteuil, les yeux ouverts et les mains jointes, une couverture sur le ventre et les jambes, sans livre, n'écoutant pas la radio, ne regardant pas la télévision, et toujours prête à dire une méchanceté. Mère. Coincée, anxieuse, s'efforçant d'éduquer ses trois filles comme les aurait éduquées le père, mettant en garde, menaçant, blâmant, rien n'est trop mineur pour échapper aux invectives. Gisela. Qui a tout fait comme il fallait, qui a choisi le métier qu'il fallait, épousé l'homme qu'il fallait, eu les enfants qu'il fallait, un garçon et une fille, qui a vu tout chavirer en divorçant et qui m'a appris le plus tôt possible qu'on ne peut se fier à rien ni à personne. Helga. Qui s'est soustraite à toutes, à Grand-mère, à Mère, à Gisela, à moi, et qui m'a appris que si l'on veut se préserver, il faut se fermer.

Elles ne sont pas restées en arrière comme l'ont fait l'appartement que nous partagions et la photo sur la commode. Elles m'ont suivie et me harcèlent, les méchancetés de Grand-mère, les réprimandes de Mère, l'amertume de Gisela, le modèle de Helga. Elles sont là, bien que Grand-mère soit morte peu après mon départ et que Mère soit morte depuis longtemps déjà. Si j'étais devenue amère moi-même, l'amertume de Gisela se serait dissoute dans la mienne. Mais je ne suis pas amère, je suis triste. Je me suis fermée et préservée plus qu'il ne fallait pour que cela me fasse du bien.

Comment échappe-t-on aux autres ? En vivant résolument sa propre vie. N'ai-je pas vécu ma vie assez résolument ?

Parce que Grand-mère et Mère, la RDA et la FDJ m'ont appris à satisfaire les autres ? Je n'ai pas appris à écouter mes besoins, à rechercher mon bonheur ? Mais je me suis libérée de ce que j'ai appris. J'ai recherché mon bonheur. Aux dépens de ma fille, aux dépens de Kaspar. Je les ai trahis et abandonnés, je l'ai laissé seul avec la librairie, j'ai fait ce dont j'avais envie, je suis allée en Inde, ensuite je me suis adonnée à la bijouterie et à la cuisine et, pour finir, à l'écriture.

Dans l'écriture, il ne s'agit décidément plus de faire ce qui convient aux autres. Il s'agit uniquement de moi. On ne peut pas écrire pour les autres, pour les lecteurs ou les critiques ou l'éditeur, pour la grand-mère et la mère, mais uniquement pour soi. Est-ce pour cela que je n'avance pas, avec ce roman ? Parce que les autres m'ont suivie et me harcèlent ? Parce que je ne me suis pas libérée de ce qu'elles m'ont appris ? Parce que je ne l'ai toujours pas appris : pour moi ?

C'est pour cela que je dois écrire le roman. Parce que je dois l'apprendre : pour moi. Et je dois arrêter de boire. Quand je bois, c'est comme si je buvais pour moi et que j'étais déjà auprès de moi-même. Comme si, tout de suite après, le matin, je pouvais facilement me mettre à écrire, ou n'en avais plus du tout besoin, étant déjà auprès de moi-même.

*

Aurais-je pu trouver quelqu'un qui me débarrasse de l'enfant ? Ou aurais-je pu le faire moi-même ? Tant que j'aurais peut-être encore pu le faire, l'idée ne m'en est pas venue.

Si, l'idée m'a traversé l'esprit, mais Leo ne voulait pas en entendre parler. Disant qu'il me voulait moi, qu'il voulait l'enfant, qu'il nous fallait seulement attendre. Que sa femme et lui étaient déjà depuis longtemps étrangers l'un à l'autre. Qu'ils voulaient tous les deux se séparer. Qu'à cause de sa position exposée, il fallait que la séparation se passe correctement, sans étaler le linge sale ni qu'on lui reproche de se comporter avec désinvolture. Si maintenant il quittait sa femme pour se mettre avec moi, aux yeux du Parti et de la justice ce serait d'une légèreté contraire aux idées morales qu'avaient les travailleurs sur le mariage. Il prenait mon visage entre ses mains. « Ils ne savent pas combien c'est sérieux, entre nous. » Il m'embrassait et souriait. « Je ne savais pas moi-même qu'il existait un amour comme le nôtre. »

Qu'est-ce qu'il vaut mieux : un Leo faible, incapable d'assumer notre amour, ou un Leo faux qui jouait un jeu avec moi ? Lorsqu'il me dit qu'il ne pouvait pas divorcer, pas au moment où sa femme avait un cancer du sein et où on lui reprocherait de la laisser tomber avec désinvolture, il sembla si désespéré que c'est moi qui le consolai. Il était venu à Berlin pour assister à une réunion, nous nous étions retrouvés devant une glace au Mokka-Milch-Eisbar et nous étions assis sur un banc du Monbijoupark lorsqu'il lâcha ce qu'il avait à dire. En partie aussi parce qu'il avait été de bonne humeur devant nos glaces et sur le chemin, et qu'il ne devint sombre qu'une fois sur le banc, je ne pris pas les choses au tragique. Je pensais que soit sa femme se ferait opérer de son cancer du sein, soit qu'elle en mourrait. Je pensais que nous devrions donc attendre plus longtemps, et que ce n'était pas drôle, mais pas terrible non plus.

Dès la semaine suivante, il revint à Berlin. Il était venu uniquement pour me voir, j'en fus heureuse et j'obtins d'Ingrid de nous laisser son appartement pour l'après-midi. J'allai le chercher à l'Ostbahnhof, nous prîmes le métro jusqu'à l'Alexanderplatz, puis nous marchâmes jusqu'au Rotes Rathaus et nous déjeunâmes au Ratskeller. Je n'eus pas envie de lui demander où nous en étions, et il était de si bonne humeur que je pensais n'avoir pas besoin de le questionner : il y avait de bonnes nouvelles et il les lâcherait spontanément. Nous sommes allés chez Ingrid, nous avons couché ensemble, nous étions côte à côte lorsqu'il a dit que je ferais mieux de ne pas fumer, car enfin j'étais enceinte, alors je lui ai demandé comment il voyait notre avenir.

« Tu n'as pas à te faire de souci.

— De souci ?

— Pour avorter c'est trop tard, tu ne trouveras pas un médecin qui le fasse encore, et les remèdes maison ne fonctionneront plus. Tu auras ton enfant et, au pire, je le prendrai.

— Toi ? »

Je ne compris pas. Je ne compris pas ce qu'il disait, le ton qu'il avait pris, l'attitude qu'il avait adoptée. Il était assis comme un étranger à côté de moi dans le lit et il me parlait comme un étranger.

« Que veux-tu que je te dise, Birgit ? Ce dont nous avons rêvé ne se réalisera pas. Le Parti ne le comprendrait pas et ne le laisserait pas passer, et Irma – nous sommes devenus des étrangers, mais elle a toujours été pour moi une femme bonne, qui aurait été heureuse d'avoir des enfants et d'être mère, et je ne peux pas lui faire le coup de la laisser seule, d'être heureux avec toi et d'avoir un enfant. Ce serait comme si je lui prenais l'enfant qu'elle a tant désiré.

— Tu parles de mon enfant ? »

Je me rendis compte qu'avec ses mots s'effondrait ce

à quoi j'avais cru et qui m'avait réjouie. Mais je ne comprenais pas comment cela s'effondrait et ce qu'il y avait comme débris. Parlait-il de mon enfant? Qui le prenait à qui? Qu'est-ce qui se passait pour lui et sa femme? Que voulait-il de moi? Voulait-il continuer à me fréquenter, ne voulait-il plus me voir?

«Je ne te laisse pas tomber. Tu ne peux plus avorter, tu dois avoir cet enfant. Mais tu veux faire des études, avoir une profession et réussir, et tu n'as rien à faire maintenant d'un enfant. Nous le prendrons, Irma et moi. Nous serons pour lui de bons parents. J'ai parlé à Irma, elle est d'accord.

— Tu veux donner mon enfant à ta femme?

— J'obtiendrai certainement d'Irma que tu puisses venir de temps en temps. Pour le moment je ne peux pas le lui demander, elle est trop blessée et trop jalouse, il te faut le comprendre. Mais une fois qu'elle aura l'enfant, les choses se présenteront autrement.»

Je secouai la tête, et bientôt ce fut mon corps entier qui fut secoué d'indignation, de répulsion, d'écœurement. J'étais écœurée par Leo, par son indifférence et ses ruses. Écœurée par ce qu'il proposait, par sa femme et l'idée que mon enfant grandirait chez ces deux-là. J'étais écœurée par moi-même. Je m'étais compromise avec un être pareil. Je l'avais aimé.

Je n'eus même plus la force de le faire sortir de l'appartement. Je m'habillai sans rien dire, tandis qu'il discourait en remettant ses vêtements, me demandant ce qui se passait, c'était quoi ces manières et qu'est-ce qui me prenait, je n'avais pas à me mettre dans cet état, et sa proposition était pourtant honnête. Je fus plus rapide que lui et, quand il quitta l'appartement, j'avais déjà descendu l'escalier en courant et m'étais cachée dans la cour. Je l'entendis m'appeler dans l'escalier, j'entendis la porte de l'immeuble se refermer, et lorsque au bout d'un moment je sortis dans la rue, il avait disparu.

Il ne pouvait pas m'appeler, nous n'avions pas le téléphone. Il m'écrivit que nous nous étions mal compris, qu'il voulait juste m'aider, qu'il fallait nous revoir et nous expliquer, qu'il m'aimait, que nous ne pouvions pas vivre notre amour comme nous en avions rêvé, mais que nous pouvions continuer à le vivre de cette façon, qu'il allait essayer de me trouver un appartement. Je ne répondis à aucune de ses lettres, et un jour où il m'attendait à la sortie de l'université, je passai devant lui et je fus fière de le faire avec tant de froideur et d'hostilité qu'après quelques pas à mes côtés et quelques phrases, il renonça et resta loin derrière moi.

Il avait raison ; pour avorter c'était trop tard. Les médecins que m'indiquèrent des amies refusèrent. Sauter de la table et boire une infusion de genièvre, de camomille et de jacobée, cela ne donna rien. Farfouiller dans mon ventre avec des aiguilles à tricoter, je ne pouvais pas. On parlait déjà de la réforme qui faciliterait l'avortement, mais elle n'est intervenue que quelques années plus tard.

Pendant un temps je fus désespérée, en partie aussi parce que les nausées et les vomissements me gênèrent plus que ce que m'avaient raconté mes amies ayant eu des enfants. Je songeai même à accepter finalement l'affreuse proposition ; Leo assurerait une grossesse à l'abri, un accouchement en sécurité et une adoption sans problème. Mais, un week-end, voilà que le printemps arriva. Le lundi, sous un ciel bleu, lorsque j'eus pris le S-Bahn jusqu'à la station Friedrichstraβe, marchant jusqu'à l'université sous les tilleuls qui commençaient à verdoyer, je sentis le désespoir me quitter entièrement. La journée était radieuse, je ne sentais plus l'odeur du lignite qui règne tout l'hiver sur la ville, je sentais la fraîcheur du matin, et le soleil était si chaud que j'ai ôté ma veste et l'ai posée sur ma sacoche. J'y arriverais. La grossesse, la naissance, avoir l'enfant ou le confier, les études, la profession – j'y arriverais. Et si je confiais l'enfant à d'autres, je prendrais bien soin qu'il ne soit pas récupéré par Leo. Et je lui ferais savoir que je l'aurais mis au monde, mais me serais gardée de le lui donner.

*

Arrive-t-il souvent que des femmes enceintes tombent amoureuses ? J'eus d'abord mauvaise conscience. Mes sentiments n'appartenaient-ils pas à l'enfant qui grandissait en moi ? Le privais-je de quelque chose ?

Mais comme je me sentais femme ! J'avais toujours été contente de mon corps, pour autant qu'une femme puisse être contente de son corps, contente comme de quelque chose qui m'appartenait. Maintenant, j'étais mon corps. Mes formes étaient plus douces, mes seins plus gros, ma chevelure brillante, mon visage lumineux. Je me regardais avec plaisir, et j'aimais quand des hommes me regardaient. Et ils me regardaient, ils ne pouvaient pas me quitter des yeux. Ils me désiraient. J'étais la vie.

En mai, ma grossesse ne se voyait pas. Cela dura encore longtemps, non seulement parce que je m'habillais en conséquence, mais parce que mon ventre restait petit. J'avais toujours fait du sport, mes abdominaux étaient toniques, mon tissu conjonctif était ferme, et je ne mangeais pas plus que d'habitude. Ce qui a peut-être joué aussi un rôle, c'est que je refoulais cette grossesse. Lorsque finalement ce ventre ne passa plus inaperçu, ce furent les vacances semestrielles ; je suis partie chez Paula au bord de la Baltique, et je ne suis revenue qu'une fois que tout fut terminé.

Mais je ne veux pas encore écrire là-dessus. Je veux écrire sur la façon dont je suis tombée amoureuse. J'étais enceinte, après l'amour pour Leo et la répulsion qu'il m'inspirait, je me sentais lessivée, je ne pouvais pas imaginer qu'un homme pût à nouveau me plaire et que je pusse jamais aimer à nouveau un homme. J'appréciais que les hommes me désirent. Mais c'était un plaisir froid. Si j'en avais laissé un m'approcher, ç'aurait été uniquement pour lui faire du mal.

En mai était prévu, pour la Pentecôte, le rassemblement de la jeunesse allemande. Il y eut de la propagande, avec des défilés au pas cadencé, des processions de drapeaux, des spectacles de gymnastique et de danse, des déclarations publiques et des promesses solennelles, et l'accueil d'une délégation après l'autre. Mais il y avait aussi le nouvel émetteur pour la jeunesse DT 64, avec du beat et, pour la première fois en RDA, les Beatles : alors ça dansait dans les rues et sur les places. De Berlin-Ouest arrivèrent des centaines d'étudiants, curieux de nous connaître comme nous l'étions d'eux. Certains venaient pour discuter avec nous de politique, du Mur, de la réunification, de la liberté de voyager et d'élections libres, et nous, en tant que membres de la FDJ, nous démontrions notre solidité idéologique. D'autres voulaient savoir comment nous vivions, ce qui nous intéressait, quels rapports nous avions entre nous, ce que nous faisions en vacances, comment nous nous débrouillions avec la politique, ce que nous voulions faire plus tard. Ils nous demandaient ce que nous nous demandions nous aussi, et cela nous rapprochait. En même temps, nos réponses étaient plus intéressantes pour eux que pour nous, et du coup nous nous sentions plus intéressants que d'habitude. Le contact pris, nous nous déplacions ensemble, allions nous asseoir ensemble sur la Bebelplatz et dans le Monbijoupark et au bord de la Spree, nous parlions et dansions ensemble, et nous étions enchantés les uns des autres. Être admirée et désirée par un étudiant de l'Ouest quand on portait la chemise bleue de la FDJ, cela faisait du bien.

Je rencontrai Kaspar le matin du deuxième jour. Helmut, mon secrétaire de la FDJ, m'avait donné pour mission de participer aux discussions sur la Bebelplatz ; il supposait avec raison que les étudiants du Ring Christlich-Demokratischer Studenten ici devant l'université Humboldt chercheraient à discuter avec les étudiants de la FDJ. Donc je défendis la nécessité du mur de protection antifasciste contre le débauchage, l'infiltration, l'espionnage, le sabotage, le noyautage par l'Ouest, l'instauration d'une coexistence pacifique entre les deux États allemands comme condition préalable à la réunification de l'Allemagne et à des élections libres en RDA. Kaspar était là debout et écoutait, puis soudain il intervint, décontenancé : « Mais au fond, pourquoi parlez-vous ensemble ? Vous savez déjà tout. Ce que vous allez dire et ce que les autres vont dire. Et si l'un n'a pas autant de repartie qu'un autre ou (il me regarda) qu'une autre, qu'est-ce que ça prouve ? » Les autres le dévisagèrent un instant avec stupéfaction. Mais ensuite la discussion reprit comme s'il n'avait rien dit. Kaspar ne broncha pas, comme pour éviter toute brusquerie, puis s'écarta du groupe et s'éloigna. Je le suivis des yeux. Il portait un jean et une chemise, et un pull sur les épaules, les manches nouées sur sa poitrine. Il se tenait droit, marchait tranquillement, en promeneur – j'aimais sa démarche, et la façon dont il m'avait regardée et avait admiré ma repartie.

Je le revis sur l'Alexanderplatz. J'avais un bon qu'il fallait présenter à la cuisine roulante, lui n'avait pas compris qu'il en fallait un, il s'était patiemment mis dans la queue et lorsqu'on refusa de le servir, il eut l'air si déçu que je demandai à la femme qui maniait la louche de lui donner, même sans bon, une portion de ragoût. Il remercia la femme, me remercia et me suivit jusqu'à l'emplacement à côté de la Maison de l'Enseignant où beaucoup étaient déjà assis et mangeaient. Quand je m'assis moi aussi, il resta debout sans savoir s'il devait se mettre à côté de moi, et je vis bien qu'il ne se cherchait pas des voisins plus intéressants, mais qu'il ne voulait pas s'imposer. Puis il s'assit près de moi, et quand d'autres arrivèrent pour s'asseoir à leur tour, il se poussa vers moi en me souriant, comme si c'était sa place. Il était comme ça. Il ne voulait pas s'imposer, mais s'il trouvait un contact, il était aussitôt confiant et attaché.

« Vous faites juste une pause, ou vous avez assez travaillé pour aujourd'hui ?

— Vous parlez de la discussion sur la Bebelplatz ?

— Oui. C'est du travail, pour ceux du RCDS comme pour vous de la FDJ. Cette parlote qui n'aboutit à rien… Mais vous êtes douée, je vous ai écoutée avec plaisir.

— Je pense ce que je disais. Je n'ai pas fait que parler.

— Oh ! » Il posa son assiette par terre et leva les mains pour s'excuser. « Je ne voulais pas vous vexer. Bien sûr que vous pensez ce que vous dites, et les autres aussi pensent ce qu'ils disent. Mais j'estime que les discussions n'apportent rien si on ne donne pas les raisons de ses opinions. De ce qu'on espère, de ce qu'on redoute, de qui on est avec une opinion et qui l'on serait sans elle – vous comprenez ce que je veux dire ?

— Vous parlez des rêves des gens ?

— Aussi ; pas les rêves politiques, les rêves personnels. »

Je me demandai si on pouvait les séparer, je pensai au fiasco avec Leo, je replongeai ma cuillère dans mon ragoût, lui aussi reprit son assiette et se remit à manger. Jusqu'à ce que je lui demande :

« Quels sont vos rêves personnels ? »

Ça le fit rire.

« Quelque chose comme ici. Où ça ne dépend pas du socialisme et du capitalisme, mais où simplement nous nous asseyons ensemble et mangeons et parlons les uns avec les autres.

— Qu'est-ce que vous étudiez ? Et est-ce que vous tenez à être vouvoyé ? Ici nous nous tutoyons, entre étudiants. »

Il n'y tenait pas. Lorsqu'il dit son prénom, Kaspar, je pensai que peut-être ça le gênait, et que c'était pour ça qu'il préférait le *vous*. Mais il parla des Rois mages, parmi lesquels Kaspar était le roi noir, et qu'étant enfant il avait appris à défendre son prénom et à l'aimer. Il était étudiant en études germaniques et histoire.

« J'aime beaucoup les livres des XVIIIe et XIXe siècles, qu'aujourd'hui personne ne lit, comme Karl Philipp Moritz et Friedrich Theodor Vischer. Je vis un peu à l'écart de mon temps.

— C'est pour ça que tu rêves, comme s'il n'y avait pas de politique. Nous ne pouvons pas nous asseoir simplement à la même table tant que vous refusez la coexistence pacifique. »

Il me sourit et je vis ce qu'il pensait : que nous étions quand même assis ensemble. Alors il dit :

« Nous sommes faits pour être ensemble. Nous parlons la même langue, et si tu n'aimes pas Moritz et Vischer, qui sont peut-être plus intéressants que séduisants, tu aimes sûrement Fontane, Döblin ou Frank. Tu étudies quoi ? »

Moi aussi j'aurais voulu être en études germaniques, mais on m'avait inscrite en économie et, après deux semestres de marxisme-léninisme, j'apprenais au troisième semestre l'économie étatisée et la comptabilité collectiviste. Je lisais beaucoup, de la littérature contemporaine, mais Kaspar avait raison, j'aimais bien Frank, Döblin et Fontane.

« Et la poésie ? Y a-t-il des poèmes que tu aimes ? »

Il me regarda, vit à mon air que j'aimais la poésie, il s'en réjouit et, radieux, récita :

Le printemps laisse son ruban bleu
Flotter à nouveau dans les airs ;
Des senteurs douces et bien connues
Caressent de magie les champs.
Les violettes déjà font des rêves,
Elles veulent être bientôt là.
Entends au loin ce son de harpe !
Printemps, oui c'est bien toi !
Toi que j'ai senti d'avance !

Les regards étonnés et amusés des gens assis autour de nous ne le dérangeaient pas, il était tout entier dans ce poème – et auprès de moi. Il ne me quitta pas des yeux, récita pour moi, pour moi seule, il m'offrit le poème et s'offrit en même temps. Lorsque nous nous levâmes pour partir, il me prit la main et je le laissai faire.

*

À partir du midi de cette deuxième journée, nous avons passé ensemble cette rencontre de Pentecôte. Je ne me suis plus manifestée auprès d'Helmut et me suis dispensée des discussions. Kaspar et moi sommes allés de-ci de-là, avons écouté des groupes de musique et assisté à des représentations, et dansé encore et encore. Quand nous rencontrions un groupe d'étudiants de l'Est et de l'Ouest, les uns en chemises bleues et les autres en jeans, nous nous joignions à eux, et à la fin de cette rencontre de Pentecôte nous avions une liste d'étudiants que nous trouvions intéressants et un rendez-vous fixé pour une soirée chez Ingrid.

Cette première soirée fut suivie d'autres. La plupart du temps nous nous retrouvions chez Ingrid, parfois nous allions au théâtre ou au cinéma, et ensuite dans un bistrot. Nous étions dix, parfois plus et parfois moins, quatre étaient en couple, les autres non. Nous parlions de tout, d'amour et de politique, de livres de l'Ouest qu'ils apportaient, et ceux de l'Est que nous leur donnions. Nous récitions nos poèmes préférés et écoutions les musiques que nous aimions. Les disques apportés par Stephan me firent découvrir le jazz, grâce aux disques Lyrik-und-Jazz de Matthias je connus Gottfried Benn, qui n'était pas distribué chez nous, et j'entendis Westphal interpréter des poèmes de Heine à m'étouffer d'émotion.

Lorsque nos amis de l'Ouest eurent lu *Un parfum de mer exotique* de Hermann Kant, *Traces de pierres* d'Erik Neutsch et *Description d'un été* de Karl-Heinz Jakobs, ils voulurent savoir si nous connaissions des camarades comme il y en avait dans ces livres : fidèles au Parti, fermes dans leurs convictions, mais sans œillères, honnêtes, francs, durs envers autrui et envers eux-mêmes, mais l'oreille ouverte aux misères des autres, prêts à critiquer sévèrement, mais aussi, quand ils comprenaient, à conseiller et à aider, sans ambition maladive de carrière et de situation, sans prétention. Pourrions-nous un jour faire venir ce genre de camarades dans notre cercle ? Nous avons réfléchi longuement. Dans les entreprises où nous avions travaillé, nous n'en avions pas rencontré ; la plupart des ouvriers que nous avions connus étaient sérieux et fiables, mais c'était lié à leur fierté d'ouvriers et à l'argent, non au Parti, dont les interventions suscitaient leurs moqueries, indulgentes ou aigres. Nous songeâmes à nos enseignants, mais soit ils étaient fermes dans leurs convictions et bornés, soit leur esprit ouvert les faisait se tenir prudemment à distance du Parti. Quelques-uns d'entre nous avaient des pères et des mères qui étaient au SED ; même quand ils respectaient politiquement leurs parents, ils voyaient trop bien les conflits dans lesquels ceux-ci vivaient entre fidélité au Parti, fidélité à leur métier et liens d'amitié et de parenté : cela n'en faisait pas des camarades modèles. Nous n'en trouvâmes pas.

Mais ce ne fut pas cette expérience, ni non plus la *Dialectique sans dogme* de Havemann et le destin qu'il eut, ni davantage l'acharnement contre Wolf Biermann qui m'écarta de ma foi en l'époque nouvelle. Je n'ai pas rompu avec cette foi. Je n'ai même pas eu conscience que je m'en détachais. Cela cessa comme l'hiver cesse en été, ou la faim quand on mange. Trop de choses étaient plus importantes : les conversations avec les amis, la nouvelle littérature et la musique, ce qui se développait entre Kaspar et moi. Et je n'avais plus besoin non plus de cette foi en l'époque nouvelle comme refuge pour fuir le foyer, Père mort, Grand-mère, Mère et sœurs. Je trouvais le refuge ailleurs. La vie était ailleurs.

*

Lors de la première réunion chez Ingrid, son appartement m'avait fait un peu peur. Je n'y étais pas retournée depuis l'après-midi avec Leo. Comme s'il savait ce que j'éprouvais, Kaspar m'a pris la main et l'a serrée, et il m'a souri. J'étais passée le chercher à la station Friedrichstraße et nous nous étions serrés dans les bras. Déjà pendant le rassemblement de la Pentecôte nous nous étions parfois tenus par la main en marchant dans les rues, et serrés dans les bras en nous disant au revoir le soir. Sans plus, sans nous embrasser, rien qu'une accolade. Entre nous était née une proximité, nous savions que nous partagions quelque chose de fort, même si nous ne savions pas encore quoi. Lorsque devant l'appartement d'Ingrid il prit ma main et la serra, je sus qu'il serait capable de me tenir.

Nous ne nous voyions plus seulement avec les autres, mais aussi à deux. Nous devenions un couple, mais jusqu'à la fin du semestre d'été nous ne nous le sommes pas avoué, et encore moins aux autres. J'avais voulu former un couple avec Leo, et ce désir avait été bête et erroné ; je ne voulais plus souhaiter être ni me voir en couple. Chez Kaspar c'était sans doute la crainte de s'imposer ; il s'interdisait non seulement tout comportement importun, mais aussi des sentiments qui attendraient de l'autre plus qu'il n'était prêt à donner. Mais nous étions amoureux l'un de l'autre. Moi depuis qu'en plein tumulte du rassemblement de la Pentecôte il avait déposé son poème à mes pieds en oubliant le reste du monde. Lui disait qu'il était tombé amoureux de moi sur la Bebelplatz.

« Pourquoi ?

— Parce que tu ne disais pas les choses politiques comme les autres, avec l'acharnement de qui n'en démord pas, mais avec légèreté. Comme si tout ça était un jeu. » Il rougit. « Et parce que tu étais ravissante, je veux dire, tu es ravissante, mais là je te voyais pour la première fois. » Il était embarrassé, il baissa les yeux, les rouvrit et me dit : « Tu es la plus belle femme que j'aie jamais vue. »

Ça me fit rire.

« Tu ris, mais c'est comme ça. »

Nous étions au Treptower Park, au bord de la Spree, allongés sur une vieille veste de l'armée américaine. Il s'appuya sur ses coudes et regarda tout autour.

« Non que ce qui est beau soit important. Dans Berlin, beaucoup de choses ne sont pas belles, ni chez vous ni chez nous, et Berlin est tout de même une ville bien. »

Qu'il atténuât si vite le compliment qu'il avait fait à ma beauté me vexa, mais je n'en fis rien voir.

« Alors, qu'est-ce qui est important ?

— Que ce qu'on fait, on ait envie de le refaire sans cesse. Parcourir sans fin une rue. Relire sans cesse un livre. Réécouter une musique. » Il s'assit et se tourna vers moi. « Regarder sans se lasser un visage.

— Et qu'est-ce qui fait qu'on a envie de le refaire toujours ? »

Il hocha la tête.

« Je ne sais pas. Ou plutôt – parfois je le sais, et parfois non. Ton regard a cet effet, à l'instant encore rêveur, perdu, et soudain concentré comme le regard de la flûtiste ou du violoniste, soudain cadré par une caméra lors d'un concert. Comme tes yeux rient, quand tu ris. Comme tes lèvres s'amincissent quand tu t'indignes. Comme tes joues rougissent lorsque tu as couru ou que tu te fâches. » Il se mit à rire. « Quand sur l'Alexanderplatz on a couru pour attraper le S-Bahn, d'avance je me réjouissais de ton visage après cette course. »

Je fus contente de ce qu'il disait là. Je fus contente par ailleurs de tout ce que nous avons eu pendant deux mois, de la mi-mai à mi-juillet. Il devait repartir pour Berlin-Ouest avant minuit, nous n'avons pas eu une nuit ensemble, il ne pouvait pas me montrer son monde, nous ne pouvions partir nulle part en voyage. Mais nous avons joui de ce qu'offraient les théâtres, nous avions les après-midi au Monbijoupark ou au Treptower Park, nous nous étendions au bord de la Spree sur une couverture que j'apportais, fumions les cigarettes qu'il apportait, et lisions et parlions et échangions des câlins.

J'étais contente de ce que nous avions, parce que je ne voulais pas penser plus loin. Pas à la façon dont cela devrait continuer, pour l'enfant, pour moi, pour Kaspar.

*

Il n'y a pas de livre sur lequel nous ayons discuté aussi passionnément, lors de nos rencontres, que le roman de Christa Wolf *Le ciel divisé.* Rita avait-elle raison de rester en RDA, ou Manfred de la quitter ? Rita avait son plus fort défenseur en la personne de Volker, mon voisin sur les bancs de l'école supérieure de fin d'études (EOS), qui s'était enfui dès la construction du Mur et était revenu quelques jours plus tard. Certaines personnes ne pouvaient pas être arrachées à leur sol ; c'est dans ce sol, bon ou mauvais, qu'elles avaient leurs racines et seulement sur lui qu'elles pouvaient grandir. On lui répondait que Rita n'était pas tellement enracinée ; elle avait quitté le village pour la ville, renoncé au bureau et entrepris des études pour devenir enseignante. Matthias et Stephan trouvaient néanmoins compréhensible que Rita, en dépit des défauts de la réalité socialiste, continuât à croire à l'idée socialiste ; les chrétiens croyaient bien à la justice de Dieu, alors que la justice n'était pas très avancée dans la réalité. Les étudiants de l'Est jugeaient que la foi de Rita était idéalisée et romancée, ceux de l'Ouest trouvaient que la résignation de Manfred était décrite trop plaintivement. Qu'est-ce qui liait Rita et Manfred l'un à l'autre ? Qu'est-ce qui les avait fait se perdre ? L'antagonisme politique entre l'Est et l'Ouest, l'incompatibilité des façons de vivre dans le socialisme et le capitalisme, la différence d'origine, d'âge et de situation, la différence des caractères ? Ou bien avaient-ils tous deux laissé la vie les séparer progressivement, comme cela arrive ? Leur ciel avait-il été déjà divisé avant la construction du Mur, ou après seulement ? Le partage du ciel était-il inscrit d'avance comme résultat de l'évolution politique, ou dépendait-il de nous de voir le ciel, au-dessus de nos têtes, partagé ou intact ?

Le 2 juillet, nous étions étendus au bord de la Spree, Kaspar avait apporté du champagne et des gobelets en carton, qu'il remplissait.

« Qu'est-ce qu'on fête ?

— Mon anniversaire. Et l'année qui vient. »

Nous avons trinqué. Je lui ai souhaité du bonheur, lui ai

donné un baiser et l'ai interrogé du regard. Qu'est-ce qu'il y avait à fêter l'année prochaine ?

« Pour moi le ciel n'est pas divisé. C'est le ciel de Dieu, qui m'entoure ici comme là-bas – tu connais le poème de Heine. Je viendrai m'installer ici. »

J'ai secoué la tête.

« Si tu veux de moi. »

J'ai mis mes bras autour de son cou.

« Tu as oublié la suite du poème ? Que les étoiles, la nuit, sont suspendues au-dessus de Heine comme lanternes funèbres. Le ciel de Dieu ne l'a entouré, ici comme là-bas, qu'après sa mort. Le poème est inscrit sur sa tombe.

— Je me suis renseigné. Il y a sans cesse des gens de l'Ouest qui passent à l'Est. On les met dans un camp, et s'ils ne sont ni des espions, ni des cinglés, ni des criminels, ils sont relâchés au bout de quelques semaines, et ils font leur vie. Je ne deviendrai pas un bon socialiste et je ne ferai pas une grande carrière, mais je n'en ai pas besoin. Je trouverai bien quelque chose. Nous trouverons quelque chose. »

Je fus terrifiée. Terrifiée à la perspective de rester en RDA. Ce qui avait grandi en moi au cours des semaines après le rassemblement de la Pentecôte, mais dont je n'avais pas pris conscience, soudain fut évident avec une extrême netteté. Je n'avais plus rien à faire de la RDA. Je ne voulais plus faire des efforts ni mes preuves ici. Je ne voulais pas étudier l'économie, je ne voulais pas perdre mon temps avec la FDJ, les brigades d'étudiants et les campagnes de récolte, je ne voulais pas faire attention à ce que je disais et pensais. Je ne voulais pas attendre d'époque nouvelle, ni de pays nouveau, ni d'être humain nouveau. Je ne voulais pas attendre, je voulais vivre. Je ne voulais pas le bout de territoire entre la Baltique et les monts Métallifères. Je voulais le monde.

Je n'avais plus vraiment écouté Kaspar. Il avait parlé de métiers, d'endroits et de ce que nous pourrions faire, et où, tous les deux ensemble. Il me tenait et il me dit :

« Je veux être avec toi, Birgit. Jour après jour. C'est avec toi que je veux m'endormir le soir et me réveiller le matin. Veux-tu de moi ? »

Qu'est-ce qu'il raconte ? Voilà ce qui me passa par la tête. Tout juste vingt ans, vraiment amoureux pour la première fois, venir ici et qu'on vive ensemble, comment prétend-il savoir ce qu'il veut, jour après jour, s'endormir et se réveiller, facile à dire, nous ne nous sommes encore jamais endormis ni réveillés ensemble, il me demande si je le veux, je le veux, j'aime le regarder, j'aime entendre sa voix, j'aime le toucher, j'aime qu'il me soit attaché, je sais qu'on peut se fier à lui, mais est-ce là de l'amour, ou est-ce que cela le deviendra si je me décide pour lui, je ne peux pas me décider pour lui si je dois vivre ici avec lui, ça je le sais, je ne veux pas vivre ici, ni sans lui ni avec lui, ni me décider pour lui, l'aimer, le vouloir, il n'est pas question de tout ça, qu'est-ce qu'il raconte, inconscient, cœur fidèle, attaché, qu'est-ce qu'il raconte.

« Je ne veux pas que tu t'installes ici. Tu ne sais pas ce que tu racontes. Tu ne trouverais pas ta place ici. Peut-être la trouverais-tu si tu voulais construire le socialisme. Mais tu ne veux pas ça. Et moi je ne veux plus rien construire ici non plus. Je veux le monde. »

Il ne me lâcha pas, il me regarda attentivement, sans me contredire. Il continua à serrer mon dos dans ses bras, sa tête contre la mienne. Au bout d'un moment il dit tout doucement :

« C'est bien aussi. Alors je vais te tirer d'ici. »

*

Je sais, c'est là que j'aurais dû lui dire où j'en étais. Je ne savais pas le mal que peut faire le silence qu'on garde. Que je conserverais toujours une prudence vis-à-vis de Kaspar, une retenue qui me bloque et le bloque. Non que j'aie peur de soudain me trahir par mégarde. Mais lorsque je veux parler à cœur ouvert, il y a toujours un moment de retenue : dois-je vraiment dire ça ? Ou bien dois-je le déposer dans la chambre du silence, dont je tiens la porte fermée à clé et dont je voudrais oublier ce qu'elle contient ? Même quand nous nous aimons, je perçois cette prudence et cette retenue. Quand on couche ensemble c'est bien, aujourd'hui encore. Mais jamais nous ne nous sommes fondus l'un dans l'autre.

Dès lors que je ne lui avais pas dit que j'étais enceinte, j'ai dû ensuite lui taire que j'avais mis au monde une fille, et ce que j'avais fait d'elle. Et je ne peux pas lui dire non plus que je veux retrouver sa trace. La nuit, lorsque la peur me réveille en sursaut, que je ne peux pas dormir et qu'il me demande ce qu'il y a, je le rassure d'un geste. Il est content quand il me voit jouer avec des enfants, mais il ne comprend pas ce qui se passe en moi. Il ne peut pas comprendre non plus pourquoi je tiens secret ce que j'écris ; cela le blesse, et le blesser me blesse aussi, mais je ne peux pas lui dire sur quoi j'écris : sur moi, ma fille et mon désir de la retrouver.

Je ne savais pas le mal que fait à long terme le silence qu'on garde. Si je l'avais su, si j'avais pensé en termes de longues années – est-ce que cela aurait changé quelque chose ? Il voulait s'installer avec moi et que nous vivions ensemble, sinon là-bas, alors ici : il voulait venir me chercher. Moi, et non moi et un enfant. D'ailleurs, comment voulait-on que ça marche ? J'avais entendu parler de gens qui avaient fui cachés dans des voitures, des trains ou des bateaux, en passant par des tunnels, par la Baltique ou par la frontière tchèque ou hongroise, tout cela était impossible pour des enfants, qui ne restent pas silencieux dans une cachette, qui ne sont pas tranquilles et qui en chemin tout d'un coup n'en peuvent plus. Et aurait-il voulu de moi s'il avait su que j'attendais l'enfant d'un autre ? Ou que, voulant m'enfuir et ne pouvant faire autrement, je trahissais et abandonnais mon enfant ? Quel genre de femme, quel genre de mère fait une chose pareille ?

Je savais que Kaspar ne l'avait pas seulement dit comme si pour lui cela allait de soi, mais que pour lui, cela allait vraiment de soi : il viendrait me tirer de là. Il me voulait, et lorsqu'il avait dit « C'est bien aussi » et que j'étais restée dans ses bras, il y avait vu la confirmation que moi aussi je le voulais. Je ne voulais pas mettre ça en jeu. Je pensais aussi que notre amour m'emporterait par-dessus tout ce qui deviendrait difficile. La clarté, la sûreté et la résolution de Kaspar étaient si convaincantes, si puissantes que moi aussi je me décidai. Ce fut un plongeon ; je laissai les doutes derrière moi comme des vêtements sur la rive, et je plongeai dans l'amour pour Kaspar.

Je l'aime depuis le 2 juillet 1964, depuis son vingtième anniversaire. Je savais qu'à la fin du semestre il partirait pour sa ville natale et y entamerait sa formation par un stage dans une maison d'édition. Je lui avais dit que je serais envoyée au bord de la Baltique avec une brigade d'étudiants dans un foyer de vacances. Nous ne voulions pas nous écrire, parce que nous ne voulions pas le faire sous les yeux de la censure. Mais si cette longue séparation me rendait triste, elle ne me faisait pas peur. J'étais certaine que je le reverrais et qu'il me ferait sortir. Dans la certitude de son amour, j'étais certaine aussi de mon amour.

Nous sommes restés étendus au bord de la Spree jusqu'à la tombée de la nuit. Nous nous sommes raconté l'un à l'autre nos parents et nos frères et sœurs, ce qu'avaient signifié pour lui l'Église et pour moi le Parti, ce qui nous avait enthousiasmés et quels personnages nous avions idolâtrés, notre premier flirt et notre premier baiser. Nous avons été jaloux des baisers donnés à d'autres, et nous en avons ri. J'ai voulu lui parler de Leo, sans détails, juste dire qu'il avait existé, mais je n'en fis rien.

Nous nous sommes revus une ou deux fois avant la fin du semestre. Mais pour moi cette soirée du 2 juillet fut « Bienvenue et Adieu », comme le titre du poème de Goethe. Nous allions bientôt devoir nous dire adieu, mais nous nous souhaitions l'un à l'autre bienvenue pour la vie. La journée avait été chaude, et la nuit le resterait. L'eau de la Spree battait la rive, au loin riaient et criaient des enfants, un merle chantait. Le silence vint. Kaspar dit à voix basse une strophe du *Chant du soir* de Matthias Claudius :

Comme le monde est tranquille
Et sous le voile du crépuscule
Qu'il est doux et intime !
Telle une chambre de silence
Où les chagrins du jour
Doivent s'assoupir et s'oublier.

Je me suis réjouie d'avance des poèmes qu'il saurait pour moi tout au long de la vie. J'ai fermé les yeux. J'aurais aimé m'endormir entre ses bras et m'y réveiller le lendemain matin.

*

Paula avait une datcha sur la presqu'île de Darβ. Son grand-père avait construit avant la guerre un abri pour son bateau et son matériel de pêche, elle y avait ajouté une petite salle de bains, une petite cuisine et une plus grande pièce. Savoir si la datcha est encore debout ? A-t-on exigé sa destruction ? Au moment de l'agrandir, Paula ne s'était pas souciée des droits de construction, sur lesquels l'administration de l'époque fermait les yeux, craignant les conflits que provoqueraient les nombreuses datchas construites dans des conditions tout aussi douteuses.

La datcha se trouvait au bord de l'étang, du Bodden, à bonne distance de la mer, des plages pour baigneurs, des foyers de vacances. Si nous n'allions pas faire des achats ou ne rencontrions personne en marchant ou en faisant du vélo, nous ne voyions pas âme qui vive. Cela me convenait. Lorsque mon ventre devint plus gros, Paula alla faire les courses sans moi. Je ne voulais pas qu'on me voie enceinte et qu'après l'accouchement on me questionne sur mon enfant.

Paula et moi, nous nous connaissions depuis le jardin d'enfants. Ce qui nous avait réunies, c'est qu'on se moquait de nous, de moi à cause des deux longues tresses que ma mère me faisait porter, d'elle parce qu'elle avait une tache de vin à droite sur le visage, de la joue au front. Nous avions ensuite été assises côte à côte à l'École supérieure polytechnique, et nous étions restées amies lorsqu'elle obtint son brevet d'infirmière à Erfurt et que je dus aller à l'EOS. Elle devait prendre son premier poste en octobre, son été était libre, et elle m'avait invitée à la datcha sans rien savoir de Leo, ni de ma grossesse, ni de Kaspar. Elle m'avoua plus tard qu'elle avait vu dès mon arrivée que j'étais enceinte. Mais elle ne m'avait rien demandé. Elle attendit que je puisse parler, la deuxième semaine.

J'étais sûre de son amitié et de sa loyauté, mais je craignais néanmoins qu'elle réagisse mal à mon récit et à ce que je souhaitais faire. Nous étions assises sur le ponton partant de la prairie devant la datcha et traversant les roseaux, et nous laissions nos pieds tremper dans l'eau. Elle voulait toujours que je m'asseye à sa gauche, alors que je m'étais non seulement habituée depuis longtemps à sa tache de vin, mais que je l'aimais bien ; avec sa chevelure flamboyante et toutes ses taches de rousseur, elle illuminait tout son visage. C'est comme ça que je me représentais une Carmen irlandaise. Elle si belle, si calme et si sûre d'elle, assise à mon côté, que j'en étais un peu intimidée. J'avais tellement vécu à la va-vite, m'engageant trop rapidement, tranchant brusquement !

Je lui ai tout raconté, Leo, la grossesse, Kaspar, que je ne voulais pas rester en RDA, qu'il viendrait m'en faire sortir. Pourquoi je ne voulais pas garder l'enfant, pourquoi je ne voulais pas non plus le donner à Leo.

« Mais ?

— Je le déposerai sur le seuil d'un hôpital, d'un orphelinat ou d'un presbytère. »

Elle me regarda un instant, comme pour s'assurer que j'étais bien assise à côté d'elle et que j'avais dit ça.

« Que deviendra ton enfant ? Il sera adopté par je ne

sais qui, ou confié à je ne sais quelle nourrice, ou atterrira dans un foyer et, si ça ne va pas, dans un autre, un foyer après l'autre, et de pire en pire. Ça t'est égal ?

— Je n'y ai pas encore réfléchi.

— Alors réfléchis-y. Je ne connais pas Leo, je n'aime pas ce que je sais de lui par ton intermédiaire, je comprends que tu ne veuilles pas lui donner l'enfant. Mais est-ce qu'il s'agit de toi, ou de l'enfant ?

— N'importe quel père adoptif, ou père nourricier, ou n'importe quel foyer vaudra mieux que Leo. Leo est un porc. »

Elle secoua la tête.

« Ah, Birgit… Mais qu'est-ce que tu t'imagines ? Tu ne veux pas cet enfant, tu ne veux même pas le voir, ni le prendre dans tes bras, ni lui donner le sein. Tu veux dès sa naissance enfourcher ton vélo et aller déposer l'enfant chez le prêtre le plus proche ? Tu ne pourras pas faire ça, il n'y a que moi qui puisse le faire. Tu veux qu'après t'avoir aidée à accoucher, je fasse immédiatement disparaître l'enfant, de tes yeux et de ton esprit ?

— Je te l'ai dit. Je n'ai pas encore précisément réfléchi à tout ça. Il y a encore le temps. »

Elle regarda mon ventre.

« Trois mois ?

— Deux à trois. »

Elle regarda vers l'étang et cligna des yeux comme pour inspecter les cygnes, la barque du pêcheur à la ligne ou le cormoran perché sur la bitte d'amarrage à moitié pourrie.

« Il n'y a pas lieu de réfléchir, il y a seulement à décider. Mais tu as besoin de moi et tu ne peux pas décider sans moi. Ça ne me plaît pas, ni le dépôt sur le seuil, ni qu'il grandisse chez je ne sais quels parents adoptifs ou familles d'accueil, et encore moins dans des foyers. Si tu ne veux pas de cet enfant, il appartient au père. Lui le veut. Pourquoi ne serait-il pas un bon père ? Il était assez bien pour que tu en tombes amoureuse et que tu couches avec lui. »

Les jours suivants, Paula n'a pas lâché prise malgré les désaccords avec mon père, disait-elle – n'aurait-il pas mieux valu qu'il fût là, au lieu d'être tué à la guerre ? Leo s'était servi de moi, est-ce que cela ne montrait pas combien il voulait un enfant et avec quelle affection et quelle attention il s'en occuperait ? Je voulais m'enfuir – pourquoi ne pas vouloir donner une bonne fin à ce que j'avais fait ici, et partir réconciliée ? Le salaud et moi la victime – était-ce vraiment ça ? Ne l'avais-je pas tout autant séduit qu'il m'avait séduite, pourquoi n'avoir pas pris de précautions, avais-je voulu le lier à moi par cet enfant ?

Que voulait-on que je réponde ? Je savais qu'il était exclu que Leo ait l'enfant, je le savais avec ma tête et mon corps, je le savais avec la plus grande certitude. Je le sais encore aujourd'hui. Je ne suis pas une machine à enfanter, et mon enfant n'est pas un objet qu'on tire de la machine après y avoir inséré une fausse pièce. Je sais qu'il y a de mauvais parents adoptifs, et des foyers affreux. Mais il y en a aussi d'autres, des parents adoptifs ou nourriciers pleins d'amour pour leurs enfants, et des foyers dirigés par des pédagogues dévoués. Et si l'on a la déveine de tomber dans un foyer affreux, on peut aussi en sortir avec une personnalité d'autant plus solide.

Je suis sûre que ma fille n'a pas souffert. Que quand je la trouverai, ce sera une jeune femme heureuse, pleine d'énergie et de joie de vivre. Si je la trouve… Pourquoi faut-il que la recherche soit si difficile que j'aie à peine envie de la commencer ? Il ne faut pas non plus que je trouve ma fille trop tôt. Il ne faut pas la trouver quand elle est encore trop jeune. Son âge doit être le bon, comme ses conditions de vie, sa famille et son métier, et il faut aussi qu'elle se soit un petit peu frottée au destin. Sinon, comment me comprendrait-elle ?

Finalement, Paula céda. « Si tu ne peux pas, tu ne peux pas. C'est moi qui emporterai l'enfant. Nous louerons une voiture au moment voulu. »

*

J'ai de bons souvenirs de cet été sur le Darβ. Je m'éveillais tôt le matin, je faisais le café, j'emportais ma tasse et allais m'asseoir sur le ponton. Souvent je voyais le soleil se lever. Non seulement il colorait à l'est la brume qui s'étendait sur l'eau et les roseaux, mais il projetait aussi une haleine rose sur le ciel à l'ouest. Rouge, il émergeait de la brume et quand, doré, il atteignait le ciel limpide, je m'allongeais sur le ponton et regardais là-haut dans le bleu, je trouvais l'étoile du matin, j'attendais l'aigle de mer, épiais le chant des oiseaux et des grenouilles. Parfois je me rendormais.

Pendant la journée aussi, je restais des heures sur le passage. J'ai lu *Guerre et paix*, j'ai aimé le livre, mais je n'avançais pas vraiment, et je ne l'ai pas terminé. Pendant ces heures, je me perdais dans des rêveries, et quand je me ressaisissais et reprenais ma lecture, il ne fallait pas longtemps pour qu'un espoir de Natacha, la modestie de Sonia ou la maladresse de Pierre me renvoient à des choses personnelles et me replongent dans des rêves. Je rêvais de mes adieux à Grand-mère, à Mère et à mes sœurs, ma vengeance sur Leo, la réaction à ma fuite de mon professeur que j'aimais bien et qui m'aimait bien, une conversation avec Volker sur fuir, rester au loin et revenir, la vie à l'Ouest avec Kaspar, et aussi une vie à l'Ouest sans lui. Je rêvais de mon enfance, de la marelle dans la rue, des bonbons à la framboise dans le grand bocal de l'épicerie, des petits pains aux raisins chez le boulanger, du manège sur le marché de Noël, des châtaigniers dans la cour de l'école, de mon admission chez les Jeunes pionniers et comme j'étais fière de mon foulard bleu. Je rêvais de l'ennui lancinant des dimanches après-midi. À l'époque, l'immobilité de la vie m'impatientait, maintenant elle me rendait heureuse. J'étais heureuse de n'avoir rien à faire, sinon attendre. Je n'attendais même pas, l'attente est une activité, je n'en avais aucune, c'était le temps qui en avait une. Il passait.

Quand il pleuvait, je restais toute la journée étendue sur le divan dans la datcha. Paula était assise à la table et travaillait ; elle voulait devenir infirmière communale et elle préparait cette formation supplémentaire – et l'accouchement, qui faisait partie des compétences d'une infirmière communale et auquel elle s'exercerait sur moi. Je guettais la pluie sur le toit, les premières gouttes, le crépitement coléreux de la pluie d'orage, le doux bruissement qui s'étend sur la campagne, les dernières gouttes tombant des branches au-dessus de la datcha. Quelquefois Paula et moi passions juste une robe et courions sous la pluie chaude jusqu'à ce que la robe soit trempée et colle au corps, alors en riant on s'aidait à s'en défaire et nous plongions depuis le ponton dans l'eau.

J'appris à aimer la forêt. Ma mère n'était jamais allée en forêt avec nous les filles. Lors des excursions avec les Jeunes pionniers et la FDJ, il y avait des missions à accomplir et des tâches à exécuter, tout le monde était affairé et bruyant. En bordure du Bodden, la forêt était silencieuse. J'entendais le vent dans les arbres, les oiseaux, les craquements de branche sous le pas d'un chevreuil ou d'un sanglier, mes propres pas. Je sentais les odeurs de la forêt, les aiguilles sèches des pins sur le sol, le moisi des bois qui pourrissent, la résine des troncs abattus, les senteurs lourdes, âcres ou sensuelles des champignons. Quand nous y allions ensemble, Paula et moi, elle trouvait les champignons, je ne faisais que les sentir, et elle savait aussi lesquels étaient bons ou mauvais, et lesquels vénéneux. Je ramassais des airelles et, petites et acides, des framboises et des mûres. À la différence des forêts autour de Berlin, il y avait du taillis, des hêtres et des chênes, pas seulement des conifères. Le soleil et le vent créaient magiquement avec les feuilles un jeu d'ombre et de lumière que je ne me lassais pas de regarder. Il change sans cesse et reste pourtant toujours lui-même – comme un feu, comme un lac, comme la mer.

Un matin de bonne heure, sortant de la datcha, je vis un renard. Il sortait de la forêt dont les derniers arbres entouraient la datcha, et il courait à travers la prairie. Il tourna la tête vers moi et me regarda. Il notait ma présence comme un propriétaire enregistre celle de soldats logés chez lui, qui ne doivent pas le déranger dans sa chambre et qui repartiront bientôt. Il partit dans les roseaux, comme s'il allait se baigner. J'aurais bien aimé converser avec lui.

*

Lorsque, plus tard, j'ai parlé du Darß à Kaspar, il a voulu y aller avec moi dès que ce serait à nouveau possible. Je n'ai répondu ni oui ni non. Lorsque ce fut possible et qu'après la conclusion du traité fondamental nous n'eûmes plus rien à craindre à cause de ma fuite, Kaspar insista et je fus forcée de lui dire que je ne voulais pas. L'été d'alors avait été un tel enchantement, les images dans ma tête en étaient si fraîches et si claires – il ne fallait pas que de nouvelles images et de nouveaux souvenirs viennent se coller dessus. Kaspar ne me comprit pas ; toutes les belles choses qu'il avait connues sans moi, il aurait voulu les revivre avec moi.

Il comprit encore moins mon refus absolu d'aller en RDA. Je ne veux pas non plus aller à présent dans les nouveaux Länder. Non pas à cause de belles images et de beaux souvenirs que je voudrais sauvegarder, ni d'images laides que je voudrais éviter. Je n'ai guère d'images, et c'est très bien ainsi. En RDA, il y avait des plans de « Berlin capitale de la RDA » où Berlin-Ouest n'était qu'une grande tache blanche, une *terra incognita.* C'est ce qu'est devenue pour moi la RDA après ma fuite : une grande tache blanche, une *terra incognita.* Elle mérite d'être étudiée, mais ça ne m'intéresse pas.

Je devrais y trouver un intérêt. La RDA, pendant mes vingt premières années, a été ma vie. Comment dois-je me voir, me comprendre, me prouver sans accepter ce temps comme faisant partie de moi ? Comment dois-je écrire sur moi, écrire sur ma fille ? Il n'est d'ailleurs pas vrai que je ne m'intéresse pas du tout à la RDA. Je fais des recherches pour savoir comment des orphelins ont grandi en RDA, quels problèmes ont eus ceux qui étaient difficiles, comment étaient les foyers où ils étaient enfermés. Mais je ne veux pas y aller. Pas retrouver Paula pour savoir sur quel seuil elle a déposé l'enfant, ni retrouver le prêtre, ni l'hôpital, ni l'orphelinat, ni les parents adoptifs ou nourriciers, ni les foyers. Est-ce que Paula est même encore en vie ? Je lui ai écrit pour la dernière fois en 1979, et elle aussi a cessé d'écrire peu après. À l'époque, j'ai aussi renoncé à écrire à Grand-mère, à Mère et à mes sœurs, mais je sais grâce aux faire-part envoyés par Helga que Grand-mère et Mère ne sont plus en vie depuis déjà longtemps et que Gisela est morte d'un cancer du sein peu avant la réunification. Helga aussi est sans doute morte, sans que je l'aie su.

Je ne veux pas y aller. Cela me donnerait l'impression de me retrouver là où j'en étais avant de m'enfuir. L'instant où j'ai accouché de l'enfant, détourné la tête quand Paula voulait me le montrer, attendu que Paula démarre la Trabi et parte en emportant l'enfant et s'en débarrasse dans l'anonymat, sans qu'il ne soit mon enfant. Je dois y aller, je le sais. C'est le début de la recherche de l'enfant, de ma fille, et cela fait partie de la recherche de moi-même. Je ne peux pas me trouver si je ne la retrouve pas, ou du moins si je ne fais pas tout ce que je peux pour la retrouver.

Je lis encore une fois ce que j'ai écrit, et cela ne me plaît pas. Oui, j'ai raison de rechercher ma fille. Mais si cela me fait profondément horreur, si tout en moi y répugne, j'ai aussi raison de ne pas le faire.

*

Lorsque j'entendis la Trabi partir, je fus soulagée. J'avais expulsé ce qui avait grandi en moi et j'en étais débarrassée. J'étais vide, j'étais légère.

Je ne suis pas un monstre. Je sais que même des femmes enceintes qui ont désiré leur enfant éprouvent quelquefois ce que j'ai éprouvé. Que comme moi elles ne sentent pas dans leur ventre un petit être qu'elles aiment, qu'elles caressent et auquel elles parlent et dont les coups de poing et de pied les réjouissent, mais un végétal. Non pas vénéneux, mais qui là n'est pas à sa place. Qui doit quitter les lieux. Elles se donnent tout ce mal en accouchant non pour tenir bientôt leur enfant dans les bras, mais pour se débarrasser de ce végétal. Je n'avais pas de relation avec ce qui poussait en moi. Paula tentait parfois de m'inciter à me tâter le ventre pour sentir ce qui se passait dedans. Je n'en ai rien fait. Mais j'ai suivi tout ce qu'elle m'a appris pour accoucher. On dit que chez une primipare cela peut durer particulièrement longtemps avant que les contractions se déclenchent. Chez moi elles commencèrent vite, et l'enfant arriva vite aussi. Ce fut une naissance facile.

J'avais accouché à deux ou trois heures. Lorsque je n'entendis plus la Trabi, j'entendis les premiers oiseaux. Le jour se leva, et je vis que ce serait une journée de ciel blanc et de soleil pâle, où les contours s'estompent et les couleurs sont fades. Cela me convenait. Moi aussi j'avais le sentiment de sans cesse m'amoindrir, de devenir vide et légère. Je me suis endormie, me suis réveillée au retour de Paula et me suis rendormie. Je ne sais pas combien de jours j'ai passés dans ce brouillard.

Paula m'aida face aux lochies, à la transpiration et aux douleurs, et me montra comment faire pour n'avoir plus de lait au bout d'une semaine. Lorsque je ne pouvais pas m'empêcher de pleurer, elle trouvait que c'était bien fait pour moi et elle me tournait le dos. Moi aussi, je trouvais que c'était bien fait pour moi. Non que j'aie estimé avoir commis un péché et devoir l'expier. Je m'étais fourrée dans un guêpier, peut-être l'avais-je aussi cherché, et dans un guêpier il ne vous reste qu'à pleurer.

En plus, je n'avais pas beaucoup de temps. Le semestre d'hiver commençait à la mi-octobre, je devais être revenue à Berlin. Je ne savais pas quand je reverrais Kaspar. Et à quelle date m'enfuirais-je, quand serais-je auprès de lui, quand me verrait-il nue ? J'avais tout fait pour ne pas lui montrer de vergetures. Maintenant je devais tout faire pour qu'il ne me voie pas avec un ventre flasque.

J'avais lu que des paysannes, quand commençaient leurs contractions, partaient du champ à la ferme, accouchaient de leur enfant, et le lendemain reprenaient le travail aux champs. Voilà comment je voulais me tirer d'affaire. Toujours est-il qu'à nos premières retrouvailles Kaspar ne remarqua rien, et lorsque trois mois plus tard, après ma fuite, je suis arrivée chez lui, la dernière vergeture s'était estompée et mon ventre était ferme et plat.

J'en fus fière. C'est seulement maintenant que je me demande s'il n'aurait pas mieux valu, à mon arrivée chez Kaspar, ou à nos retrouvailles en octobre ou déjà lors de nos adieux en juillet, que je ne puisse plus cacher mon état. Malheur à ce qu'on cache, malheur à ce qu'on tait.

Mais ce que je puis écrire là-dessus, je l'ai déjà écrit.

*

Paula. Je ne veux pas la laisser me regarder, pas la laisser me percer à jour, pas lui parler, pas partir la voir, pas la chercher. Mais sur quel seuil a-t-elle alors déposé ma fille ?

Paula ne resta pas longtemps à l'hôpital, elle devint bientôt infirmière communale. La dernière fois qu'elle m'a écrit, elle était en poste à Briesen. En fait, je n'ai pas besoin d'aller la voir. Est-ce qu'il ne suffit pas que je lui écrive ? Après que j'aurai écrit à la municipalité de Briesen et obtenu la confirmation de la présence et l'adresse de Paula ?

Chère Paula,

Tu ne m'as pas fait de reproches, à l'époque. Tu trouvais que ma décision n'était pas la bonne et tu as tenté de m'en faire changer. Non en me faisant la leçon, mais en m'incitant à sonder ce que j'éprouvais. Je n'ai pas voulu. Je ne voulais pas rencontrer l'enfant.

Aujourd'hui, je le veux. Je veux rencontrer ma fille, la jeune femme heureuse qu'elle est devenue, pleine d'énergie et de joie de vivre. Je veux lui expliquer pourquoi je ne pouvais pas l'accepter à l'époque. Je ne veux rien exiger d'elle – comment oserais-je ? Je veux lui offrir tout ce que je suis et tout ce que j'ai à offrir, en espérant qu'elle y trouve quelque chose qui lui plaise.

J'essaie d'écrire un livre. Sur moi, sur qui d'autre sinon ! Qui étais-je à l'époque ? Étais-je trop inachevée pour assumer la responsabilité de mon enfant et ai-je bien fait de la céder à d'autres ? Ai-je été trop égoïste ? Ma vie à l'Ouest doit-elle compenser ce que j'aurais pu être à l'Est pour l'enfant ? C'est tout cela que je veux exhumer en écrivant. Je veux m'exposer à mon propre tribunal – et lui tenir tête. Ce que j'écris sera véridique et sans compromis.

Sur quel seuil as-tu déposé l'enfant, à l'époque ? Tout cela, je ne devrais pas le tirer au clair avec toi par écrit, mais oralement. Je devrais venir te voir. Je ne peux pas. Je ne peux pas encore retourner en RDA, ou dans ce qui en reste. Quand je pourrai…

J'espère que tu vas bien, et je te salue cordialement.

Puis la lettre suivante :

Monsieur le curé,

Vous n'aurez pas oublié qu'une nuit, voilà bien quarante ans, un enfant a été déposé sur le seuil de votre maison. C'était et c'est ma fille. Pourriez-vous, s'il vous plaît, m'aider à la retrouver ?

Je ne veux pas entrer par effraction dans sa vie. Je veux seulement m'offrir à elle. Peut-être même qu'elle me cherche.

Avec mes amicales salutations.

Et ainsi de suite ? Lettre après lettre ? Aux parents adoptifs, aux parents nourriciers, au foyer ? D'ailleurs, m'aideraient-ils dans mes recherches ? Devraient-ils d'abord demander à ma fille si elle voulait que je la retrouve ? Ou auraient-ils le droit de décider eux-mêmes si c'est dans l'intérêt de ma fille ? Voudraient-ils me voir avant de prendre la décision ? Devrais-je raconter comment c'était à l'époque ?

Je peux néanmoins écrire à la municipalité de Briesen et demander si Paula réside là.

Ma fille, la jeune femme heureuse, pleine d'énergie et de joie de vivre ? Pourquoi répéter ça sans cesse ? Alors que j'ai pourtant fait des recherches sur les orphelinats, les jeunes à problèmes et les foyers en RDA ? Alors que j'ai vu la photo, que je l'ai vue, elle ?

J'ai cru me voir. La jeune femme debout à l'arrêt de bus parmi les types tatoués et en rangers ; elle regarde la caméra, pas d'un air crâneur et agressif comme les autres, mais supérieur et calme – il y a une photo de moi lors de la fête des inscriptions à l'université Humboldt où j'ai ce même air, exactement. Je ne me sentais pas comme ça, mais je voulais donner cette impression, lors de la fête et sur la photo : supérieure et calme. Je ne peux pas juxtaposer les images; je n'ai devant moi que celle de l'arrêt de bus, avec les graffitis et les bouteilles de bière et de schnaps sur le banc et par terre, telle qu'elle est passée à la télévision et que je me la suis fait envoyer. Mais je me rappelle très bien la photo de la fête des inscriptions, et j'ai, découpée dans la *Sächsische Zeitung*, la photo de quand j'étais membre de la brigade d'étudiants. Elles semblent montrer la même jeune femme. Quand je me regarde dans le miroir, je la reconnais en moi, bien que j'aie des dizaines d'années de plus.

Nous n'avons pas la télévision, nous n'en voulons pas ni l'un ni l'autre. J'ai vu l'émission par hasard chez une amie. L'émission portait sur la génération perdue des jeunes de RDA, qui avaient autour de vingt-cinq ans à la réunification, dont la formation ne valait plus rien dans l'Allemagne réunifiée, qui n'avaient pas le courage ou l'énergie d'en faire une nouvelle, qui étaient sans travail, buvaient beaucoup, traînaient dans les rues en braillant et parfois tabassaient les punks, les immigrés ou les sans-abri. La journaliste en avait choisi un bon nombre qui avaient grandi dans des foyers en RDA, donc non seulement sans formation ni travail, mais aussi sans famille.

J'ai demandé à la télévision où avait été prise la photo. Francfort-sur-l'Oder – aurais-je dû aussitôt y aller, passer en revue les arrêts de bus l'un après l'autre en m'enquérant d'elle et la chercher ? Coucou, me voilà ! Nous nous ressemblons tellement – est-ce possible que nous soyons mère et fille ? Je t'ai fait naître en 1964 et je t'ai abandonnée, j'en suis désolée. Je comprends que tu n'as pas eu une vie facile et que ça continue. Puis-je faire quelque chose pour toi ? Je veux bien que tu viennes chez moi, chez nous, mon mari ignore tout, mais ça ne fait rien.

Je n'ai pas pu. Et comment prétendre savoir que la photo montre ce que je pense ? Il y a les ressemblances les plus étonnantes et troublantes. Sans cesse se rencontrent des gens qui sont des sosies d'Elvis Presley ou de Bill Clinton, et quand il s'agit d'un film sur Élisabeth ou sur Lincoln, il se trouve une actrice qu'on peut prendre pour la reine, ou un acteur qui a tout du président. Qu'est-ce que j'imposerais à une jeune femme en lui parlant d'une mère et d'une fille et en lui infligeant des aveux et des promesses sans être absolument sûre de moi ?

Et pourquoi ma fille ne serait-elle pas une jeune femme heureuse, pleine d'énergie et de joie de vivre ? J'ai lu quelque part que la Première Guerre mondiale avait fait en Allemagne un million d'orphelins, la Deuxième Guerre mondiale un demi-million, la guerre du Vietnam un million, le sida dans le monde entre quinze et vingt millions. Les uns auront été traumatisés, les autres non – et alors ? Et comme sont nombreux les orphelins célèbres, dans la réalité comme dans la littérature ! Non, quoi qu'ait vécu ma fille, rien ne m'empêchera de la voir comme une jeune femme heureuse, pleine d'énergie et de joie de vivre. À quarante ans passés elle n'est plus une jeune femme, je sais. Comment voudrait-on qu'elle me comprenne, si elle n'avait encore rien vécu. Malgré tout je la vois jeune, aussi jeune que j'étais alors.

Comment aurait-ce été si je l'avais ramenée chez nous, à la maison ? Une jeune femme qui a grandi dans des foyers, qui est traumatisée et qui, aux arrêts de bus, avec des types, boit de la bière et du schnaps, et braille et tabasse ? Comment Kaspar aurait-il réagi ?

Quelquefois, pendant les années qu'a duré notre mariage, j'ai pensé : Kaspar le sait, tout à l'intérieur, tout au fond de lui, et il l'a dissimulé devant sa vie tout autant que je l'ai fait devant la mienne. J'ai pensé qu'il avait forcément dû deviner que je dissimulais un secret et que, par amour, il n'y avait pas touché, jusqu'à ce que l'amour lui fasse soupçonner, lui fasse savoir ce que c'est. Qu'alors il l'a partagé avec moi, on peut partager sans mots et sans gestes, et qu'il l'a porté avec moi, et que c'est pour cela qu'il manifestait toujours autant de ménagement à mon égard. Je sais qu'il me ménageait aussi parce que ce que j'ai fait l'a déconcerté. Quitter la librairie, aller en Inde, fabriquer des bijoux, faire de la cuisine, écrire – il n'a pas compris ce qui me poussait et il a eu peur que cela m'éloigne de lui. Il me ménageait aussi parce qu'il ne voulait pas me perdre. Mais parfois je pense que ce n'était pas tout.

On parlait moins dans le monde du XIXe siècle, dont Kaspar fréquente de préférence la littérature. En RDA aussi, nous parlions moins, entre nous. De ce qui se passe dans l'âme, je veux dire. Parler des angoisses et des contraintes et de ce qui marque l'enfance, bavarder en amateurs de psychanalyse et de psychothérapie, je n'ai connu ça qu'après ma fuite à l'Ouest. Les femmes qui ne savent pas ce qui se passe chez leurs maris, qui se plaignent d'eux, qui ne parlent plus – comme j'ai souvent entendu ça chez les amis que nous fréquentions. Comme s'il fallait que tout soit décrit et expliqué ! Je sais généralement ce qui se passe chez leurs maris. Il suffit de regarder et d'écouter. Autrefois on apprenait cela, aujourd'hui on ne l'apprend pas ou bien on l'a oublié. Autrefois, les couples savaient en général de quoi l'autre ne peut pas parler.

C'est pourquoi je pense parfois que Kaspar sait de quoi je ne peux pas parler. Je pense qu'avoir gardé le silence n'a pas été si grave. Que vient tout de même le jour ou la nuit où nous couchons ensemble et où nous nous perdons l'un dans l'autre.

Comment réagirait Kaspar si je lui racontais aujourd'hui que ma fille arrive chez nous et qui elle est ? Est-ce qu'il mettrait sous clé les choses de valeur, de peur que ma fille ne s'en empare et les négocie pour acheter de l'alcool ou de la drogue ? Me demanderait-il comment s'organiser, moi avec mon problème d'alcool et ma fille avec le sien ? Ferait-il des réserves d'alcool pour que nous buvions à la maison et ne fassions pas la tournée des bistrots ? Réfléchirait-il aux livres que ma fille voudrait peut-être lire, et les apporterait-il de la librairie pour les déposer sur la table de nuit de la chambre d'amis ? Lui proposerait-il de venir l'aider à la librairie ? Voudrait-il l'emmener au théâtre, aux concerts, au cinéma ? Oui, il ferait tout ça. Il ne s'imposerait pas. Si elle n'était pas insupportable et distante, elle gagnerait son affection.

Pourquoi, après l'avoir vue à la télévision, ai-je laissé s'écouler des années ? Il est trop tard pour aller à l'arrêt de bus à Francfort-sur-l'Oder, pour l'emmener et la ramener chez nous.

*

Lorsque nous nous sommes retrouvés en octobre, Kaspar et moi, nous avons été soulagés. Non que nous ayons eu peur, pendant l'été, de ne plus nous aimer à l'automne. D'une façon étrange et merveilleuse, nous savions dès le départ que notre amour était solide. Mais en trois mois, il pouvait se passer tant de choses ! Une extension de l'interdiction d'entrer des Berlinois de l'Ouest aux autres Allemands de l'Ouest, un espion dans le cercle des amis, dont les rapports seraient pris assez au sérieux par la Stasi, l'interdiction pour les étudiants de l'Est d'avoir des contacts avec des étudiants de l'Ouest, un accident qui clouerait Kaspar ou moi dans un fauteuil roulant. On peut s'aimer et se perdre.

Nous avons repris la vie que nous avions menée en été. Nous avons retrouvé chez Ingrid les amis de l'Est et de l'Ouest, nous sommes allés avec eux au théâtre et au cinéma, et nous avons passé le plus de temps possible étendus sur une couverture dans le parc, à faire de longues promenades dans le froid, et dans des cafés et des bistrots. Au marché de Noël nous avons acheté de la barbe à papa et nous sommes montés sur les manèges et sur la grande roue ; Kaspar faisait comme s'il ne voyait pas la médiocrité de l'endroit, et moi je disais adieu à mon enfance et à ma jeunesse.

Kaspar ne disait rien de ses recherches sur les moyens de s'enfuir. Le moment venu, il m'expliqua ce que j'avais à faire. Il fallait que je m'inscrive pour un des week-ends à Prague qui étaient proposés pendant l'hiver 1964-1965 aux Allemands de l'Est, entre le 15 et le 17 janvier. On me remettrait un billet et des papiers, cela me permettrait de monter le 15 dans le train pour Prague et de montrer les papiers aux gardes-frontières de RDA. Aux gardes-frontières tchécoslovaques je présenterais peu après d'autres papiers ; selon ceux-ci, je serais une Allemande de l'Ouest en transit en Tchécoslovaquie pour gagner Vienne. Kaspar avait besoin de photos de moi pour les passeports, de ma taille, de ma couleur d'yeux. Lorsqu'il m'apporta les papiers le 14, il me donna les autres informations, l'arrivée à Prague, le train pour Vienne, l'hôtel à Vienne, et le lendemain le vol pour Berlin. Il m'attendrait à l'aéroport de Tempelhof. Si au cours de ma fuite quelqu'un s'adressait à moi en disant « Que pourrait bien dire de ça le brave soldat Švejk ? », c'était normal ; les gens qui fournissaient les papiers feraient voyager l'un des leurs non loin de moi. Ensuite Kaspar m'a donné un sac de voyage et un foulard qu'il avait achetés à l'Ouest, au KaDeWe, et un paquet de Marlboro, et il m'a recommandé de mettre le sac neuf dans mon ancien pour le contrôle de RDA et, pour le contrôle frontalier tchécoslovaque, de dissimuler mon vieux sac de voyage dans le neuf, et puis aussi de porter le foulard, sans plus de bijoux, mais de fumer des Marlboro.

Je n'ai pas demandé qui étaient ces gens, comment ils se procuraient les papiers, s'ils étaient du voyage parce qu'ils devaient graisser la patte des gardes-frontières, ni pourquoi ils pouvaient m'adresser la parole. Kaspar et moi n'avons parlé que de l'essentiel, et calmement, comme si aucun danger ne menaçait et que rien ne pouvait mal tourner. J'ai eu peur quand j'ai appris qu'il passait la frontière avec mes photos de passeport, peur jusqu'à ce qu'il arrive avec les papiers, et peur quand je me suis vue dans la glace : j'avais l'air de quelqu'un qui veut fuir, et j'ai pensé que n'importe qui d'autre s'en apercevrait. Lui aussi a dû avoir peur en passant la frontière avec les photos et les papiers, redoutant les fouilles semblables à celles qui lui avaient déjà été imposées, comme à certains amis. Le 14, nous nous sommes dissimulé notre peur. Mais nous nous sommes serrés dans les bras particulièrement longtemps et fort pour nous dire au revoir.

Grand-mère, Mère et mes sœurs, je leur ai dit au revoir en ne parlant que d'un week-end à Prague. Je ne voulais pas en dire plus, non par crainte d'une trahison, mais par crainte de comptes à régler, entre Grand-mère, Mère et moi. Ingrid me serra dans ses bras, au moment de partir, je crois plus longuement que d'habitude ; puis elle me regarda, me prit la tête dans ses mains et me dit « bonne chance », comme si elle savait. J'ai été émue par les endroits que je voyais et les itinéraires que je prenais pour la dernière fois, Unter den Linden, l'escalier monumental de l'université Humboldt, le trajet en S-Bahn, les banquettes en bois et l'odeur de désinfectant, la vieille école en face de chez nous, le tramway, les tartelettes à l'abricot dans la vitrine de la boulangerie. L'espace d'un instant, j'ai aimé la plaque émaillée sur notre maison, avec ses trois barres bleues et l'inscription « Secteur reconnu modèle d'ordre, sécurité, propreté et discipline », que j'avais toujours trouvée ridicule.

J'ai mal dormi. Dans mes rêves j'étais assise dans un train qui n'était pas le bon, j'attendais dans une gare où pas un train n'arrivait ni ne partait, je traînais ma valise sur le ballast pour traverser les voies vers un train qui partait juste avant que je l'atteigne. Ma peur investissait mon corps, légère fièvre, tiraillements dans le ventre, frayeur tremblante à chaque bruit et chaque lumière. Je fus contente que le jour pointe, que la journée commence, de faire le café à la cuisine et de mettre en place le petit déjeuner et de le prendre ensemble comme si de rien n'était.

Le train pour Prague n'était pas chauffé. J'étais assise dans un compartiment avec un couple plutôt âgé et un étudiant, et je me dis qu'aux contrôles des frontières ils se rendraient compte que j'avais des papiers et des identités différents, je me demandais comment ils réagiraient, je ne savais pas ce que je devrais faire. Ils descendirent à Dresde. Je restai seule dans le compartiment non chauffé, je tremblais de froid et de peur, regardais par la fenêtre fleuve, forêt et montagnes, et je fumais. Le garde-frontière de RDA secoua la tête et, de la main, voulut chasser la fumée vers le couloir. Le Tchécoslovaque tordit le nez, s'écarta, emporta mes papiers dans le couloir, referma la porte du compartiment, les examina et les tamponna à l'extérieur.

Cela était donc aussi derrière moi. Je fus soulagée. Et je continuais à avoir peur. Et si les gardes-frontières se mettaient à parler entre eux de la fumeuse dans son compartiment, qui ne pouvait pas être les deux, Allemande de l'Est et de l'Ouest ? Allaient-ils revenir et m'arrêter ? Ou envoyer un signalement à Prague, et la police m'attendrait à ma descente du train ?

J'ai eu peur d'arriver à Prague, peur de la frontière entre la Tchécoslovaquie et l'Autriche. Après cela, je n'avais plus lieu d'avoir peur, mais la peur s'était incrustée dans mon corps. Au bar de l'hôtel à Vienne, pour la première fois de ma vie j'ai bu pour me soûler, et à la faveur de la nuit je me suis débarrassée de ma peur. Le lendemain, j'ai pris plaisir au décollage de l'avion et au vol – c'était mon premier. Peu avant l'atterrissage, un homme est venu s'asseoir à côté de moi et m'a souri. « Que pourrait bien dire de ça le brave soldat Švejk ? » Il m'a repris les papiers ouest-allemands, m'a félicitée d'avoir tout fait comme il fallait, s'est levé et est reparti.

*

J'ai vu Kaspar quand j'attendais derrière la porte de verre entre la douane et le hall. Il était debout, il m'avait vue, il sautillait, s'agitait et me faisait des signes. Je répondais à ses signes et, lorsque j'ai eu passé la porte de verre, nous avons couru l'un vers l'autre et nous nous sommes tombés dans les bras.

Cela faisait seulement deux jours que nous ne nous étions pas vus. Mais nous nous sentions autres. Dans un autre monde, venant d'un autre monde. Nous avons pris un taxi jusqu'à Dalhem, Kaspar m'a emmenée dans sa chambre, il avait mis du champagne au frais, il l'a ouvert et nous avons trinqué, puis il a voulu tout savoir de mon évasion. Mais il voulait surtout me prendre, me tenir, me caresser, m'embrasser. Il voulait coucher avec moi, enfin coucher avec moi. J'aurais préféré une promenade, dans un parc, une forêt, près d'un lac ou d'un fleuve, où j'aurais senti la pluie que promettaient les nuages gris. J'ai pensé que je devais ça à Kaspar et j'ai couché avec lui, avec son désir, son besoin, son impatience, sa maladresse. Quand j'ai entendu la pluie sur les vitres et le bord de la fenêtre, je me suis endormie.

Au milieu de la nuit, je me suis réveillée. Kaspar dormait à côté de moi, le poing devant le visage et les jambes repliées, comme un enfant. Je me suis levée, j'ai ouvert la fenêtre et allumé une cigarette. Rien n'était faux, ni Kaspar, ni le lit, ni la chambre. En même temps, rien n'était normal. Je n'étais plus là-bas, et je n'étais pas encore ici. Je m'habituerais. Nous pousserions le lit de l'autre côté et de là nous verrions l'arbre et le ciel, nous trouverions pour moi une table à mettre devant la fenêtre, nous marcherions dans les rues, d'abord autour du pâté de maisons, puis en faisant des cercles de plus en plus grands.

Le chauffage gargouillait, et cela me fit penser qu'à la maison, le matin, j'avais à relancer le feu dans le poêle en faïence, parfois la briquette enveloppée de papier journal avait suffi à l'entretenir, et je n'avais qu'à souffler fort pour le raviver. J'ai pensé aux bruits nocturnes habituels à la maison, les pas traînants de Grand-mère et les pas pressés de Mère quand elles allaient aux toilettes, la toux de fumeur de Helga, les sonneries de l'horloge au quart, à la demie, aux trois quarts et à l'heure pile, que je trouvais jolies étant enfant et plus tard un peu bruyantes, le crissement du tramway dans sa courbe, le dernier peu après onze heures et le premier peu avant cinq heures. Je pensais à mon lit ; Mère et Grand-mère avaient leurs chambres à coucher, Helga avait la sienne, qu'elle avait partagée avec Gisela et qu'elle n'avait pas envie de partager avec moi, je dormais sur le divan défoncé, inconfortable et grinçant, de la salle de séjour. Rien de ce qui me revenait à l'esprit n'était particulièrement beau ou important. Mais cela m'enfouissait sous une vague de mal du pays, et je ne savais plus pourquoi j'étais ici et non là-bas.

Et puis Kaspar s'éveilla, me vit debout à la fenêtre, s'assit et me demanda : « Qu'est-ce qu'il y a ? »

Je dis : « Rien. »

Je l'ai répété lors de nombreuses nuits qui suivirent, même une fois que fut passée la première crise de nostalgie. Comme de ce mal du pays, je ne voulais pas davantage parler à Kaspar de mes pensées concernant mon enfant et de mes soucis en matière d'études et de métier, et des rapports entre nous deux. De tous points de vue, les premières semaines n'ont pas été simples ; j'ai été interrogée trois jours durant dans le camp d'accueil de Marienfelde, le chèque reçu de ses parents par Kaspar n'était pas gros, les 5 000 marks qu'il avait empruntés pour financer ma fuite devaient être remboursés, la communauté de locataires ne comportait pas de femmes et n'en voulait pas et nous pressait de déménager, dans mes démarches administratives pour obtenir carte d'identité et passeport nouveaux et la pension à laquelle j'avais droit comme orpheline, j'étais traitée comme un solliciteur importun. Et les achats ! Comme réfugiée j'ai reçu, pour un premier équipement en vêtements et chaussures, des coupons qui ne donnaient droit qu'à des mochetés, et quand je ne voulais pas m'en contenter et proposais de payer la différence pour avoir mieux, on me disait carrément que je n'avais qu'à accepter ce qu'on me donnait, sans poser de questions ni invoquer de préférence.

Kaspar supportait que je me lève la nuit, que je fume, que je me taise, il m'accompagnait pour affronter les administrations, les magasins, les services d'aide aux étudiants et le bureau des inscriptions, pour que je puisse entamer mes études le semestre prochain, il déplaça le lit et me trouva une table, le matin il faisait le lit et le ménage, et le soir le dîner. Il était attentionné, serviable, patient. Jusqu'à n'en plus pouvoir. Un jour, je rentrai à la maison avec une petite radio portable ; j'avais toujours voulu en avoir une et je me l'étais achetée. Je l'avais fait sans en parler d'abord à Kaspar, et ça l'a mis hors de lui. Comment pouvais-je dépenser une telle somme, je savais pourtant comme nous étions juste, il comprenait que ce ne soit pas facile pour moi de devoir réorganiser ma vie, mais lui aussi devait réorganiser la sienne, il fallait vraisemblablement qu'il arrête ses études et travaille et gagne de l'argent, je me comportais comme une princesse, ce n'était pas possible. Il n'en finissait plus, il parla de nous, non, ce n'était pas une erreur d'être ensemble, mais il fallait être vraiment ensemble, si nous ne l'étions pas nous n'y arriverions pas, ça ne le gênait pas que je fasse des études et que lui y renonce, mais si nous vivions dans deux mondes différents, moi à l'université et lui au travail, il fallait d'abord que nous soyons vraiment ensemble, et si à nouveau il se réveillait pour me trouver debout à la fenêtre en train de fumer, il m'empoignerait et me secouerait jusqu'à ce que je lui dise ce qu'il y avait, oui, ça ne se faisait pas mais ça lui était égal.

Je fus terrifiée. Mon mal du pays, les vexations subies dans les bureaux et les magasins, mon hésitation à choisir mes études, nos rapports sexuels qui n'étaient pas encore satisfaisants, mes soucis d'argent – c'étaient des simagrées d'enfant gâtée qui me servaient à m'éviter de vivre ma vie, de vivre pour moi, de vivre avec lui.

« Tu as raison. »

Il me regarda avec stupeur. Il lui fallut un instant avant de lire sur mon visage que je parlais sérieusement, que je l'avais compris. Alors il sourit.

« Tu es ma princesse. Quand j'ai dit que tu te comportais comme une princesse, je n'ai pas…

— Que dirais-tu de : reine ?

— Reine est bien aussi.

— Reprenons depuis le début. »

*

Donc nous avons repris depuis le début. J'ai surmonté ma pudeur, je lui ai dit ce que j'aimais ou n'aimais pas, où et comment je voulais être touchée, quels rôles je voulais jouer et lesquels il devait jouer, il fut un élève studieux et devint un amant imaginatif. Lorsque la nuit il me voyait debout à la fenêtre en train de fumer et me demandait ce qu'il y avait, je lui racontais tout, sauf mes pensées sur ma fille. Mais je ne me levais plus la nuit que rarement. Nous avons parlé longuement études et professions. Il me dit que pour lui les études étaient sans importance et qu'une formation de libraire lui convenait tout autant, d'abord je ne le crus pas et le poussai à continuer ses études, mais ensuite je me rendis compte qu'il parlait sérieusement et je regardai avec lui les librairies de Berlin. Je me suis inscrite à la Freie Universität en études germaniques et théâtre. Nous avons trouvé un petit appartement, une pièce de séjour avec poêle, une chambre sans, une cuisine dont l'évier était aussi le lavabo, les toilettes dans l'escalier. Nous avons acheté une cabine de douche et l'avons installée dans la cuisine.

Restaient deux mois jusqu'au début de sa formation et de mon semestre. Nous voulions régler nos dettes et gagner de l'argent, et nous avons trouvé du travail chez Siemens. C'était la première fois que Kaspar découvrait une usine, moi la première fois que je voyais une usine de l'Ouest. Les choses y étaient plus hiérarchisées que dans les usines de l'Est où j'avais travaillé, le chef avait davantage d'importance, le ton était plus sévère, les enchaînements plus rapides. J'avais deux collègues qui étaient étudiantes, et nous étions traitées par les ouvrières avec une amicale condescendance. J'aurais mieux fait de ne pas dire que je venais de quitter la RDA ; souvent je n'étais pas seulement traitée avec condescendance, mais avec un peu de mépris, comme si j'étais une enfant gâtée, choyée et dorlotée aux frais des autres. Je me rendis compte que les vexations que j'avais subies dans les bureaux et dans les magasins s'appuyaient sur une large base. Au cours du semestre, il est vrai que personne, professeurs ou étudiants, ne me traita avec condescendance. Mais quand j'évoquais une perspective ou employais une expression de l'Est, j'agaçais ; on attendait de moi qu'en quittant la RDA je laisse derrière moi tout ce qui en faisait partie, parce que c'était soviétique et communiste, et que désormais je sois comme eux.

Il m'est arrivé en petit ce que j'ai vu arriver en grand aux Allemands de l'Est après la chute du Mur. D'abord, ils furent joyeusement accueillis comme étant les bienvenus. Ils furent aussi questionnés avec intérêt sur ce qui s'était passé à l'Est et comment ils y avaient vécu. Mais on les interrogea comme on questionne quelqu'un qui rentre de voyage. Lorsqu'il apparut qu'ils n'avaient pas seulement fait un voyage, mais qu'ils venaient d'un autre monde, un monde où certaines choses ne leur avaient pas convenu, mais qui était le leur, qu'ils avaient édifié et entretenu, auquel ils étaient et restaient liés, l'intérêt disparut. À l'Est avait été créé quelque chose de spécial ? À l'Est il y avait eu oppression, injustice et malheur, l'oppression et l'injustice étaient du passé, les Allemands de l'Est opprimés pouvaient à nouveau être comme les Allemands de l'Ouest non opprimés et n'avaient plus de raison d'être différents. S'ils l'étaient néanmoins, c'était déplacé, et de surcroît ingrat, parce qu'ils avaient été richement gâtés, pour qu'ils soient aussi heureux que les bienheureux Allemands de l'Ouest.

Nous autres Allemands de l'Est, quand nous sommes au milieu d'Allemands de l'Ouest, nous préférons laisser derrière nous tout ce qui vient de l'Est. C'était valable à l'époque comme ça l'est aujourd'hui. Ce n'est pas seulement à cause de ma fille que j'ai fait de la RDA une tache blanche, une *terra incognita.*

Cela m'a aussi gâché mes études. Je ne me sentais pas intégrée. Dans les cours magistraux, ça allait ; nous étions tous assis là, muets, à écouter et prendre des notes. Mais dans les séminaires et les colloques, il y avait les étudiants qui avaient tout lu et encore davantage, qui posaient les bonnes questions et donnaient les bonnes réponses, et faisaient des remarques critiques astucieuses. Ils n'étaient pas seulement intelligents ou, s'ils ne l'étaient pas, ne faisaient pas seulement semblant de l'être, ils étaient souples, habiles et éloquents, et juste assez arrogants pour que nous autres acceptions cela comme l'expression d'une réelle supériorité. Nous autres – je n'étais pas la seule à me taire, pas la seule à baisser la tête quand le professeur posait des questions dans l'assistance, pas la seule à bafouiller quand je devais parler. Mais pour les autres, c'était de la timidité. Je craignais de dire quelque chose qui trahirait mon origine de l'Est et ferait réagir le professeur par un « Ah, notre étudiante venue de l'Est » ou « Que dit Karl Marx en la matière, vous le savez sûrement » ou « Chez nous on apprend ça au lycée classique, mais chez vous il n'y en a pas ». Ou je craignais que l'un des dégourdis trouve exotique mon origine et m'adresse la parole après le cours et que je me sente uniquement inférieure et horriblement mal.

Et rien n'était pris au sérieux. Je voulais savoir qui était l'auteur, quand et pour quelle raison et dans quelle intention il avait écrit le texte, je voulais connaître l'effet qu'avait eu le texte à son époque et éprouver l'effet qu'il avait aujourd'hui, je voulais me trouver dans le texte et me laisser atteindre et changer par lui, voir sa force, sa beauté, sa grandeur et les comprendre et les aimer. À l'université, personne ne voulait voir et comprendre la force, la beauté et la grandeur des textes, ou se laisser atteindre et changer par eux. Il s'agissait d'ergoter sur des termes, il s'agissait de métaphores, de symboles et d'allégories, d'immanence et de réception, de structuralisme, de synchronie et de diachronie, d'aspects sociologiques et politiques, de termes étrangers de narratologie derrière lesquels se cachaient des banalités, comme le fait qu'on peut raconter quelque chose en revenant en arrière ou en anticipant, une ou plusieurs fois, au discours direct ou indirect. Je ne comprenais pas ce qu'étaient censés tirer, d'un tel traitement de la littérature, l'universitaire, l'étudiant, le prof qui enseignerait l'allemand et les élèves qu'il aurait devant lui.

La plus belle chose pendant mes études, ce fut la lecture. Kaspar était à la librairie ou à l'école professionnelle, j'étais étendue sur le lit et je lisais. Je lisais tout ce qui nous était prescrit et ce qui nous était recommandé – la littérature, pas les livres sur la littérature. Au deuxième semestre, j'ai participé à un séminaire sur *Le docteur Faustus* de Thomas Mann et, pendant les vacances qui précédèrent, je dus encore travailler, car il nous restait des dettes à rembourser, mais je pus sauver deux semaines pour lire. J'étais étendue sur le lit, le dos calé contre un coussin et la tête appuyée au mur, et je lisais. Sur la table de nuit était posé un verre de vodka-orange ; j'aimais bien ça, depuis qu'un jour Kaspar m'en avait préparé un. Deux glaçons, un cinquième de vodka, quatre cinquièmes de jus d'orange. Ce n'était pas cher, ça me faisait garder les idées claires, cela endormait un peu, mais pour un moment seulement. Je lisais vingt ou trente pages, je glissais dans le sommeil, me réveillais, lisais à nouveau vingt ou trente pages, glissais encore dans le sommeil et me réveillais à nouveau. Ce que je lisais m'accompagnait dans le sommeil et pour en ressortir, j'étais consciente et inconsciente, éveillée et endormie et plongée en rêve dans le livre. Jamais auparavant ni par la suite je n'ai été ainsi engloutie dans un livre, perdue avec lui, ne faisant qu'un avec lui.

Et j'appris qu'on peut boire de l'alcool sans que l'haleine vous trahisse. Kaspar ne s'aperçut de rien et ne vit ni les bouteilles de vodka pleines ni les vides. Il était heureux que je lui raconte *Le docteur Faustus* par épisodes chaque soir.

J'ai arrêté mes études au bout de deux semestres sans en éprouver le moindre regret. Je suis volontiers devenue moi aussi libraire. La librairie où Kaspar faisait sa formation m'aurait prise comme apprentie. Mais nous étions décidés à avoir aussitôt que possible notre librairie à nous, et nous avons jugé bon d'y apporter des expériences amassées dans deux librairies différentes. Nous habitions Kreuzberg, sa librairie était à Zehlendorf, la mienne à Schöneberg, nous prenions nos vélos et, le matin, nous faisions une partie du trajet ensemble.

Parce que j'avais le bac, l'apprentissage dura pour moi, comme pour Kaspar, non pas trois ans mais deux. Ma librairie était petite, je l'ai bientôt connue à fond, et au bout de six mois le propriétaire me laissait souvent la gérer seule. À l'école professionnelle j'ai appris le commerce et l'artisanat du livre, la comptabilité, la gestion d'entreprise et l'éducation civique ; l'enseignement de l'allemand, j'en ai été dispensée, l'enseignante jugeant que j'en savais assez. J'ai bien aimé redevenir écolière deux demi-journées par semaine. Être abreuvée d'informations, participer un peu, se déconnecter un peu, tantôt écouter tantôt non, se mêler au débat quand il est intéressant et rêvasser s'il est ennuyeux – ça n'existe qu'à l'école, en fait à dix-huit ans c'est fini, et moi j'y avais encore droit à vingt-deux ans. Je me sentais légère et libre, Kaspar et moi nous avons appris à connaître Berlin, nous nous sommes fait de nouveaux amis, et avec ma réussite à l'examen nous avons pu aussi fêter le remboursement des dernières dettes.

Kaspar reçut alors un petit héritage, nous nous sommes mis en quête d'une librairie et aussi d'un appartement. Nous voulions des enfants, je m'en réjouissais et en même temps j'en avais peur. Au bout de deux ans nous avons trouvé les deux, un appartement et une librairie, et nous les avons aménagés. L'appartement était digne d'une maison de maître, mais en mauvais état, la librairie était plus petite que nous l'avions souhaitée, mais elle avait un grand entrepôt côté cour qu'on pouvait adjoindre au magasin. Nous avons fait la plupart des travaux nous-mêmes : dans l'appartement dégager et restaurer le stuc aux plafonds, poser et encastrer dans les murs les fils électriques, poncer les sols, peindre et carreler les murs, installer les nouveaux équipements sanitaires, et dans la librairie le percement pour rejoindre l'entrepôt, l'isolation des sols et des murs, les nouvelles vitrines, les planchers et les rayonnages. Nous avons bien travaillé ensemble, nous ne nous sommes pas disputés lorsqu'il y avait des contretemps et nous nous sommes réjouis ensemble des progrès. Finalement il y eut une grande fête pour l'inauguration de la librairie, et un an plus tard une autre pour la crémaillère de l'appartement. Je me rappelle encore qu'au début nous avions eu très peur : avions-nous vu trop grand avec la librairie et l'appartement, ne risquions-nous pas que s'ouvre à proximité de notre librairie une filiale d'une grande chaîne du livre, aurions-nous assez de clientèle, ferions-nous assez de ventes ? Mais tout se passa bien, notre vie prit sa forme fixe, ses routines, ses rituels.

Ces premières années, j'en garde des souvenirs précis. Le compartiment où j'étais assise pour aller de Berlin à Prague, la vue d'avion de Vienne à Berlin, la salle d'interrogatoire au camp d'accueil de Marienfelde, la salle de classe de l'école professionnelle, les murs nus et les gravats dans l'appartement et la librairie pendant les transformations – tout ça, je le vois comme si j'y étais. Des années suivantes, j'en ai des souvenirs plus faibles et plus pâles. Est-ce ainsi lorsque la vie se déroule confortablement, sans surprises et sans rien qui l'ébranle ? Lorsque l'alcool devient un compagnon de route ? La vie ne se déroula pas sans événements : nous avons loué un jardin ouvrier, acheté pour le grand appartement un piano à queue et avons pris des leçons, nous avons appris l'italien, organisé des rencontres et fondé un club de lecture pour adultes et un pour enfants, et nous avons fait beaucoup de voyages, pas longs, car nous ne voulions pas laisser la librairie longtemps entre les mains de nos collaborateurs, mais des voyages brefs et rapides vers les capitales européennes. Je sais précisément tout ce que nous avons fait. Mais je ne le vois pas devant moi. Je porte avec moi des images de l'appartement refait et de la librairie agrandie ; je vis dans l'appartement et je suis souvent à la librairie, y compris depuis que je n'y travaille plus. Mais je ne vois pas Kaspar et moi prenant nos leçons de piano ni nos leçons d'italien, ni lors de nos voyages ; la tour Eiffel, la basilique Saint-Pierre et le Tower Bridge ne sont pas autrement dans ma tête que si je les avais vus à la télévision ou en cartes postales. C'est comme si s'était étendu sur ces années un brouillard mémoriel qui parfois se déchire, mais où j'avance d'un pas mal assuré, à tâtons.

*

Cela vaut même pour les mois passés en Inde, ma grande évasion et explosion. J'avais lu un article sur Bhagwan Shree Rajneesh et son ashram de Poona, et peu de temps après est venue à la librairie une femme en robe orange portant au cou, dans un cadre de bois au bout d'une longue chaîne de bois également, la petite image d'un homme barbu : je compris que c'était une sannyasine, une disciple de Bhagwan. Je lui ai adressé la parole ; elle venait tout juste de revenir de Poona et était encore plongée dans la béatitude après ce qu'elle y avait vécu. Elle raconta les lectures de Bhagwan, les groupes, la méditation, la danse et l'amour. Elle raconta ses angoisses, son ambition, ses succès et son ego, et que Poona l'avait délivrée de tout ça. Lorsque je lui ai demandé ce qu'elle comptait faire à l'avenir, elle a souri. Elle a dit qu'elle était dans l'Ici et le Maintenant. Ici était le but, Maintenant était l'accomplissement, nous devions seulement le laisser faire. Laisser faire, lâcher prise.

Elle disait cela avec gaieté et certitude, elle m'a regardée comme si elle pouvait lire en moi, d'une main elle m'a caressé la tête, et je me suis mise à pleurer. Je ne savais pas pourquoi, pourquoi l'idée de laisser faire et lâcher prise me touchait si profondément. Mais le désir montait en moi et devenait plus fort et plus conscient, le désir de tout poser là et de partir, de laisser derrière moi mon port et mon rivage et de me perdre dans la vastitude des mers, d'être moi sans être un ego. Je ne cessais de pleurer, et elle me prit dans ses bras. Lorsque je me suis calmée et détachée de ses bras, elle m'a tenue par les épaules et m'a dit en riant : « Il faut que tu ailles là-bas. » J'ai avalé ma salive, j'ai regardé son visage rieur et j'ai ri aussi, d'abord en hésitant puis de bon cœur. « Il faut que j'aille là-bas. »

J'ai été contente et en même temps contrariée que Kaspar me laisse partir sans hésiter. Je veux qu'il respecte mon indépendance, qu'il me laisse décider et faire, mais je veux que cela lui coûte visiblement de prendre sur lui. Il m'a dit qu'il n'aimait pas être sans moi, que je lui manquerais, qu'il se languirait de moi. Mais il l'a dit comme s'il s'était déjà fait à cette idée, et cela me vexa. Dans le groupe d'accueil à Poona, je lui ai reproché d'être incapable de se lâcher, d'être affectivement un infirme, une couille molle qui opprimait sa sexualité et aussi la mienne, et je m'en suis prise à l'homme dont le visage et la silhouette me rappelaient Kaspar. Et avec qui j'ai couché le jour même.

Avec lui et avec d'autres, et j'ai pensé que j'avais compris ce qu'est l'amour, qu'il prend et donne de la joie, sans besoin, sans exigence, sans retenir ; que le sexe, quand il est spontané, naturel et conscient, ouvre une porte sur le Tout, que d'abord dans le sexe, dans l'orgasme, puis dans la danse, dans l'extase, dans la Kundalini, enfin dans la méditation j'atteins la hauteur et le silence, et laisse l'ego dans la vallée. Lorsque j'ai pris le Sannyas et reçu la Mala, je reçus aussi un nouveau nom : Prem Sangia, le chant d'amour. J'ai éprouvé un amour nouveau de tout et un nouveau plaisir à tout, et de plus en plus souvent dès lors il me suffisait d'écouter le matin la Lecture de Bhagwan, d'être assise la journée au bord du fleuve et d'y méditer, et le soir d'écouter la musique et de danser. Lorsqu'on m'offrit de vivre dans l'ashram et de travailler à la cuisine, je voulus écrire à Kaspar une lettre lui annonçant que je ne rentrerais pas à Berlin.

Je remettais cela au lendemain. J'étais assise au bord du fleuve et je voulais méditer ; ces jours de méditation appartiennent à mes souvenirs de Poona les plus beaux et les plus limpides. Le brouillard mémoriel se déchire, je vois le fleuve rapide, j'entends son bruissement, et les oiseaux multicolores volent bas au-dessus de l'eau où se reflètent le ciel bleu et les nuages blancs. J'avais toujours réussi à confier mes pensées, souvenirs et sentiments au fleuve, qui les saisissait et les emportait. Mais la décision de rester à Poona et de ne pas retourner à Berlin bloquait ma méditation. Pourtant je l'avais déjà prise et n'avais plus qu'à en faire part !

Non, je ne l'avais pas encore prise. J'avais parlé de l'offre aux sannyasins avec qui je partageais un logement à Poona, et ils m'avaient félicitée. Quelle chance j'avais ! La présence de Bhagwan, son énergie, sa limpidité, la dynamique et la musique de l'ashram, le travail avec les sannyasins. Ils avaient le désir d'avoir une offre telle que celle qui m'était faite, et pour eux il allait de soi que j'accepterais et resterais. Je ne m'étais pas décidée, je m'étais laissé porter par leurs félicitations et leurs envies.

Et cela n'était pas nouveau. Pendant ces mois à l'ashram, je m'étais laissé contaminer par le désir nostalgique qu'avaient les autres d'une vie sans rationalisme ni matérialisme, sans cupidité ni angoisse, sans ego. Ce désir nostalgique n'était pas le mien. Je ne croyais pas à la rationalité et je ne croyais pas aux choses matérielles, je n'avais pas d'ambition ni d'angoisse de perdre, je n'avais pas à être libérée de cela. Bhagwan, je le voyais, c'était bon pour les gens de l'Ouest, pour lesquels comptaient la carrière, le succès, le prestige et la richesse, qui en avaient assez, qui cherchaient une illumination – et qui dans l'ashram aussi faisaient à nouveau carrière, avaient des succès et gagnaient en prestige en étant plus ou moins proches de Bhagwan, plus ou moins illuminés, plus ou moins importants ou non dans l'organisation de l'ashram et la direction des groupes. J'étais une enfant de l'Est, tout cela pour moi n'avait aucun sens.

Bien que n'étant pas devenue une sannyasine, je n'étais plus la même quand je revins à Berlin. J'avais tout posé là et j'étais partie au loin, j'avais laissé derrière moi mon port et mon rivage, et je m'étais perdue dans la vastitude des mers. Perdue et trouvée – j'étais auprès de moi, je n'avais que faire d'une illumination, ni d'un nouveau nom, ni d'une robe orange, je ne voulais plus d'enfants non plus, j'aimais bien mon monde et ma vie et voyais suffisamment ce qui m'attirait, ce que je voulais tenter, ce que je voulais faire. J'ai été heureuse de revoir Kaspar, de le retrouver matin et soir, de partager notre lit et de coucher avec lui. Pour le reste, j'ai vécu ma vie à moi. Je suis d'abord devenue bijoutière mais ne le suis pas restée longtemps, puis cuisinière mais sans que cela dure non plus, et enfin je me suis retirée pour écrire dans une petite chambre avec fenêtre sur cour – peut-être que cela n'évoque pas une vraie vie à soi, plutôt une pagaille sans plan ni but. Mais à mes yeux chaque pas a été judicieux, même si je ne sais pas pourquoi. Parfois je pense que je voulais d'abord offrir à ma fille quelque chose de beau. Le petit gobelet d'argent qui fut mon premier travail de bijouterie aurait pu faire un cadeau d'anniversaire. Puis j'ai dû sentir que ma fille aurait moins besoin d'un gobelet d'argent que d'un bon repas. Ce dont elle a encore plus besoin, c'est d'un visage, d'une silhouette, elle doit devenir quelqu'un.

C'est pourquoi je dois la chercher et la trouver, m'offrir et m'exposer à elle, et j'espère pouvoir le faire si je l'écris.

*

Voici comment je m'imagine mon roman :

1re partie : Moi

Enfance et jeunesse, Leo, Kaspar, l'accouchement, la fuite, années d'apprentissage et librairie, Inde, bijoutière, cuisinière, le chemin vers l'écriture, l'écriture comme recherche.

2e partie : La Recherche

La recherche de Paula, la conversation avec elle, la piste, le suivi de la piste, les étapes.

3e partie : Elle

Un jour ou l'autre, je me retrouverai debout devant une porte, je frapperai ou sonnerai, et elle ouvrira. Ou ce sera son mari, ou un enfant. Alors je demande si je peux lui parler. De quoi s'agit-il. Est-ce qu'on veut bien me laisser entrer un instant pour le lui expliquer. Alors l'enfant appelle : « Maman, c'est une femme qui veut entrer et expliquer quelque chose. » Là, elle arrive et me regarde avec méfiance. « Oui ? » Je dis qu'il s'agit d'une affaire compliquée et que j'aimerais n'être pas obligée d'en parler devant la porte ou dans l'entrée. Elle me demande peut-être si cela concerne de près ou de loin un accident du mari, un problème de la fille à l'école ou une plainte du voisin, des choses qui pourraient l'effrayer ou l'agacer et dont elle ne veut pas entendre parler. Je lui dis que non, elle me fait entrer, et nous sommes debout dans la cuisine. J'aimerais lui parler seule à seule, mais que faire si elle tient à ce que son mari soit là ? Est-ce que je commence par lui demander si elle sait sans doute qu'elle a été trouvée sur le seuil d'un presbytère, d'un hôpital ou d'un orphelinat au bord de la Baltique ? Je dis que c'est moi qui l'y avais déposée. Que je suis sa mère. Que je ne saurais rattraper le tort que je lui ai fait alors. Mais que si maintenant je pouvais être quelque chose pour elle, lui donner quelque chose, je le ferais volontiers. Que si dans sa vie elle avait une place à m'offrir, je l'occuperais volontiers.

Est-ce que je prépare un papier avec mon nom, mon adresse et mon numéro de téléphone, pour le laisser derrière moi si elle me jette dehors ? Qu'est-ce que je dis si elle ne me jette pas dehors, mais qu'elle n'est plus que refus et hostilité ? Excuse-moi ? Je suis désolée ? Je ne sais pas si je suis désolée ou jusqu'à quel point. C'était il y a si longtemps, c'est devenu une part de moi, que j'accepte comme je m'accepte. Je peux lui dire que je comprends son refus et son hostilité, tirer le papier de mon sac, le poser sur la table et partir. Si après être restée debout elle s'assied et m'invite à en faire autant, si elle me regarde, depuis l'autre côté de la table de cuisine, et me demande « Pourquoi ? », il faut que je parle. Si alors elle dit : « Vous avez préféré vous soucier de vous-même à l'Ouest plutôt que de moi ici », je hausse les épaules. Je dis encore une fois que j'avais pris Leo en horreur, qu'elle je ne voulais pas l'avoir, même si j'étais restée à l'Est, je me serais fait avorter si j'avais pu, et qu'en plus je n'aurais fait que l'abandonner à un destin qu'ont subi des milliers d'enfants pendant et après la guerre. Qu'est-ce que je dis si alors elle me demande pourquoi, au fond, j'ai voulu la retrouver ? Mais pourtant, j'ai le droit de pleurer et de lui dire, en larmes, que j'ai eu le désir nostalgique de la retrouver, ma fille qui est la chair de ma chair et les os de mes os, la femme qui peut me comprendre et que je peux comprendre comme nulle autre, mon âme sœur au plein sens du mot. Et ensuite ?

Ce sont des questions oiseuses. Au lieu de fantasmer cette rencontre, je devrais m'y risquer. De quoi ai-je peur ? Peur que déjà la maison, à la porte de laquelle je frappe ou sonne, révèle une misère qui me crève le cœur ? Peur que face au destin de ma fille et subissant ses accusations et ses reproches, je me sente pourtant coupable ? Coupable au point de ne pouvoir le supporter ?

Cela fait quelques jours que la lettre de la mairie de Briesen est posée sur mon bureau sans être ouverte.

*

Paula est en vie. Après des années comme infirmière communale, elle a fait la connaissance, au moment de la réunification, d'un médecin de Berlin qui, curieux de l'Allemagne au-delà du Mur et désireux de la connaître, passait ses week-ends à la sillonner de la Baltique aux monts Métallifères et de l'Elbe à l'Oder, jusqu'à ce qu'une panne l'arrête à Briesen. Le couple s'est marié et a ouvert un cabinet à Rietzow. À perte de vue, c'est le seul cabinet médical ; le Dr Martin Luckenbach est devenu un vrai médecin de campagne, Paula Luckenbach, tout en restant infirmière communale, fait office de secrétaire médicale et, bien qu'ils aient l'âge de la retraite, ils continuent tous deux à assurer la sécurité sanitaire de ce territoire rural. Leur adresse : Près de l'église, à Rietzow.

Quelle bonne idée j'ai eue d'écrire au maire sur un ton personnel. Il est heureux de pouvoir me donner de bonnes nouvelles de ma vieille amie. Elle a été très appréciée comme infirmière communale, elle était conviée aux modestes grands événements de la commune de Briesen et elle s'y rendait parfois. Par ailleurs, elle a eu un enfant sur le tard ; ce fils a fait des études de médecine, il fait son internat et ses parents espèrent qu'il reprendra leur cabinet un jour prochain. Les jeunes d'aujourd'hui ne veulent plus s'installer à la campagne. Mais Detlef Luckenbach a tellement voyagé dans le monde entier que maintenant il se fixera peut-être volontiers dans son pays natal.

J'ai regardé. Deux petites heures en voiture, trois heures douze minutes par le train, puis encore onze kilomètres à pied ou en taxi. Je prendrai ma voiture. Mais d'abord je vais finir d'écrire la première partie, retravailler ce que j'ai écrit sur la période avec Leo jusqu'au retour d'Inde, compléter ce qui est arrivé auparavant et après.

*

C'était il y a des semaines. Je n'ai fait ni l'un ni l'autre. J'ai fait du vélo tous les jours, quand même, bien qu'en hiver je n'aime pas avoir les mains gelées et le nez qui coule. À part ça, je suis comme paralysée, je suis assise à mon bureau, à regarder la cour et le châtaignier sans feuilles, les maisons des fonds de cour, le clocher de l'église. Tu es déprimée, tu peux et tu dois faire quelque chose, dirait Kaspar s'il se rendait compte de mon état, mais je l'en empêche, et il pense que c'est seulement que je bois trop. Il a raison, je bois trop. Et alors ?

J'ai tout relu encore une fois. Qu'est-ce que j'ai fait

comme recherches, comme extraits, comme commentaires ! Et je n'ai pourtant trouvé que ce que je savais déjà. Les foyers, les fermes et les camps de jeunesse étaient en RDA tout aussi caractéristiques de la RDA que tout le reste, comme les restaurants, les librairies, les universités et le chemin de fer. Laids, mesquins, bornés, tutélaires, humiliants, paralysants. J'aurais pu m'épargner les recherches. D'ailleurs, – quelle idée stupide d'avoir voulu savoir ce qui pourrait théoriquement lui arriver de plus terrible, afin que la réalité ne pût être encore pire. Si c'était l'hiver, j'aurais brûlé tout ce fatras dans le poêle de faïence.

Les poèmes n'étaient qu'un mince cahier. Je l'ai placé sur une pierre et ai enroulé autour le lien de cuir qui le maintenait fermé. Puis je suis allée au Tiergarten et j'ai jeté ce cahier dans le Landwehrkanal. Il a un instant dérivé sur l'eau comme si les poèmes voulaient respirer encore un peu d'air. Puis ils ont cédé et ont sombré. Quel que soit l'intérêt amical qui pousse Klaus à vouloir les publier, – aucun de ces poèmes n'était aussi bon que j'aurais voulu.

Et le roman ? Bientôt dix ans, et ces quelques pages ? J'ai été tellement déçue, par lui et par moi, que j'ai jeté l'ordinateur contre le mur. Depuis, je ne retrouve plus le roman. Je peux encore écrire et, quand j'enregistre, le texte disparaît de l'écran et j'entends un son. C'est comme si ce que j'écrivais sombrait dans un puits profond. Peut-être pourrais-je faire réparer l'ordinateur. Mais que le roman se dérobe et sombre, je trouve que cela convient. Peut-être puis-je maintenant continuer de l'écrire. Peut-être même puis-je maintenant partir pour Rietzow et entamer la recherche. Écrire et rechercher ne font qu'un, et si ce que j'écris sombre, peut-être que sombrera aussi la charge de la recherche.

Bon. Après des semaines, j'ai à nouveau écrit pour la première fois. Parce que je suis revenue à la vodka-orange ? J'ai acheté tout ce que j'ai trouvé au KaWeDe, jus à base de concentré et pur jus d'orange et jus direct, jus d'orange blonde ordinaire et jus d'orange sanguine, orange sanguine avec pamplemousse, avec jus de grenade, orange sanguine avec un peu de pulpe, c'est là que la vodka a le meilleur goût. Je devrais renoncer au vin, que je ne peux pas cacher à Kaspar. Je devrais aussi renoncer à la vodka, je sais, mais je crois que j'en ai besoin jusqu'à ce que je trouve comment lancer la recherche.

Ah, Kaspar. Pendant les semaines où je n'ai pas écrit, j'ai ouvert le livre que tu m'as offert pour notre premier anniversaire de mariage. Un calendrier avec des poèmes ; pour chaque jour tu as choisi et recopié un poème, beaucoup sont courts, mais il y en a aussi de longs, et aussi des ballades. Quel travail tu t'es donné ! Et à la différence des agendas ornés de poésies qu'on trouve dans le commerce, dans le tien il n'y a pas un poème que je n'aime pas. À chaque 17 mai, le printemps laisse son ruban bleu flotter à nouveau dans les airs.

Parfois je te regarde, lorsque tu me portes jusqu'au lit et m'y étends, et que je me réveille sans te le montrer. Ensuite tu es assis sur le tabouret et ton regard est dirigé vers moi, mais tu rêves. Rêves-tu des enfants que nous n'avons pas eus, de la compagne que je n'ai pas été pour toi, de la femme que je serais si je ne buvais pas ? Ou bien rêves-tu de la jeune femme dont tu es tombé amoureux ? Tu m'aimes encore, je sais. C'est la grande consolation de ma vie : si nombreuses que soient les choses que je ne suis pas, dans ma vie, et les choses que je ne suis pas pour toi, je suis suffisamment pour être jusqu'à ce jour aimée par toi.

DEUXIÈME PARTIE

1

Lorsqu'il eut achevé sa lecture, c'était le début de l'après-midi. Par moments il n'avait pas pu continuer de lire, il était resté assis en tentant d'admettre, de comprendre, d'ordonner ce qu'il venait de lire. Avait-elle effectivement fait cela ? C'est ainsi qu'elle l'avait vu, lui ? Ainsi qu'elle s'était elle-même vécue ? Et il ne s'en était pas aperçu ? Elle avait pensé que, tout à l'intérieur et au fond de lui-même, il savait tout ? Était-ce un signe de son amour pour lui ? Ou est-ce que cela lui servait seulement à échapper à la responsabilité, à se faciliter les choses en n'ayant pas à lui parler, parce qu'il savait déjà ?

Les dernières phrases – était-ce un salut d'adieu ? Birgit avait-elle donc bel et bien voulu se tuer ? Non : si c'était un adieu, Birgit n'aurait pas écrit au présent, mais au passé. C'était un salut. Dans ce salut, il aurait préféré lire son amour pour lui au lieu de l'amour qu'il avait pour elle. Mais elle avait tout de même reconnu cet amour et le besoin qu'elle en avait. Dans ses dernières phrases était logée une vérité qui rendit Kaspar heureux et triste, et il pleura.

Il pleura en silence. Les yeux brouillés de larmes, il alla ouvrir la fenêtre, fit entrer le vent chaud qui sécha ses larmes, et il entendit les bruits des enfants jouant dans la cour, le claquement de la corde à sauter sur le sol, le décompte des sauts, la moquerie quand un saut était raté. Dans un appartement, quelqu'un s'exerçait à jouer au piano *The Entertainer*, mal et sans se lasser, et dans un autre une bruyante dispute avait éclaté.

Était-ce parce que dehors tout était quotidien ? Soudain lui parut quotidien tout ce qu'il y avait eu ou non entre Birgit et lui. En dépit de toute une proximité, il y avait eu entre eux une distance profonde, il l'avait aimée plus qu'elle ne l'avait aimé, elle avait voulu se trouver et était partie en quête d'elle-même sans lui, elle avait eu pour lui des secrets, elle avait couché avec d'autres hommes, elle avait entrepris bien des choses sans aller jusqu'au bout – et alors ? Tout à l'intérieur et au plus profond, il n'avait pas tout su, mais il avait su néanmoins que jamais elle ne pouvait se donner tout entière et qu'elle ne lui avait jamais appartenu entièrement. Ils avaient su cela tous les deux, ils l'avaient partagé, et en cela ils avaient été proches l'un de l'autre.

Avait-elle écrit aussi pour lui ? Son texte était-il un testament qu'elle lui laissait ? Était-il censé, si jamais il le trouvait, l'achever comme roman et l'envoyer à Klaus Ettling ? En tout cas il pouvait chercher la fille et lui offrir son aide. Était-ce ce qu'elle voulait ? Le voulait-il lui-même ?

Il se pencha à nouveau sur les dossiers et trouva la lettre du maire de Briesen. Paula Luckenbach, 1 Près de l'église, Rietzow, deux heures de voiture ou trois heures et douze minutes par le train, plus encore onze kilomètres.

Il agita et soupesa longtemps la question qui ne le

quittait pas. Déjà auprès de Birgit il s'était une fois senti comme un intrus, alors qu'elle le voulait. La fille ne le voulait pas, cette fois il serait à coup sûr un intrus. Est-ce que ce qu'il avait à offrir était tellement bien que cela justifierait l'intrusion ? Était-ce pour cela que Birgit aussi avait hésité, parce qu'elle se posait la même question sans trouver de réponse ?

Finalement il se décida parce qu'il ne supportait plus sa mécanique monotone et sans joie entre l'appartement et la librairie. Il voulait en sortir. Cela lui fit une impression désagréable, le désir d'en sortir ne justifiait rien, mais il était irrésistible.

2

Il ne trouva pas de site web ni d'adresse e-mail du cabinet du Dr Martin Luckenbach à Rietzow, seulement un numéro de téléphone.

Devait-il appeler, se présenter et demander s'il pouvait venir ? Et si Paula ne voulait pas, si elle ne voulait même pas lui parler au téléphone ? Face à face, elle aurait plus de mal à l'éconduire. Il loua une voiture et partit.

À hauteur de Briesen, il quitta l'autoroute. Il voulait savoir où Paula avait travaillé pendant des années. Le village était tout en longueur, la plupart des maisons étaient modestes et portaient encore le crépi gris sable de la RDA, certaines se distinguaient fièrement par du jaune ou du blanc, il y avait des hangars sans doute de manutention ou de stockage, et sur la place bordée d'arbres se dressait une petite église au toit neuf en tuiles rouges qui marquait le milieu et le repère de la commune. Kaspar roula lentement, espérant trouver une boulangerie ou une boutique où s'acheter un café et un petit pain, mais il ne trouva rien. Et il ne vit personne dans la rue. Les parents au travail, les enfants encore à l'école ou, déjà rentrés, prenant le repas de midi préparé par la grand-mère, les malades au lit, les chômeurs au jardin, aux champignons ou à la pêche au bord du lac que montrait la carte – Kaspar ne voulait pas que ce village vide lui laisse une impression de désolation, ce vide devait avoir ses bonnes raisons.

Il quitta le village et traversa un paysage vallonné. Champs de maïs, de tournesols, de chaume, parfois un bois, encore vert mais avec les premières feuilles jaunes, parfois un village avec peu de maisons et une vieille église en pierres et briques, sur tout cela un vaste ciel où le soleil perçait sans cesse les nuages. Puis la route se creusa un passage pour franchir une rangée de hauteurs et descendre vers le delta de l'Oderbruch. Le paysage était plat, l'élévation au loin était probablement une digue derrière laquelle devait couler l'Oder. Kaspar roula jusqu'à cette digue, s'arrêta et sortit de la voiture.

C'était le silence. Pendant un petit moment, il retint sa respiration, regarda alentour et s'assura qu'effectivement rien ne faisait de bruit, que ce n'était pas lui qui était devenu sourd. Puis il monta sur la digue. À ses pieds coulait l'Oder, bleu-vert, sur ses bords poussaient de l'herbe et des buissons, de l'autre côté campaient des oies et broutaient des moutons. Kaspar s'assit et se mit à écouter : le clapotis du fleuve, le souffle du vent, une oie qui cacardait, un faible bruit de moteur qui s'étouffait, repartait, s'étouffait encore, sans que Kaspar sût de quel côté de l'Oder il était. Il pensa à Birgit. Il lui en voulait. Pourquoi n'avait-elle rien dit ? Pourquoi n'étaient-ils pas en train de chercher ensemble ? Pourquoi n'étaient-ils pas assis ensemble au bord de l'Oder, le soleil sur la peau et le silence dans l'oreille ? Il aurait aimé la serrer contre lui, sentir sa tête contre son épaule.

Rietzow était situé au pied d'une éminence qui se détachait de la chaîne de collines et tombait tout droit vers l'Oder. Kaspar regarda de gauche à droite et compta une trentaine de maisons. L'église était une ruine, le clocher n'avait plus de bâtière et la nef plus de toit. À côté, la simple maison Biedermeier à deux étages avait été le presbytère. Maintenant, c'était la maison et le cabinet du Dr Martin Luckenbach.

C'était une heure de consultation. La porte de la maison était ouverte, dans l'entrée les patients attendaient, assis ou debout, et lorsque Kaspar eut l'air de chercher quelque chose, une femme lui indiqua le cahier posé au bout de l'entrée sur une commode, à côté d'une fontaine d'eau et de gobelets ; il fallait qu'il s'inscrive et on l'appellerait. « C'est par ordre d'arrivée. » Lorsqu'il fut inscrit et alla s'appuyer contre le mur au bout de la rangée, la femme approuva de la tête et répéta : « C'est par ordre d'arrivée. »

La plupart des patients étaient âgés et tranquillement assis ; deux jeunes femmes parlaient entre elles du nouveau salon d'une coiffeuse turque à Wriezen, trois enfants jouaient avec leurs smartphones, un jeune homme aurait voulu entamer la conversation avec les jeunes femmes, mais elles l'ignoraient. Kaspar remercia la femme qui l'avait orienté vers le cahier et il fut informé que le docteur traitait de la même façon tous les patients, nouveaux ou anciens, et qu'à sa façon de parler on sentait qu'il venait de l'Ouest, mais c'était tout. Puis la porte au bout de l'entrée s'ouvrit, une mère en sortit qui portait un enfant dans ses bras, et derrière elle une femme en blouse blanche avec une tache de vin sur la joue droite – Paula. Elle consulta le cahier, appela le patient suivant et s'adressa à tous : « Nous sommes désolés d'être en retard. Il y a eu une urgence. » Sa voix, son maintien, ses mouvements, tout montrait qu'elle était sûre de son autorité. Elle était plus grande et plus svelte que Kaspar ne l'avait imaginée ; pas belle, mais attirante par l'assurance et la vivacité avec lesquelles elle faisait tout.

Kaspar compta ceux qui attendaient et calcula que son tour ne viendrait pas avant deux bonnes heures. Il sortit devant la maison, se dirigea vers l'église, vit dans la nef l'échafaudage qui empêchait les murs de s'effondrer et des poutres d'acier sans doute stockées là en vue d'une rénovation. Le clocher était couvert d'un toit plat, à l'intérieur une cloche était en place. En parcourant le village il trouva une vieille taverne dont l'enseigne était « À l'Unité Allemande » et la carte proposait des plats allemands et asiatiques et des pizzas. Il entra, quelques hommes qui buvaient de la bière étaient assis, isolés et mutiques, un autre était debout devant une machine à sous. Kaspar dit bonjour, n'obtint pas de réponse, s'assit au comptoir, commanda au patron un café et un petit pain et reçut les deux des mains d'une patronne visiblement asiatique. Une église avec une cloche, une taverne, un médecin – Rietzow était un vrai village. En poursuivant sa promenade il trouva même encore une boutique où l'on vendait des œufs, du lait, des fruits, des légumes et des pommes de terre d'une ferme. Il gravit la pente et trouva le vieux cimetière, avec une clôture en fer forgé et une belle vue sur le Bruch, le village et l'Oder.

Puis il se retrouva devant le cabinet médical. La porte était encore ouverte, l'entrée était déserte. Kaspar entra et s'assit. Lorsque Paula sortit du cabinet en raccompagnant la femme qui avait appris à Kaspar que c'était « par ordre d'arrivée » et qu'elle lui eut dit au revoir, elle consulta le livre. « Monsieur Wettner ? » Elle souriait. « Vous êtes le dernier. Vous fermez la porte d'entrée, je vous prie ? »

Déjà en revenant vers elle depuis la porte, Kaspar commença :

« Je ne suis pas un de vos patients. Je suis le mari de Birgit. Veuf de Birgit. Veuillez m'excuser de faire ainsi irruption. Je serais heureux de pouvoir m'entretenir avec vous. Sinon maintenant, je peux...

— Le mari de Birgit ? Celui que Birgit est partie rejoindre à l'Ouest ? »

Elle posait sa question avec une curiosité aimable. Kaspar fut soulagé.

« Oui, c'est moi. J'ai trouvé les carnets de Birgit, et il y est question de vous. Et de sa fille. »

Paula hocha la tête.

« Je pensais qu'un jour Birgit viendrait. Au lieu d'elle, c'est vous qui arrivez.

— Birgit a encore écrit à Briesen et obtenu votre adresse. Et puis elle est morte.

— De quoi ? »

Il fronça les sourcils.

« De son impatience, de trop d'alcool, de somnifères, de la grande baignoire. C'est compliqué. »

Elle hocha encore la tête.

« Voulez-vous rester dîner ?

— Volontiers. Merci beaucoup.

— Je dois encore faire un peu d'ordre. Ensuite nous irons à la cuisine. »

Elle ramassa un gobelet qui traînait par terre. Kaspar dit : « Laissez-moi faire », elle fit signe qu'elle acceptait, elle passa dans la salle de soins et se mit à ranger, porte ouverte. Kaspar ramassa tout ce qui traînait et le mit dans la corbeille à papiers, aligna proprement la rangée de chaises et remplaça, dans le distributeur d'eau près de la commode, la recharge vide par une pleine.

« Je vois que vous savez mettre de l'ordre.

— J'y suis bien obligé chaque soir. J'ai une librairie.

— Je me souviens, Birgit lisait beaucoup. Jusqu'à la fin ?

— C'est allé en diminuant, au fil des années. Peut-être parce qu'elle s'était mise à écrire elle-même. Elle voulait chercher sa fille, la trouver et écrire là-dessus. »

Paula franchit la porte et le serra dans ses bras.

« Je suis navrée que vous l'ayez perdue. Vous ne seriez pas ici si vous ne l'aviez pas aimée. »

3

À la cuisine, Kaspar lava la salade, les tomates et les fines herbes que Paula prenait au jardin, pétrit un fromage blanc aux herbes, coupa le pain et ouvrit une bouteille de riesling. Elle mit sur un plateau assiettes et couverts, pain, jambon, saucisses et fromage blanc, salade, vinaigre et huile, et il la suivit avec le vin et une carafe d'eau jusqu'à une table dans le jardin. Les plates-bandes de légumes étaient soignées, la pelouse n'avait pas été tondue depuis longtemps, les hortensias, même s'ils commençaient à se faner, avaient belle allure, et les pommiers sous lesquels était mise la table étaient pleins de petits fruits. C'était un jardin accueillant au point de s'y sentir chez soi.

« Votre mari ne vient pas nous rejoindre ?

— Mon mari est en déplacement. Il est devenu médecin de campagne, mais il continue de s'intéresser aux virus tumoraux – étant assistant il avait fait des recherches en la matière et voulait accéder ainsi au professorat. Aujourd'hui il va parfois participer à des colloques, d'où il revient triste et soulagé : triste parce qu'il aurait été capable d'en faire autant, soulagé d'avoir échappé à la foire aux vanités. »

Paula vit l'air étonné de Kaspar et elle rit.

« Vous vous demandez qui a assuré la consultation cet après-midi. Moi, pardi. Le cabinet n'existe que parce que nous collaborons. N'allez pas le dire à la fédération des caisses maladie. Mais, de toute façon, il est probable qu'elle soit déjà au courant. »

Elle mangea rapidement, buvant le vin comme si c'était de l'eau, et l'eau verre après verre. Puis elle s'appuya sur le dossier de sa chaise et dit :

« Continuez de manger tranquillement. C'est moi qui dois vous exposer des faits, et non le contraire. Encore qu'après mon histoire, j'aimerais bien que vous me parliez encore de Birgit. Vous voulez bien aller chercher une autre bouteille dans le frigo ? »

Kaspar alla à la cuisine. Il vit alors, sur le mur au-dessus du frigo, la photo d'un jeune homme, avec des taches de rousseur comme Paula et l'air sérieux. Rapportant bouteille et tire-bouchon et les posant sur la table, il demanda :

« Au-dessus du frigo – c'est votre fils ?

— Nous espérons, contre toute vraisemblance, qu'il reprendra notre cabinet. Il a tout ce qu'il faut pour devenir chercheur et professeur, n'importe quel service le prendrait, et il y a de meilleurs cabinets que le nôtre. La fille du chef de la coopérative agricole qui s'en est emparé après la réunification fait des études d'agriculture et veut peut-être la reprendre, dans le genre écologique, régénératif, holistique – *beyond farming*, ça s'appelle. Detlef et cette Nina se sont aimés, il ne parle plus d'elle, mais il ne parle pas non plus d'une autre. »

Paula sourit, puis reprit :

« C'est là-dessus que nous misons. Vous n'osez pas demander pourquoi nous voulons que notre fils nous succède. Pourquoi nous ne voulons pas qu'il s'en sorte mieux que nous. Nous avons une responsabilité envers le pays et les gens, pas seulement nous, tout le monde, mais nous avons assez de bon sens pour voir cette responsabilité et la possibilité de l'assumer, et nous gagnons assez pour ne pas en subir de dommages fâcheux. »

En riant, elle ajouta :

« Martin a installé un cinéma dans la cave, nous occupons les meilleurs fauteuils et projetons les films en grand sur le mur.

— Vous resteriez ici ?

— Oui. Nous voyagerions davantage, pourquoi pas un ou deux mois parfois, mais en revenant toujours ici. Si nous n'avons plus le cabinet, nous voudrions essayer de réinstaller ici une école et un jardin d'enfants. Et la police, un magasin plus grand et un pasteur. Et peut-être alors que quelqu'un arriverait qui ouvrirait une petite entreprise. Il y a eu ici, dans le temps, du traitement de textiles, et beaucoup de femmes sont habiles de leurs doigts, et dans tout Berlin on ne trouve plus un seul atelier de réparation de tissus. On pourrait... »

À nouveau elle se mit à rire, et Kaspar aima son rire affirmatif. De la main, elle fit signe qu'elle s'arrêtait là.

« J'aime bien imaginer des choses.

— Sur… sur quel seuil avez-vous déposé, à l'époque, la fille de Birgit ?

— Vous auriez pu faire ça ? Je n'ai pas pu. Des jours avant même la naissance, j'ai appelé Leo Weise et nous sommes convenus que lui et sa femme prendraient cette fille. Quand elle a été là, je suis allée en voiture jusqu'au téléphone le plus proche et je lui ai dit que ça y était et qu'il fallait qu'ils viennent, et six heures plus tard je leur ai confié l'enfant.

— Je ne sais pas ce que j'aurais été capable de faire ni ce que j'aurais fait. Birgit et moi n'avons pas eu d'enfants, nous n'avons pas cherché à savoir pourquoi, nous l'avons accepté. J'aurais bien aimé en avoir, j'aurais aussi recueilli volontiers la fille. Peut-être auraient-elles pu s'enfuir ensemble. Peut-être que Birgit, étant mère, ne serait pas devenue alcoolique. Peut-être… »

Il ne put continuer, il leva les bras et les laissa retomber, le visage en larmes. Paula se leva, s'approcha, lui prit la tête et l'appuya contre son ventre. « Oui, dit-elle, oui. » Quand elle sentit qu'il ne pleurait plus, elle lui caressa la tête et retourna s'asseoir.

« Birgit s'est demandé, dans ses carnets, si tout à l'intérieur et tout au fond je n'avais pas su… tout. Je n'ai rien su. Aurais-je dû ? Est-ce que, à l'été 1964, j'aurais dû m'apercevoir qu'elle était enceinte ? »

Paula secoua la tête et fronça les sourcils comme si elle trouvait ça absurde.

« Birgit s'est facilité les choses. »

Puis au bout d'un moment elle demanda :

« Est-ce que vous voulez retrouver la fille ?

— Je veux la retrouver et faire ce que voulait faire Birgit : m'offrir à elle. Peut-être saura-t-elle faire quelque chose de l'histoire de Birgit, et de moi et de ce que je peux lui offrir. Peut-être… »

Il sourit et ajouta :

« Combien de fois ai-je dit "peut-être", ces temps derniers ! La mort de Birgit, la fille, le secret gardé – c'est comme si ma vie avait perdu son fond. Comme si elle n'était plus que "peut-être". »

La nuit tombait. Paula mit tout sur le plateau, l'emporta à la cuisine et revint avec une lampe-tempête.

« Je peux encore vous dire que Leo Weise et sa femme ont appelé l'enfant Svenja. Lors de nos brèves rencontres, ils étaient tout excités, rayonnants de bonheur, pleins de sollicitude et d'affection. Comment s'est passée l'adoption, je l'ignore, mais il était le chef local et il a dû arranger ça. Il m'a invitée à son baptême laïc remplaçant la confirmation luthérienne, ce fut une grande fête, je ne me suis pas fait remarquer, je n'ai pas parlé à Svenja, mais je l'ai vue, elle ressemblait à Birgit et semblait joyeuse.

— Là, vous avez envoyé une carte postale à Birgit.

— Oui. *La belle chocolatière* m'avait fait penser à elle. Par la suite, j'ai eu quelquefois à venir à Niesky et je me suis promenée dans les rues en ouvrant grands les yeux, mais je ne l'ai pas revue. Au moment de la réunification, j'ai quelquefois pensé à elle. À elle et aux autres enfants qui avaient suivi une formation qui leur aurait permis de trouver une place en RDA, mais qui ne valait plus rien. Pour les plus âgés aussi, ce qu'ils avaient appris et fait en RDA ne valait souvent plus rien. Mais quand on est jeune et qu'on n'a rien, alors qu'on vient de faire des efforts pour avoir une formation, ça vous flanque facilement par terre.

— Vous regrettez la RDA?

— Oh non. Peut-être la regretterais-je si je n'avais pas trouvé Martin, et si me manquait l'autonomie qu'avaient les infirmières communales en RDA et que n'ont plus les infirmières d'ici.»

Elle partit à nouveau de son rire affirmatif.

«Si je ne le leur interdisais pas obstinément, les patients me diraient "docteur".»

Elle regarda l'heure.

«Il est tard. Passez donc la nuit ici.»

4

Le cabinet ouvrait à sept heures. Elle le réveilla à six heures. Ils prirent leur café à la cuisine, avec du pain et de la confiture, et il lui raconta un peu la vie de Birgit. Elle lui fit un sandwich jambon fromage.

«Pour la route. Pour commencer, vous allez vouloir parler à Leo Weise. Je crois que, je ne sais quand, il est devenu chef à Görlitz. Niesky est sur le chemin, renseignez-vous sur place.»

Sur le seuil, il la remercia.

«J'avais peur de cette recherche. Birgit en avait peur, et c'est comme ça que j'en ai eu peur à mon tour. Mais auprès de vous la recherche a bien commencé.

— Appelez-moi quand vous l'aurez trouvée. Ou, mieux encore, passez nous voir avec elle. J'aimerais bien la rencontrer.»

Il prit la direction de Niesky. Le Bruch, la ligne de crête et son entaille, les collines plates, les petits villages, les vastes champs cultivés et des bois par moments – le pays lui était déjà un peu familier et il commençait à aimer sa beauté simple. Il aimait en particulier qu'un village soit posé dans un creux et que le clocher pointe au-dessus des toits et vous salue de loin. Et par-dessus tout cela était posée la voûte d'un vaste ciel sous lequel Kaspar ne se sentait pas perdu, mais à l'abri. C'est ainsi que, dans son enfance, il imaginait un paysage : des champs, des bois, des villages avec des clochers.

Il fut à destination en fin d'après-midi. Sur la place Zinzendorf, au centre de la ville, il trouva sur un banc face à l'église un vieil homme près duquel il s'assit pour s'enquérir de Leo Weise.

« Qu'est-ce que vous lui voulez, à Leo ?

— J'aimerais bien lui parler.

— Vous êtes de l'Ouest.

— Je suis de Berlin. Vu d'Allemagne de l'Ouest, nous à Berlin on est déjà l'Est. »

Le vieux tira un paquet de cigarettes de la poche de son manteau, s'en alluma une, toussa et secoua la tête comme s'il ne savait pas pourquoi il toussait ou pourquoi il fumait ou pourquoi il était assis là.

« Une crotte de mouche, vous êtes, une crotte de mouche sur la carte. Et vous voulez nous dire où il faut aller.

— Je ne vais pas vous dire où il faut aller. Je l'ignore. »

Il regarda le vieux inhaler à fond la fumée, la rejeter et tousser à nouveau.

« Savez-vous si Leo Weise est de retour à Niesky et où il habite ?

— Vous êtes journaliste ?

— Je cherche sa fille. Elle a hérité.

— Il était bon, à la tête. Il a été bon aussi à Görlitz. »

Avec un rire amer, le vieil homme ajouta :

« Moi aussi j'étais bon.

— Vous faisiez quoi ?

— Moi, je... »

Le réflexe de s'imposer encore ce qu'il avait déjà souvent raconté ne fonctionnait plus. Il l'avait trop souvent raconté.

« Il habite dans la direction de Mücka, là où la rue Ernst-Thälmann devient la rue de Niesky. »

Il secoua la tête en même temps qu'il toussait.

« Hérité ? De l'Ouest ? Y a-t-il quelque chose de bien à hériter de l'Ouest ? »

5

La maison se trouvait dans la rue principale, c'était une vieille maison à un seul étage comme ses voisines, avec un petit jardin côté rue et un autre derrière, vaste et avec une remise. Le toit avait été refait, le crépi couleur sable qu'avaient gardé les autres maisons était recouvert de blanc, et les tuiles d'un rouge sale avaient été remplacées par des rouges éclatantes. Leo Weise n'était pas riche, mais pas pauvre non plus.

Kaspar sonna, tendit l'oreille, n'entendit personne venir ouvrir. Lorsqu'il eut sonné à nouveau, une femme apparut au coin de la maison.

« Que voulez-vous ? »

Kaspar se présenta, apprit qu'elle était Mme Weise, et déclara qu'il aimerait leur parler, à elle et à son mari.

« Eh bien, venez et expliquez-nous ça dans le jardin. »

D'après les photos se trouvant dans les documents de Birgit, Kaspar avait en mémoire un Leo Weise grand, svelte, détendu et aimable. Il ne l'aurait pas reconnu dans ce vieil homme massif, au visage bouffi avec de petits yeux. C'est cet homme que Birgit a aimé, songea-t-il un instant; s'il s'était séparé de sa femme, c'est Birgit qui aurait pris sa place. Je ne serais pas ici, je ne l'aurais pas épousée, je ne l'aurais pas rencontrée. Ou bien a-t-il un traitement à la cortisone ? A-t-il des rhumatismes graves ?

En apercevant Kaspar, Leo Weise s'était levé péniblement. Debout, une main appuyée sur le dossier de sa chaise, il fit signe à Kaspar de s'asseoir à table sur l'autre chaise, il envoya sa femme chercher une chaise de plus, attendit qu'elle se joigne à eux et se rassit.

« Vous êtes ?

— Kaspar Wettner. Je suis veuf de Birgit, la mère de Svenja. Birgit voulait retrouver Svenja, mais elle est morte avant d'avoir pu commencer sa recherche. Pour moi, cette recherche est ce dont j'hérite et qui m'a conduit d'abord jusqu'à l'amie de Birgit, qui vous a confié Svenja à l'époque, puis jusqu'à vous. »

Leo Weise regarda sa femme, elle le regarda, et dans leurs deux regards Kaspar lut de la souffrance, des reproches et le souvenir de déceptions et de blessures. Puis Leo Weise regarda ailleurs, droit devant lui, et son visage se durcit. Sa femme se passa la main sur le front.

« Birgit était une fille facile, excusez-moi, et Svenja avait ça dans le sang. Peut-être que, plus tard, Birgit a été différente. À l'époque, je n'ai pas été le seul qu'elle ait séduit, elle a… »

D'un geste, il renonçait à en dire plus.

« Les neiges d'antan… Svenja fut une gentille fille, un bon Jeune pionnier et un bon pionnier Thälmann. Elle était Jeune secouriste, portant une croix rouge sur sa manche gauche, et elle voulait faire médecine, on s'en est réjouis, tu te rappelles, Irma, comme on s'en réjouissait ? »

Il regarda sa femme, qui opinait de la tête, les yeux fermés.

« Quand elle a été dans la FDJ, elle est tombée amoureuse d'un type qui avait deux ans de plus qu'elle – et qui était un tas de merde. Il n'avait pas eu accès à la FDJ, parce qu'il était dans la *Junge Gemeinde,* mais il ne voulait pas rester dans cette communauté d'opposition et on ne voulait plus de lui – un être sans repères, qui bavassait au sujet de l'anarchie et se rasait la moitié des cheveux ou se les teignait, et qui ensuite a fait du trafic de drogue. Nous avons parlé à Svenja, n'est-ce pas, Irma ? Nous avons compris qu'elle avait besoin de liberté, nous l'avons autorisée à passer le permis de conduire et nous lui avons acheté un scooter Schwalbe, d'occasion, mais en bon état. Elle ne s'en est pas servie pour sillonner notre beau pays, pour aller dans les monts Métallifères ou sur les plages de la Baltique, mais en ville, où elle s'est amusée à foncer sur les bourgeois et à leur faire peur. Ensuite elle a eu un accident, elle avait bu, et nous avons pensé que ça la ferait réfléchir. Mais ça ne s'est pas amélioré, ça n'a fait qu'empirer. Finalement…

— Tu n'aurais pas dû faire ça, Leo.

— Mais toi non plus tu ne savais plus ce qu'il fallait faire. Elle était loin, nous ne la voyions plus, nous ne pouvions plus lui parler, elle n'a ni appris un métier ni travaillé, elle a vécu avec le type dans une série d'appartements vides où ils entraient par effraction – tu ne te rappelles plus comment tu l'as cherchée toute une journée pour la trouver finalement dans cette maison en démolition de la Winterstraße où elle t'a crié dessus ? Que chez toi elle étouffait, que chez toi elle serait morte et qu'elle pouvait enfin vivre ? »

Leo secouait la tête.

« Ah, Irma, tu sais pourtant bien comme j'ai eu du mal à le faire. J'ai pensé que la Ferme-atelier-jeunesse était la seule chose que je pouvais encore faire pour elle, et qu'elle ne le comprendrait pas sur le moment, mais plus tard.

— Tu n'aurais pas dû t'autoriser à faire ça. Nous aurions dû rester patients. Quand la police m'a appelée et que je suis allée la chercher au commissariat, oui, elle a été insolente et s'est mise à crier, mais c'était ma fille chérie, et dans la voiture, après avoir pesté, puis s'être tue, elle a fini par dire à voix basse "merci".

— À la maison, ta fille chérie a dit que chez nous elle n'était plus à la maison, et elle a tout démoli dans sa chambre. »

Leo reprit sa respiration.

« C'est la seule chose que je pouvais encore faire pour elle, et si elle n'avait pas été mise à Torgau, qu'est-ce qu'elle serait devenue, meilleure ou pire, je n'en sais rien.

— Pourquoi a-t-il fallu qu'au terme de ces six mois tu la fasses enfermer à nouveau ?

— Elle n'avait toujours pas compris.

— Tu ne te rappelles pas ce que disait Raul ? Qu'elle s'appliquait et tenait bon, parce qu'elle pensait qu'au bout de six mois ce serait réglé. Trois mois de plus – ça l'a détruite. »

On voyait que Leo Weise serrait les dents, et que ses mains se cramponnaient aux accoudoirs de sa chaise. Il avait beau avoir quatre-vingts ans, il était encore plein de force. De quoi était-il capable s'il ne se maîtrisait plus ? Kaspar n'en avait pas peur : il n'était même plus là aux yeux de Leo. Est-ce que sa femme en avait dit plus que d'habitude, sachant qu'en présence de Kaspar il ne lui ferait rien ? Pouvait-il devenir violent, l'avait-il été avec elle et avec Svenja ?

Puis Leo reprit conscience que Kaspar était là.

« À sa majorité, elle a été libérée. Elle est partie pour Berlin, ceux qui étaient comme elle partaient pour Berlin. » Leo eut un rire. « Elle n'y est pas restée, tout comme les autres, ils revenaient tous ici. Jusqu'à la réunification, elle a travaillé dans la construction de wagons. Sinon, c'était la prison. Je sais, vous pensez qu'en RDA rien n'était bien. Le § 249 était bien. Quiconque refuse tout travail alors qu'il peut travailler doit être pénalisé. Après la réunification, elle s'est remise avec le type avec lequel tout avait commencé. Entre-temps, il s'était rasé le crâne, s'était mis à porter un blouson d'aviateur et des bottes de para, et ils s'en prenaient aux jeunes aux cheveux teints ou rasés et aux Vietnamiens. Et il faisait du trafic de drogue, à si grande échelle qu'il pensait n'avoir rien à craindre. La police ne l'a pas coincé, mais en 1991 il s'est fait descendre – devant le bordel de filles tchétchènes qu'il avait créé. Alors Svenja a disparu. »

Irma voulut dire quelque chose, mais Leo se tourna vers elle :

« Dis-moi, Irma, si on offrait quelque chose à notre hôte ? Un café ? Une part de ta tourte aux pommes ? »

6

« Est-ce que Birgit a quelquefois parlé de moi ? »

Leo Weise posa la question tandis que sa femme était rentrée dans la maison.

« Tant que Birgit a été en vie, je n'ai rien su ni de sa fille ni de vous. Après sa mort, j'ai trouvé ses carnets, où elle parle de vous.

— Elle était trop jeune pour mourir. Comment est-ce arrivé ?

— Un accident. Elle a perdu conscience et elle s'est noyée. Avez-vous jamais dit à Svenja que vous n'étiez pas ses parents biologiques ?

— Pourquoi aurions-nous dû le faire ?

— C'était juste une question. Puis-je utiliser vos toilettes ? »

Kaspar se fit expliquer le chemin : traverser la cuisine et aller jusqu'à la porte à côté de l'entrée. En revenant, il s'arrêta dans la cuisine et s'adressa à Mme Weise.

« Je peux me charger du plateau.

— Volontiers dit-elle en découpant le gâteau. Voilà dix-neuf ans que j'ai eu des nouvelles de Svenja pour la dernière fois. Elle était à Francfort-sur-l'Oder. Elle m'a téléphoné et elle voulait de l'argent.

— Vous l'avez vue ?

— On s'est retrouvées à la gare. Elle avait l'air mal en point, ça m'a fait mal au cœur, et j'ai voulu l'aider et parler avec elle. Elle voulait seulement l'argent. Elle m'a donné un baiser, ma fille chérie m'a donné un baiser, et puis elle est partie.

— Qui est Raul ?

— Il est passé, voilà des années. Après la réunification, il était parti en Allemagne de l'Ouest, il s'était fait une situation, et il voulait revoir Svenja. À Torgau, les garçons et les filles étaient séparés, mais parfois deux néanmoins arrivaient à établir un contact. Il a laissé son adresse, pour que Svenja puisse le joindre. Je vous la donnerai tout à l'heure. Maintenant, il ne faut pas faire attendre Leo. »

Ils prirent du café et du gâteau, et n'eurent plus grand-chose à se dire. Kaspar demanda à quoi Svenja s'intéressait, étant jeune fille, à quoi elle s'occupait, et il fut informé succinctement qu'elle avait été sportive, volley et basket, qu'elle avait beaucoup lu, histoire et aventures, et que naturellement elle avait été un très bon pionnier. Ensuite Kaspar se risqua à demander quel avait été le destin de Leo Weise au moment de la réunification.

« Ils étaient plantés devant la centrale et criaient "Assez détruit la ville !", comme si j'avais laissé s'écrouler la vieille ville ! Quatre-vingt-dix pour cent du budget de construction passaient dans les plaques en béton, c'était ce qu'exigeait le plan, et je ne pouvais rien y changer, personne ne pouvait. Avec les dix pour cent restants, je ne pouvais pas entretenir la vieille ville.

— Vous aviez cinquante ans et quelques, qu'avez-vous fait après la réunification ?

— J'ai été élu au conseil municipal sous l'égide du PDS. On me voulait aussi dans le conseil de la ville, mais à Potsdam on n'a pas admis qu'on veuille de moi à Görlitz. Parce que j'avais eu à faire avec la Stasi, bien sûr que j'avais eu à faire avec la Stasi, comment voulait-on que j'administre la ville sans avoir à faire avec la Stasi. »

Irma posa une main sur son bras et dit :

« Si tu avais rejoint le conseil de la ville, nous n'aurions pas pu acheter la maison. On a eu de la chance, dans notre malheur.

— J'ai travaillé pour les assurances, pour la Volkswohl. Je connaissais mes clients, j'étais bon. »

Cela fit rire Leo Weise.

« Si je n'avais pas eu seulement à faire avec la Stasi, mais si j'en avais fait partie, j'aurais été encore meilleur. Eux pouvaient tout faire avaler à tout le monde. »

Kaspar voulut à nouveau savoir :

« Vous regrettez la RDA ?

— Regretter ? À quoi bon ? Nous avons perdu, c'est aussi simple que ça ; est-ce que nous avons seulement perdu un round ou le combat, et est-ce que le combat continue, je ne sais pas. Nous avons commis suffisamment de fautes dont nous pouvons tirer des leçons. Moi aussi, à l'époque, j'étais contre Ulbricht et pour Honecker, je n'en ai pas su assez, et je n'ai pas assez pensé. Penser. » Il dit ça en regardant Kaspar avec défi et en se tapotant la tête d'un doigt. « Penser ! »

Comme il partait, Mme Weise glissa à Kaspar un petit papier. Raul Buch, Taubenstraße 12, 53125 Bonn, 0228411788.

7

De retour à Berlin, Kaspar appela Raul Buch. Lequel se déclara prêt à lui parler, disant que ces jours-ci il travaillait chez lui, que Kaspar pouvait passer l'un de ces après-midi, et ils convinrent du mercredi. Il parlait en homme d'affaires aimable, avec une voix assurée que Kaspar lui envia, lui qui était toujours mal à l'aise au téléphone.

Kaspar prit le train. Il partit sous la pluie et arriva de

même. Il pleuvait déjà lorsqu'il s'était réveillé et, après un coup d'œil sur l'heure, il avait pris plaisir à rester encore un peu au lit en écoutant tomber la pluie. Dans le train, en la voyant s'abattre sur les villes, les places, les routes et les champs, il pensa à la vie sans abri de Svenja. Avait-elle toujours trouvé des appartements à squatter ? Avait-elle vécu aussi dans les rues ? Sous les ponts s'il pleuvait ? En hiver, dans les entrées d'immeubles ou les passages couverts ? Peut-on s'en arranger et s'y habituer au point que ce ne soit pas si grave ? Est-ce qu'à un moment on ne veut ni ne peut plus faire autrement, comme celui qui ne peut pas dormir fenêtre fermée ?

Mais nous sommes des êtres qui ont besoin d'un chez-soi, et si nous sommes des nomades et que sans cesse nous démontons et replantons notre tente, c'est elle notre chez-soi. Kaspar se souvenait du chien et du chat qu'ils avaient eus avec Birgit pendant un temps. Le chien, ils l'avaient trouvé sur la route en passant en voiture, blessé après s'être fait heurter, et le chat s'était réfugié chez une amie qui ne pouvait pas le garder. Comme ces deux animaux avaient été heureux d'avoir un chez-soi ! Kaspar les revoyait, dormant blottis l'un contre l'autre près de l'armoire de l'entrée. Qu'est-ce qui avait chassé Svenja de la maison de ses parents ? Leo Weise était probablement un père sévère, mais il semblait avoir été satisfait de la bonne conduite manifeste du Jeune pionnier, du pionnier Thälmann, de la Jeune secouriste, et n'avoir pas tourmenté Svenja en exigeant d'elle davantage de foi dans le socialisme. Irma Weise était une femme affectueuse, et Svenja avait dû sentir cette affection. Tout suivait sûrement un cours normal chez les Wiese – normal au point d'être oppressant ? Svenja avait-elle voulu s'en libérer ? Ou s'était-il passé quelque chose qui lui avait fait perdre confiance en l'ordre du monde? Déjà, avoir perdu sa mère dès sa naissance? Kaspar ne pouvait pas imaginer que la remise de l'enfant par Birgit à Paula et par celle-ci à Irma et Leo Weise ait pu causer un dommage et que Svenja s'en souvienne. Lui, ses souvenirs d'enfance commençaient à cinq ans.

Le trajet sous la pluie, les gouttes qui descendaient sur la vitre, vite ou lentement, décrivant une trace plus brève ou plus longue – cela attristait Kaspar. Certaines gouttes restaient petites, d'autres fusionnaient entre elles et grossissaient, toutes étaient tôt ou tard chassées par le vent. Bien sûr, il savait que les gouttes ne révélaient pas l'inconsistance et la vanité de la vie. Elles ne révélaient pas non plus que les êtres humains suivent leur chemin et ne se rencontrent pas si le vent du destin ne les mêle pas. Et néanmoins tout cela le tourmentait. Il était sur les traces de Svenja, mais aussi de Birgit, il ne savait pas s'il approchait effectivement de Svenja, il savait seulement que Birgit lui échappait. Birgit s'est facilité les choses, Birgit était une fille facile – il ne croyait ni l'un ni l'autre. Mais la Birgit des carnets, dont elle ne lui avait rien dit, qu'elle lui avait cachés, avait gagné en épaisseur lors des rencontres avec Paula et avec Leo Weise. Elle n'était pas seulement une personne écrite, de papier. Elle avait réellement existé, lointaine et étrangère pour lui.

À Bonn il prit un taxi. Lequel l'emmena dans un quartier neuf, avec des maisons individuelles ou jumelées, de petits jardins et des arbres récemment plantés. Du temps où avec Birgit il espérait encore avoir des enfants, il avait imaginé pour leur famille un monde comme celui-là, où il n'y aurait pas de mystères comme dans le vieux presbytère où il avait grandi près de la vieille église, pas de passé laissant des terrains vagues ou de ruines avec des impacts de balles comme longtemps dans Berlin, pas de surabondance d'impressions comme autour d'un appartement ou d'une maison en ville, mais un néant blanc où ils auraient vécu seuls et l'un pour l'autre. Certains trouvaient les quartiers neufs monotones, sans visages et sans formes – c'était ce qu'il voulait. Mais Birgit ne voyait pas non plus pourquoi il les aimait.

La maison de Raul Buch avait deux portes et deux sonnettes, pour Buch et pour CC. Kaspar choisit CC, un jeune homme vint ouvrir, demanda « Monsieur Wettner ? » et le conduisit au sous-sol, dans une grande salle remplie de tables et d'ordinateurs, avec une baie vitrée donnant sur le jardin. « Un instant », dit en levant la main un homme d'environ quarante-cinq ans qui était assis à l'une des tables. Le jeune homme offrit une chaise à Kaspar et alla s'asseoir à une autre table. Kaspar resta debout, à regarder le jardin, le peu de pelouse et les arbustes, et les gouttes de pluie sur les vitres. Enfin Raul Buch se leva, vint le saluer en s'excusant et l'emmena dans un petit bureau attenant qui offrait la même vue sur le jardin.

« Après que Svenja a été libérée de Torgau, je l'ai vue deux ou trois fois à Berlin. C'était il y a longtemps. Vous avez dit au téléphone que vous êtes à sa recherche – je crains de ne pas pouvoir vous aider. Des années après la réunification, j'ai voulu reprendre contact avec elle, je suis allé chez ses parents et leur ai laissé mon adresse, mais elle ne s'est jamais manifestée. Je ne sais même pas si elle est encore en vie. Elle se droguait, elle tabassait les homos et les immigrés, elle surfait sur les toits du métro et des trains, faisait des choses dont on ne sort pas forcément vivant.

— Sa mère m'a dit qu'au terme de ses six premiers mois à Torgau elle vous avait fait bonne impression. Ce seraient les trois mois supplémentaires qui l'auraient démolie.

— Le séjour à Torgau ne devait pas excéder six mois. Nous le savions et ça nous aidait. Nous savions qu'il y avait quelque fois des réincarcérations. Mais c'étaient des exceptions, et les exceptions, on pense que ça tombe sur les autres, pas sur vous.

— La seconde incarcération de Svenja…

— A été voulue par son père, comme la première. En fait, avant d'être mis à Torgau on passait par un autre foyer de redressement, et cette expérience était une aide, aussi quand on avait un soutien par la famille. Sans cette expérience d'un foyer de redressement, être arraché à sa vie quotidienne, par son propre père… » Buch secoua la tête. « La procédure d'accueil était faite pour provoquer un choc, et pour Svenja c'en fut sûrement un. Garde-à-vous, nudité absolue, tous les effets personnels confisqués, examen de tout le corps comme d'une bête de somme, blouse réglementaire, et ensuite la cellule individuelle avec bat-flanc et seau. On t'inculquait comment te présenter et comment faire ton lit, et tu devais apprendre par cœur le règlement intérieur. Trois, quatre ou cinq jours de cellule individuelle. Après ça, tu avais bien intégré que tu étais de la merde.

— Comment avez-vous fait connaissance ?

— Pendant l'appel. À cinq heures et demie réveil, puis sport, toilette, faire les lits, écouter les nouvelles, petit-déjeuner. Ensuite, appel. »

Raul Buch avait débité ces étapes mécaniquement, il s'arrêta, soupira, sourit.

« J'adopte une diction militaire ? C'était comme dans

l'armée. Nous étions censés apprendre à obéir. Obéir, travailler, nous soumettre aux éducateurs et nous plier à la collectivité. Celui qui ne filait pas droit était puni, les tours de cour au pas de l'oie, les pompes, les flexions sur les genoux, récurer le couloir avec un balai-brosse sans manche, après quoi on y faisait passer un groupe et tu n'avais plus qu'à recommencer. Arrêts pouvant durer deux semaines, et si l'éducateur ne pouvait pas te sentir, tu devais rester debout du matin au soir. Et si tu lui répondais, il te flanquait son trousseau de clés sur la tête. Et les coups… Mon Dieu, qu'est-ce que j'ai pris comme coups. Et le terrier de renard… la cage grillagée… »

Il regardait droit devant lui, perdu dans ses souvenirs.

« La cage grillagée ?

— Vous vouliez savoir comment nous avons fait connaissance. Pour l'appel, garçons et filles se présentaient en même temps, et pour le travail nous étions voisins, les garçons dans notre secteur et les filles dans le leur. C'est comme ça que je l'ai vue. Je lui ai écrit, et elle a répondu, pas tout de suite, mais à la troisième fois. Tout contact entre garçons et filles était interdit, et faire passer des lettres en douce était risqué, mais à la cuisine ça allait, et il y avait une éducatrice qui, le week-end, était coulante. Au début, Svenja ne voulut rien avoir à faire avec moi, parce qu'il ne lui restait plus que quelques semaines à tirer et qu'elle ne voulait rien gâcher. Ensuite, quand elle est revenue, elle se fichait d'être bien vue ou pas. Là, j'avais presque fait mon temps et c'est moi qui au début voulais être prudent. Mais Svenja… »

Il se leva, alla ouvrir un tiroir de son bureau et revint avec une photo qu'il tendit à Kaspar. La jeune femme lui rappela Birgit, la même courbe de la bouche, les mêmes yeux sombres et les cheveux noirs, mais l'expression était inabordable, provocante, séduisante, une femme qui exige qu'on fasse ses preuves si l'on veut la conquérir.

« Vous le voyez vous-même, avec Svenja impossible d'être prudent. Mes deux dernières semaines à Torgau, je les ai passées aux arrêts.

— Comment ont été vos retrouvailles à Berlin ?

— Tu te souviens, tu te souviens – d'abord il n'y eut rien de plus. Je suis devenu spécialiste dans la gestion des données, parce que je voulais m'en sortir et que j'espérais comme ça commencer quelque chose, et c'est ce que j'ai fait. Elle avait rejoint l'extrême droite, pas à cause de la politique, à cause de la violence ; elle voulait démolir ce qui l'avait démolie. J'étais le petit-bourgeois et elle la rebelle.

— Mais vous avez voulu la revoir après la réunification. »

Raul Buch regardait par la fenêtre.

« Si je l'avais retrouvée et qu'elle avait voulu, je l'aurais épousée aussitôt. J'ai fait mon trou, j'ai réussi, je n'ai pas l'accent saxon ni berlinois, je n'emploie pas les mots de là-bas, et personne ne soupçonne que je viens de RDA. Encore moins quand j'arrive avec ma femme ; elle est de Bonn, elle a l'accent chantant et rassurant des Rhénans, elle a bon goût, plein de paires de chaussures, et c'est une bonne mère. Mais… »

Il continuait à regarder par la fenêtre. Kaspar hocha la tête.

« Je comprends.

— Je ne crois pas que vous compreniez. Vous pensez : il a le mal du pays, et dans ce cas-là on aimerait bien avoir quelqu'un de chez soi à ses côtés. Ce n'était pas ça. Svenja était vraie. Nous étions vrais, là-bas – vous voyez comme je dis même “là-bas” ? Svenja ne se révoltait pas par satiété, ni par ennui, ni parce que c’est chic et que comme ça on peut la ramener. Elle a pris ça au sérieux et elle a payé pour ça, comme tous ceux qui ont pris les choses au sérieux et qui ont payé pour ça, même les informateurs de la Stasi, qui vous font pousser les hauts cris. Moi, la Stasi ne m’a jamais rien demandé, Dieu merci, j’aurais dû dire oui ou non, il y aurait eu un enjeu, et j’aurais été marqué, d’une façon ou d’une autre. Ici à l’Ouest il n’y a pas d’enjeu. Vous en avez, de la chance. »

Raul eut un rire.

« Moi aussi, j’ai de la chance. Tout est beau et facile et fade. »

Il se leva de sa chaise.

« Vous êtes arrivé en taxi. Je vous en appelle un qui vous ramènera en ville. »

Il passa la main sur son iPhone et pianota.

« Où est-ce que vous la chercheriez ?

— Aucune idée. À l’époque je ne suis pas seulement allé voir ses parents. J’ai cherché dans Berlin et à Görlitz et je suis allé à Francfort parce que quelqu’un avait dit qu’on l’y avait vue. Je vous l’ai dit, j’ignore si elle est en vie ou si elle est morte. »

Kaspar tendit la photo qu’il avait encore à la main.

« Puis-je en avoir une copie ? »

Raul Buch la prit, le précéda dans le grand bureau, fit une photocopie et la lui donna. Il remonta pour l’accompagner jusqu’à la porte sur rue et attendit le taxi avec lui.

« Si vous deviez la trouver, vous me le feriez savoir ? »

8

Francfort : Raul Buch ne l'avait pas dit et Kaspar n'avait pas posé la question, mais ce ne pouvait être que Francfort-sur-l'Oder. Quand y avait été photographié l'arrêt de bus où Birgit avait reconnu Svenja ? Il y avait quinze ans ? Une piste pitoyable.

Birgit, qui avait fait des recherches sur la vie de sa fille dans les foyers de la RDA et qui l'avait en même temps imaginée en femme heureuse, pleine d'énergie et de joie de vivre, Birgit qui ne s'était pas dépêtrée de ses grandes angoisses et de ses petits espoirs, et qui avait préféré ne pas savoir la vérité – Kaspar comprenait qu'elle ne se fût pas mise à chercher. Si elle l'avait fait, les difficultés de la recherche l'auraient bouleversée à chaque pas. Mais comme cela aurait été beau si elle avait pu écrire et, de toutes ses forces, trouver le personnage qu'elle cherchait.

Il arriva tard chez lui. Ne trouvant pas le repos, il écrivit encore la lettre dont il avait en pensées fait le brouillon pendant son trajet dans la nuit et la pluie. Peut-être pourrait-il pour Birgit achever son roman.

Cher monsieur Ettling,

Veuillez me pardonner de ne répondre que maintenant à votre aimable lettre. La raison n'en est pas seulement la tristesse qui continue de m'accabler. C'est aussi que je n'ai pas encore trouvé le roman évoqué par Birgit. J'ai devant moi des montagnes de papiers et un ordinateur impossible à ouvrir.

Néanmoins je suis tombé sur des textes qui pourraient être le début du roman. On y voit émerger le thème de la fuite, que Birgit vous a cité. Je vous tiendrai informé de la poursuite et du résultat de ma recherche. À vrai dire, je n'ai aucun espoir de trouver encore le cahier à couverture et bandeau de cuir dans lequel Birgit écrivait des poèmes. Mais si je trouve le roman qui était si important pour Birgit et auquel elle a si longtemps travaillé, je me réjouirai que vous le publiiez.

Avec mes cordiales salutations.

Le lendemain aussi il laissa la librairie à ses employés. Il se rendit à Francfort-sur-l'Oder. « Bureau de consultation de la police de district » – cela semblait être une invitation, et c'était à un quart d'heure de la gare. Debout devant un comptoir, un policier et une femme étaient en pleine conversation. Kaspar attendit.

La femme était révoltée par les ordures que les voisins déposaient non pas dans les poubelles, mais à côté, et elle obtint la promesse qu'une patrouille passerait. Quand, le policier ne pouvait pas le dire, mais il assura que la patrouille sonnerait chez elle et lui demanderait de montrer et d'expliquer la situation. Il était patient et aimable, y compris lorsque la femme se plaignit que tout ça était trop vague et prenait trop de temps. Pour remballer le plan de la ville et les photos qu'elle avait apportés, elle prit tout son temps, et sortit sans dire au revoir.

« Que puis-je faire pour vous ?

— Je cherche cette femme, dit Kaspar en posant sur la table la photo de l'arrêt de bus et en montrant la femme qui pouvait être la fille de Birgit. C'est un arrêt de bus ici à Francfort.

— Oui. Pourquoi cherchez-vous cette femme ?

— Elle pourrait être la fille perdue de ma défunte femme. Si elle est en difficulté, je voudrais l'aider. Elle n'a pas l'air d'aller bien. »

Le policier prit la photo, l'examina et secoua la tête.

« Cela remonte à des années. À cet arrêt de bus se retrouvaient des skins. En face il y a une station-service où on vend de l'alcool toute la nuit.

— Oui, c'est une vieille photo. C'est la seule piste que j'aie. »

Le policier se tourna et appela un collègue.

« Alex, tu peux venir voir ? »

Le policier se leva de sa table, un gros homme flegmatique, avec un tatouage qui dépassait de son col ; il approcha et se fit montrer la photo.

« Oui ?

— Tu la reconnais ? »

Le policier prit tout son temps. Finalement, il hocha la tête.

« Nous l'avons aussi dans le fichier. Pourquoi ? »

Le premier policier lui expliqua, en montrant Kaspar. L'autre secoua la tête.

« Vous n'êtes pas le père. Je me souviens d'elle. La première fois que nous l'avons ramassée, elle n'avait encore que dix-sept ans, nous avons appelé son père, c'était le chef à Görlitz, et il est venu et l'a emmenée. Mais elle s'est taillée, et quand on l'a embarquée à nouveau, elle était majeure.

— Pourquoi l'avez-vous embarquée ?

— Tapage nocturne, ivresse, bagarres, bouteilles brisées par terre, plaintes des clients de la station-service – comme d'habitude. Et vous êtes qui ?

— Vous avez raison, je ne suis pas le père. Mais ma femme, qui est décédée, était sa mère ; les Weise ont recueilli la fille, et j'ai hérité du devoir de la chercher et de l'aider si je peux lui être utile. »

Le policier attendit de voir si Kaspar avait quelque chose à ajouter. Puis il reprit :

« Je ne sais pas où elle est. Dans la deuxième moitié des années 1990, les skins se sont dispersés, ont trouvé des métiers, se sont mariés, ont eu des enfants. Certains sont à la campagne, il en est venu un de Basse-Saxe qui affichait des slogans nationalistes et voulait fonder une ferme avec les skins, d'autres reprendraient de vieilles fermes et à la fin ça deviendrait un village national libéré. Il y a quelques villages de ce genre. »

De la main droite, il fit un geste vague.

« C'est là que je pourrais trouver Svenja ?

— C'est là que vous pourriez la chercher. Où elle peut se trouver – aucune idée. Au bout d'un moment, elle ne s'est plus fait remarquer, et comme tant qu'elle était là elle se faisait remarquer, je suppose qu'elle n'est plus ici.

— Savez-vous comment s'appelait l'homme de Basse-Saxe ?

— La police ne donne pas de noms. Vous devriez le savoir. »

Il tourna la tête et repartit s'asseoir à sa table. Le premier policier demanda :

« Autre chose ? »

9

Sur Internet Kaspar trouva des renseignements sur des groupes du mouvement *völkisch* implantés en Schleswig-Holstein, en Basse-Saxe, au Mecklenburg-Vorpommern et dans le Brandebourg, trop nombreux pour aller de l'un à l'autre en voiture en s'enquérant de l'homme de Basse-Saxe et de Svenja Weise. C'est aux alentours de Güstrow qu'ils semblaient être en plus grand nombre – donc il loua à nouveau une voiture et commença par là.

Le pasteur l'envoya chez le directeur de l'école, celui-ci l'adressa à un enseignant dit « de confiance ». Lui savait lesquels de ses élèves, filles et garçons, venaient de familles de néoruraux *völkisch* ; ils étaient disciplinés et travailleurs, n'exprimaient pas d'opinions politiques ou sociales, sauf en se trahissant quelquefois, et les parents non plus n'affichaient pas leurs opinions, en revanche ils participaient toujours quand l'école faisait appel à eux. D'où venaient les familles, cet enseignant l'ignorait. Les Kegelmann pourraient en savoir davantage, c'était un couple d'artistes, lui sculpteur, elle peintre, qui s'était fixé à Perlewalk avant l'arrivée des *Völkisch*. « Personne ne connaît l'extrême droite mieux que ces deux-là. Ils observent ce que font les *Völkisch* et manifestent chaque année contre eux lors d'une fête musicale. Vous trouverez facilement leur ferme ; à l'entrée est plantée la sculpture d'une main. Vous vous souvenez du badge jaune, une main avec le slogan "Touche pas à mon pote !". La sculpture rappelle cette main et ce slogan. »

Kaspar reprit la voiture jusqu'à Perlewalk et trouva la ferme. À côté de la maison se trouvait une grange en ruine, Kegelmann y récupérait des planches encore utilisables dans un tas carbonisé. Il raconta l'incendie qu'avaient allumé les *Völkisch*, qui voulaient lui faire quitter le village.

« Pour le coup, ils ne me feront jamais partir. L'été prochain nous ferons à nouveau de la musique, et peut-être trouverai-je quelqu'un de sensé qui achètera la ferme d'à côté avant eux. Vous ne cherchez pas une ferme ? »

Kaspar expliqua ce qu'il cherchait. Kegelmann hocha la tête :

« L'homme de Basse-Saxe, bien sûr que je m'en souviens. Il s'est pointé dans chaque village, et dans chaque village on lui a ri au nez. Aller chercher des skins dans la rue et avec eux monter une ferme, quelle idée ! Je pense qu'il venait de ces groupes *völkisch*. Il faut imaginer ça : l'arrière-grand-père a une ferme en Basse-Saxe et il est dans la SS, le grand-père reprend la ferme et il est député du Parti impérial allemand, le père achète pour son frère la ferme d'à côté, afin que le village devienne plus *völkisch*, et organise la Jeunesse allemande patriote, le premier fils hérite de la ferme et le second, notre Bas-Saxon, part au loin, comme sont toujours partis les cadets. Il va à l'Est, veut faire son chemin, en même temps servir la cause et rendre un village *völkisch*, et il cherche de nouveau une ferme. Notre Bas-Saxon n'en a pas trouvé, je l'aurais su, mais s'il en espère toujours une ou s'il est rentré chez lui parce qu'une ferme d'à côté était à vendre, ça je n'en sais rien. Aller chercher des skins dans la rue, et avec eux... »

Kegelmann secouait encore la tête.

Mais comme Kaspar le remerciait et s'apprêtait à partir, Kegelmann s'avisa encore d'une chose :

« Lohmen. Allez donc voir à Lohmen. Il me semble que quelqu'un m'a dit un jour que le Bas-Saxon vivait à Lohmen et tenait une buvette. Il y en a, ou il y en avait une, effectivement : il y a des années, j'y ai mangé du chou vert avec de la saucisse fumée – au moins c'était bas-saxon. »

La buvette n'existait plus, il ne restait que la baraque en bois avec son comptoir et son auvent, et à côté une table avec deux bancs. Kaspar descendit de sa voiture et fit le tour de la baraque ; l'herbe était haute et la serrure rouillée ; il y avait longtemps qu'on n'avait pas fait la cuisine ni mangé là. Derrière une palissade une femme travaillait au jardin et ne cessait de l'observer. Il s'avança vers elle et engagea la conversation.

« Ce qu'ils faisaient était bon, mais qui passe par ici ? La route devait être refaite, pour qu'on arrive plus vite de Güstrow à Bredzow, mais ça ne s'est pas fait.

— Cuisine de Basse-Saxe, j'ai…

— Ils faisaient du boudin noir, bouilli, grillé, au four, et servi avec du chou. Cuisine bas-saxonne – qu'est-ce que ça veut dire ? Juste parce qu'il est de l'Ouest ?

— Et avec les jeunes gens qu'il avait amenés, ça a marché ?

— En tout cas il est marié avec la femme. Les hommes sont repartis. Vous voulez acheter la buvette ?

— Il faudrait que je l'examine. Et que je la démonte et que je l'emporte.

— Parlez-en avec lui. Il habite à côté du château d'eau. »

10

Kaspar laissa là sa voiture. La rue du village n'avait pas de trottoir et n'en avait pas besoin ; il n'y avait pas de voitures, pas de vélos, pas de tracteurs. Deux maisons plus loin une autre femme travaillait aussi dans un jardin, elle leva les yeux et Kaspar la salua, sans réponse. Aucune de ces maisons n'était une ferme ; c'étaient des maisons pour gens travaillant ailleurs ou pour retraités, l'une d'elles s'ornait du panneau d'une compagnie d'assurances. La maison indiquée à Kaspar aurait pu, elle aussi, se trouver dans n'importe quel faubourg.

Kaspar frappa à la porte et tendit l'oreille. Personne

dans la maison ne descendit d'escalier ni n'arriva du fond d'un couloir. Il se retourna et regarda la rue du village, les maisons voisines, l'église sans clocher, le grand bâtiment là-derrière, grange ou entrepôt, le château d'eau, les jardins et les prés, dont l'un avec deux chevaux. Il ne vit pas un chat. Il n'entendait rien, pas d'enfants en train de jouer, pas un aboiement de chien, pas d'oiseaux, pas de machine agricole. C'était vide et silencieux.

Comme il allait retourner à sa voiture, la porte s'ouvrit. « Oui ? »

Une femme en robe longue bleue à manches courtes, bien en chair, bras musclés, une belle matrone. Était-ce la Svenja de l'arrêt de bus à Francfort-sur-l'Oder ? Kaspar ne retrouva pas l'autorité impassible que Birgit avait vue dans le regard de la jeune femme. Il ne retrouva pas non plus le défi séduisant qui émanait de la photo de Raul Buch. La femme avait l'air fatiguée, non comme après une ou deux nuits sans sommeil, mais comme si tout lui coûtait depuis longtemps trop d'énergie. Néanmoins elle lui rappelait Birgit, la bouche, les yeux noirs, les cheveux bruns, et la voix aussi lui était familière. « Madame Svenja Weise ? »

Une jeune fille en jupe et chemisier de couleur, cheveux roux, dégingandée, peut-être âgée de quinze ans, vint s'accoter au cadre de la porte et regarda Kaspar attentivement. Puis un homme en t-shirt blanc se plaça à côté de la femme, il faisait une demi-tête de plus, les cheveux courts et les bras tatoués, et il répondit pour elle :

« Renger. Et qui êtes-vous ?

— Kaspar Wettner. Madame Renger, puis-je vous parler brièvement, s'il vous plaît ? Ce que j'ai à vous dire ne concerne que vous.

— Ce qui concerne ma femme, c'est moi qui en décide. Va avec Sigrun dans la cuisine, Svenja, je vais écouter ça. »

Surpris, Kaspar secoua la tête.

« Je souhaiterais vous parler à vous, madame Renger. Ce que vous direz ensuite à votre mari, c'est votre affaire.

— Ça marche pas comme ça. »

L'homme haussait la voix. Elle posa la main sur son bras et dit avec douceur :

« Parlez, que mon mari soit au courant ; il n'y a que Sigrun... – tu vas à la cuisine, mon petit ? »

La fille les laissa, l'homme voulut se fâcher et protester, alors, d'un bras, sa femme se serra contre lui en levant les yeux :

« Écoutons donc, comme tu l'as dit. »

Cette situation ne plaisait pas à Kaspar. Il était debout deux marches plus bas, surplombé par cet homme qui haussait le ton et par cette femme fatiguée, tel un solliciteur qui va se faire éconduire et chasser. Mais il ne trouverait pas de meilleure occasion de parler à Svenja. Il se ressaisit :

« Vous avez grandi comme fille du couple Weise. En réalité, vous êtes la fille de Birgit Hagen et de Leo Weise. Elle vous a abandonnée dès la naissance. Plus tard, elle et moi nous nous sommes mariés. Après la réunification, elle a commencé à vous chercher. Elle est morte avant de mener à bien cette recherche, que j'ai donc reprise, et c'est comme ça que je vous ai trouvée. J'ai ignoré pendant longtemps que vous existiez, je ne l'ai appris qu'après la mort de Birgit. Elle a écrit des choses sur vous et je les ai lues.

— Svenja hérite de quelque chose ?

— Laisse, Björn. Commençons par nous asseoir et buvons un café. Vous venez ? »

Elle fit un signe de tête à Kaspar, et un geste de la main qui l'invitait sans enthousiasme. À présent, elle avait tout de même son air de supériorité impassible, comme si elle se cuirassait contre tous les désagréments que pourrait entraîner la visite surprise de Kaspar.

Il la suivit dans la cuisine et resta debout près de la porte. Svenja faisait du café, Sigrun était assise à la table et lisait, Björn s'assit à son tour. Personne ne disait mot. Kaspar regarda alentour la cuisine, à gauche vieux buffet et desserte en bois sculpté, à droite frigo, dressoir, fourneau et évier, au centre une longue table en bois avec six chaises. En face, une porte à deux battants donnait sur un jardin rustique avec des fleurs, des arbustes et des plates-bandes. La cuisine était claire, accueillante, douillette.

Puis, sur la photographie au-dessus de la desserte, Kaspar reconnut Rudolf Heβ et déchiffra le texte affiché à côté : Le plus précieux bien de l'homme est son peuple. / Le plus précieux bien du peuple est son droit. / L'âme du peuple vit dans sa langue. / Fidèles au peuple, au droit et à sa langue, / nous a trouvés le jour, nous trouvera chaque jour.

Björn était assis sur une chaise à dossier et accoudoirs sculptés au bout de la table, à la place du chef de famille, et observait Kaspar. Sigrun aussi levait sans cesse la tête, guettait Kaspar, guettait son père et semblait s'attendre à ce qu'il se passe quelque chose.

« Tu sais qui c'est ? Martyr pour l'Allemagne, martyr pour la paix ?

— Rudolf Heβ, né à Alexandrie en 1894, mort à Berlin en 1987. »

En montrant son savoir, Kaspar espérait s'épargner que l'autre lui fasse la leçon. Mais ça ne marcha pas.

« Mort ? Tu appelles ça mort quand quelqu'un est assassiné ?

— Je pensais qu'il avait…

— Tu pensais que cet homme de quatre-vingt-treize ans, qui pouvait à peine encore marcher et ne pouvait plus lever les bras, se serait pendu ? Tu pensais que c'est par mégarde que les Anglais, à l'autopsie, ont fait disparaître ses organes ? Tu pensais que, quand c'est écrit dans les livres d'histoire, ça doit bien être exact ? »

Björn lançait cela comme un sarcasme et un piège ; il s'attendait à ce que Kaspar, dans sa réponse, laisse transparaître sa crédulité ou son aveuglement.

« Il ne pouvait plus nouer ses lacets. »

Sigrun avait dit cela d'un ton ferme et fier, et regardé d'abord Kaspar puis son père.

« Oui, Sigrun. Il ne pouvait plus nouer ses lacets. »

Là, se dit soudain Kaspar, là je ne dois pas me tromper. Si je veux avoir un contact avec Svenja, il ne faut pas que je me fasse de son mari un ennemi. Mais si je me renie, je me trahirai tôt ou tard.

« Je ne me suis jamais occupé de la mort de Heß.

— De quoi t'es-tu occupé ?

— Je suis libraire.

— Il y a beaucoup de livres sur Heß. Tu ne les as pas vus ?

— Je ne me rappelle pas tous les livres que j'ai vus. Et la plupart des livres que j'ai vus, je ne les ai pas lus. Aucun libraire ne peut lire tout ce qui passe par sa librairie.

— Vous avez partout des rayonnages avec des livres ? »

Sigrun le regardait avec curiosité.

« Nous avons des rayonnages contre les murs et entre les murs, et tout plein de livres. Mais il y a des librairies qui sont encore plus grandes et qui ont encore plus de livres. Qu'est-ce que tu lis ?

— Tu peux t'asseoir, dit Björn, et Kaspar s'assit face à lui.

— *Le mousse du Grand Prince-Électeur.* »

Et Sigrun brandit le livre, il était déjà ancien et montrait un jeune garçon qui, la hache à la main, sous le drapeau du Brandebourg, sautait du pont d'un navire sur le pont d'un autre.

« Les Hollandais, ces sacs à poivre, n'ont pas voulu que nous ayons des colonies. Ils nous ont menti et trompés. Tous étaient contre nous. Mais les nègres étaient de notre côté. »

11

Svenja posa sur la table des tasses et des soucoupes, des petites cuillères et des fourchettes à gâteau, et Sigrun se leva d'un bond pour disposer vaisselle et couverts. Puis Svenja apporta du café et une tourte aux prunes, versa, servit, et s'assit à son tour.

« Pourquoi votre femme n'a-t-elle pas voulu de moi ? »

Svenja tournait sa petite cuillère dans sa tasse sans regarder Kaspar.

« Laisse ça, Svenja. Elle avait mauvaise conscience et voulait te trouver et te donner quelque chose. Elle t'a légué quelque chose, c'est pour ça que cet homme débarque. Pas vrai ? »

Du regard, Björn défiait Kaspar.

« Je n'ai pas trouvé de testament. Mais je n'ai pas encore cherché.

— La fille hérite. Pas besoin de testament. »

Svenja fronça les sourcils.

« Qu'est-ce que tu dis là, Björn. Je suis encore la fille d'Irma et Leo Weise, et quant à savoir si je deviens autre chose… »

Björn pointa Kaspar du doigt.

« Il a dit que tu es la fille de sa femme et que sa femme est morte. Il a ce qu'elle possédait et il sait que tu es sa fille. Je lui conseille… » Björn se pencha en avant et fixa Kaspar d'un air menaçant. « Je te conseille de pas faire d'embrouilles. »

Embrouilles ? Je vais exploiter ta cupidité, se dit Kaspar, et je vais faire la connaissance de Svenja, la connaissance de Sigrun, et découvrir tout ce que Birgit aurait voulu trouver.

« Je vais me mettre à la recherche du testament. Jusqu'ici je n'avais aucune raison de le chercher. Il n'y aura pas grand-chose à en tirer, on ne fait pas fortune avec une librairie. Mais ne vous faites pas de souci : ce qui revient à Svenja, elle l'aura.

— Un quart.

— Quoi ?

— La moitié de ce que tu as viendra de ta femme. Il en revient la moitié à toi et la moitié à Svenja. Donc appartient à Svenja un quart de ce que tu as. » Björn réfléchit. « Au moins un huitième.

— Ah, Björn, commençons par y voir un peu clair. Êtes-vous allé voir mes parents ?

— Oui. Mme Weise a dit que vous vous étiez vues la dernière fois voilà des années à Francfort-sur-l'Oder. Avez-vous eu un contact avec votre père ? »

Svenja secoua la tête.

« Je ne veux pas en avoir. Ni avec lui, ni avec elle. S'ils

m'ont toujours menti, encore moins. Les parents de Björn sont morts, et c'est dommage que Sigrun grandisse sans grands-parents. Mais ça vaut mieux qu'avec ceux-là.

— Si on a besoin d'eux pour avoir ce qui nous revient, tu leur parleras. Ne nous embête pas avec tes sentimentalités. »

Une fois de plus, Svenja sut calmer Björn avec sa voix douce et son bras sur le sien.

« Réfléchissons calmement à tout ça. S'il s'agit d'héritage – tant que les Weise sont mes parents, j'hérite d'eux, et c'est peut-être plus que ce qu'il y a de lui, dit-elle en tournant la tête vers Kaspar. Nous n'allons quand même pas empirer encore les choses avec les parents, et M. Wettner va chercher le testament, et quand il l'aura trouvé ou pas, nous aviserons. Vous vivez à Berlin ?

— Oui.

— Comment s'appelle votre librairie ?

— Kompass.

— Au compas, c'est moi la meilleure. »

C'était Sigrun qui se redressait. Elle s'était penchée sur son livre, mais avait écouté au lieu de lire. Puis elle demanda :

« Est-ce que cet homme est mon grand-père ? »

Personne ne répondit tout de suite. Svenja et Björn se regardèrent, étonnés par ce que Sigrun avait saisi au vol et compris.

« Je suis ton grand-père par alliance », dit Kaspar en souriant à Sigrun, et il ajouta en regardant Svenja : « Et votre beau-père. »

Sigrun le regarda d'un air sérieux, comme si elle mesurait son envie de l'avoir comme grand-père, puis elle sourit à son tour :

« Tu veux venir à la fête, ce week-end ? »

12

C'est ainsi que Kaspar, le week-end suivant, se retrouva de nouveau à Lohmen. Björn, qui n'avait visiblement pas apprécié l'invitation de Sigrun, mais qui était trop fier pour ne pas se mettre en valeur, lui, sa famille et ses amis, maintenant qu'ils avaient attiré l'attention de Kaspar, lui avait demandé d'être là à trois heures, pour qu'ils aillent ensemble à la fête. À l'heure dite, les rues étaient déjà encombrées de voitures, minibus et camionnettes en stationnement, et des familles allaient se rejoindre, certains hommes portant gilets et pantalons de charpentier, certaines femmes en *dirndl* traditionnels.

« Tu as trouvé le testament ? » dit Björn en guise de bonjour et, Kaspar ayant fait oui de la tête, il ajouta : « Alors asseyons-nous donc. »

Ils se retrouvèrent autour de la table de la cuisine, sans Sigrun. Svenja voulut demander à Kaspar s'il avait fait bonne route, Björn lui coupa la parole :

« Alors, ce testament ?

— Il est un peu compliqué. Birgit a dû vouloir m'épargner de réunir en une fois autant d'argent. Mais elle a voulu aussi vous aider, madame Renger, au cas où vous auriez des enfants. Elle a prévu d'abord de vous faire bénéficier d'un quart de son bien, c'est-à-dire un huitième de notre bien commun, par versement annuel, jusqu'à ce que le dernier enfant soit majeur. Ensuite, un autre quart est destiné aux enfants, pour leurs études et pour qu'ils trouvent leur place dans la vie. Birgit voulait en outre que les enfants passent cinq semaines par an auprès de moi, trois semaines en été et deux fois une semaine en automne, en hiver ou au printemps. En l'absence d'enfant, vous recevriez un quart maintenant et l'autre dans dix ans.

— L'autre dans dix ans, qu'est-ce que c'est que ça ? Pourquoi Svenja doit-elle attendre dix ans ? »

Björn n'était pas content.

« Birgit ne gérait pas bien l'argent, et pensait sans doute que sa fille pourrait avoir le même défaut et qu'il vaudrait mieux qu'elle ne touche pas son héritage en une fois.

— Ça se monte à combien ?

— À ce que nous avons, appartement et librairie : 800 000. Quel âge a Sigrun ?

— Quatorze ans. »

Kaspar fit le calcul.

« Cela veut dire que vous touchez quatre fois 25 000 annuels, et que Sigrun, le jour de ses dix-huit ans, en recevra 100 000. »

Svenja sourit d'abord à Björn, puis à Kaspar, et allait dire :

« C'est... »

Mais Björn plaqua lourdement sa main sur celle de sa femme :

« Nous ne nous laisserons pas appâter par des aumônes. Nous voulons la totalité et nous la voulons maintenant. Si vous ne venez pas nous apporter cet argent, nous contesterons le testament et nous nous reverrons devant le tribunal.

— Ah, Björn, laisse-nous... »

Björn leva haut sa main, qui tenait celle de Svenja, et claqua les deux ensemble sur la table. Svenja poussa un petit cri en essayant de libérer sa main, mais Björn ne la lâchait pas.

« Si vous croyez que, parce que nous vivons à la campagne... Nous avons dans nos rangs des avocats qui connaissent leur métier et qui savent comment on s'y prend avec des gens comme vous.

— Oui, monsieur Renger, parlez-en à votre avocat. J'ai aussi parlé au mien. Pour revendiquer un héritage de Birgit, Svenja doit prouver qu'elle est la fille de Birgit. Il faut qu'elle amène les Weise à exposer ouvertement ce qui s'est passé à l'époque et dans des conditions sujettes à caution ; et elle risque alors que les Weise offensés la rejettent et la déshéritent. Si jamais elle pouvait réussir à prouver qu'elle est la fille de Birgit, peut-être au prix d'une exhumation et de tests génétiques, et si ensuite elle devait contester les dernières volontés de Birgit, elle recevrait uniquement la réserve héréditaire de 100 000. Avant d'en arriver là, cela prendrait des années. »

Björn avait écouté en serrant les dents et en fronçant les sourcils.

« Je vais vérifier tout ça, faites-moi confiance. Entre-temps vous pouvez nous virer la première tranche. »

Kaspar prit tout son temps. Il regarda Svenja et Björn, elle cédant à sa douleur avec un petit sourire las et en même temps heureuse de cet argent, lui plein de rage et de peur de se discréditer en étant perdant devant sa femme. Kaspar était certain que Svenja était consciente de la peur de Björn et saurait faire en sorte qu'il semble devant elle l'homme fort, solide et vainqueur. Il fallait qu'il en soit ainsi.

« C'est vous qui gagnez. De retour à Berlin je vous vire 25 000. Si vous acceptez le testament et si vous m'envoyez chaque année Sigrun pour cinq semaines, cela aura été le premier versement. Si vous contestez le testament, nous réduirons d'autant ce que vous toucherez à la fin.

— 25 000.

— 25 000. »

Svenja avait dégagé sa main et la posa sur le bras de Björn, en disant :

« Kurt vient à la fête. Tu pourras tout de suite le consulter. »

Se tournant vers Kaspar, elle ajouta :

« Le Dr Kurt Maier est avocat à Schwerin. »

Björn n'eut aucune envie de réagir à ce que disait Svenja. Il regarda l'heure et dit :

« Il faut y aller. »

13

Mais ils ne partirent pas. Sigrun entra en trombe dans la cuisine, avec un corsage blanc à manches longues et une jupe grise descendant aux mollets, ses cheveux roux tressés en natte enroulée sur la tête, les joues rouges et hors d'haleine. Elle était tout à fait mignonne, et en même temps cette fille en uniforme effraya Kaspar.

« C'est moi qui vais emmener Grand-père à la fête ! »

Il se leva.

« Volontiers.

— Et d'abord, je vais te montrer ma chambre. »

Avant que les parents aient pu dire quelque chose, Sigrun prit Kaspar par la main et l'entraîna dans l'escalier menant jusqu'à sa chambre. Devant la fenêtre de la mansarde il vit un petit bureau, à gauche un lit, une table de nuit et une armoire, à droite un rayonnage avec des livres. Tout était rangé, sur le bureau les cahiers étaient empilés, les crayons dans un verre, le lit était correctement fait, et les livres sur les rayons étaient classés et regroupés entre des serre-livres. Le regard de Kaspar cherchait en vain ce qu'il connaissait par les chambres des filles de ses amis, peluches, poupées, dinosaures, une trousse à maquillage, un crochet où suspendre colliers et bracelets. Puis il vit, au plafond au-dessus du lit de Sigrun, des étoiles, petites, bleu marine, à bords dorés tantôt larges tantôt minces, tout un ciel.

« Que c'est beau ! dit Kaspar en se tournant vers Sigrun. Sais-tu combien la voûte céleste bleue compte de petites étoiles ? »

Mais Sigrun n'en avait cure. Peut-être était-elle gênée de voir que Kaspar avait découvert dans sa chambre un côté « jeune fille » qu'elle s'interdisait. Elle tendit la main vers les trois portraits, des gravures soigneusement encadrées et accrochées au-dessus des livres.

« C'est Rudolf Heβ, Irma Grese, Friederike Krüger. Ce sont mes héros. »

Kaspar reconnut la mine simple et confiante de Heβ, non pas la reproduction d'un tableau comme à la cuisine, mais une photographie, entre une femme cheveux blonds au vent, le regard sombre et la bouche résolue, et une autre au joli visage enfantin et dodu.

« Qui sont les deux femmes ?

— Irma Grese servait dans la SS, a été exécutée par les Anglais et est morte comme un homme, pas comme son commandant qui a gémi et hurlé. Friederike Krüger a coupé ses cheveux, portait des pantalons, s'est engagée comme soldat et s'est battue contre Napoléon. Elle a été blessée, est devenue officier et a reçu la Croix de fer et l'ordre de Saint-Georges.

— C'est impressionnant. Et tu as tellement de livres ! »

Kaspar regarda le rayonnage. Certains titres lui étaient connus, *Rulaman et ses hordes, Les enfants des cavernes, Empereur, roi et pape, Les derniers cavaliers, Le jeune hitlérien Quex, Peuple sans espace, Le déclin de l'Occident.*

« Tu as lu ça aussi ?

— Non, dit Sigrun en secouant la tête. À Güstrow il y a un endroit où on peut déposer et emprunter des livres, c'est là que je l'ai trouvé. J'aime les livres en deux volumes.

— Je les aime aussi. Quand tu te sens chez toi dans une histoire, tu n'as pas à craindre qu'elle finisse en même temps que le livre. »

Il essaya néanmoins de retenir les titres – faudrait-il qu'il les lise tous pour avoir accès à Sigrun ?

« As-tu un livre préféré ?

— Je ne sais pas. Longtemps j'ai aimé *Une fille rencontre le Führer* et *Dora au Service du travail*, mais maintenant je préfère lire des choses sur l'histoire plutôt que sur des filles. Est-ce que tu connais *Baska et ses hommes* ? Tu lis quel genre de livres ?

— En tant que libraire, j'essaie de lire les livres qui viennent de paraître. Les clients veulent qu'on les conseille, je dois pouvoir leur dire quels livres récents pourraient leur plaire.

— Mais qu'est-ce que tu lis pour toi ? Ton livre préféré, c'est quoi ?

— *Guerre et paix* de Léon Tolstoï. »

Et comme Sigrun l'interrogeait du regard, il commença à lui raconter l'histoire de Natacha et Sonia, de Pierre et Nicolas.

D'abord, Sigrun écouta, puis son regard s'égara alentour, alors elle tourna la tête, puis ses mains et ses jambes ne tinrent plus en place.

« Pourquoi n'as-tu pas comme livre préféré un livre allemand ? Pourquoi un livre russe – il est bien russe ? »

Elle le prit par la main. Il espéra se tromper, mais il eut l'impression qu'elle y mettait moins de naturel et de joie qu'auparavant. Il songea à serrer cette main, mais il eut peur de faire une gaffe.

14

À première vue, c'était une fête de village comme d'autres. Un petit groupe faisait de la musique, à un chant populaire succédait le début d'un rock décoiffant. Un stand vendait des boissons, un autre des saucisses en train de griller, un cochon tournant à la broche, sur des tables s'alignaient des salades de pommes de terre, de nouilles et des salades vertes, des corbeilles de pain et des plateaux de gâteaux. Les anciens étaient attablés devant des bières, les jeunes en groupes restaient debout, et les petits enfants couraient dans tous les sens. Sigrun lâcha la main de Kaspar et rejoignit d'autres filles en jupe grise et chemisier blanc. Kaspar flâna donc seul à travers la fête.

Il fut constamment l'objet de regards étonnés, et il comprit : en jean, t-shirt et veston, il détonnait dans le tableau qu'offraient les hommes en tenue de charpentier et les femmes en *dirndl* ou costume traditionnel du même genre. Il répondait par des sourires aimables, et le regard étonné devenait parfois aimable, mais la plupart du temps il se détournait. Lorsqu'il alla prendre une bière, il vit qu'il y avait aussi des jus de fruits et de l'eau, mais pas de coca. La bière était servie dans des verres, les mets sur des assiettes avec couverts en fer-blanc, et les filles, y compris Sigrun, allaient de-ci de-là pour les ramasser et les rapporter dans le grand bâtiment au centre de la fête, et pour les ressortir, vaisselle faite. Avec son verre et son assiette, il s'assit au bout d'une table pour buveurs de bière, à côté d'un couple plutôt âgé.

Là aussi il eut droit au regard étonné.

« Qu'est-ce qui vous amène ?

— Sigrun Renger m'a invité. »

L'homme regarda sa montre.

« Ça va démarrer. L'année dernière, c'est elle qui a gagné. Savoir si elle va remettre ça cette année ? Nos filles s'améliorent de plus en plus, faudrait que nos gars se remuent.

— Qu'cst-cc qu'on célèbre aujourd'hui ?

— On remercie pour les récoltes. Vous n'avez jamais été sur le grand pré ? C'est là qu'auront lieu les concours, à quatre heures et demie, et ensuite la fête. »

À l'heure dite Kaspar était debout parmi les spectateurs sur le bord du pré, au bout duquel était dressé une sorte d'autel en paille piqué de tournesols et coiffé d'une couronne d'épis avec des fleurs et des rubans de couleur. À trois ou quatre mètres de hauteur était tcndu au-dessus du pré un câble, entre deux arbres, et sur une ligne attendaient neuf filles et dix garçons, les filles en jupe grise et les garçons en courte culotte de cuir, avec des chemises et des chemisiers blancs.

« Nous voulons sentir nos pieds sur la terre, nous voulons éprouver l'énergie du sol. Prêts pour la course pieds nus ! »

Un arbitre leva le bras, l'abaissa, et les dix-neuf enfants s'élancèrent. Sigrun était défavorisée par sa longue jupe, mais elle finit troisième et fut abondamment applaudie.

« Aucun ennemi ne nous fait peur, aucun danger, aucun abîme ne nous fait peur, nous les vaincrons. Prêts pour la corde ! Le record de l'année dernière était d'une minute quinze secondes. »

Le vainqueur de la course pieds nus monta le premier à l'échelle et, sur un signe de l'arbitre, se mit à progresser le long du câble, sous le feu des encouragements, le visage crispé. Près du but il ralentit, et les encouragements devinrent des huées. Mais, une fois arrivé, il sauta élégamment sur le sol. Sigrun était troisième à partir. L'exercice ne lui donnait aucun mal, son visage n'était pas soucieux, juste concentré. Une prise après l'autre, elle progressa, légère et rapide, jusqu'au but et établit un nouveau record. Kaspar acclama, cria et applaudit avec les autres. La troisième discipline était pour les garçons la lutte et pour les filles la gymnastique. L'arbitre dit que la vie était un combat et le combat la vie, puis fit d'abord lutter les garçons sur sa droite et ensuite les filles se présenter sur sa gauche. Ce que firent les garçons ressembla pour Kaspar à du judo, même si leur tenue ne correspondait pas trop à l'image qu'il en avait, et les filles dans leurs longues jupes ne pouvaient pas faire grand-chose de leurs cerceaux, ballons et rubans, mais elles y mettaient de la grâce. Lorsque l'arbitre voulut faire honneur aux vainqueurs Sigrun et Horst, celui-ci dit quelque chose à Sigrun, elle le fixa un instant, lui sauta dessus, s'adossa contre lui, le prit sur son épaule et le jeta par terre. De nouveau, elle fut acclamée. Horst se releva et voulut se jeter sur elle, Sigrun était prête à se battre, mais l'arbitre retint solidement Horst, déclara que les jeux étaient terminés et que, en raison de leur infraction aux règles, ni lui ni elle ne seraient proclamés vainqueurs, mais une autre fille et un autre garçon.

Alors Björn s'approcha de l'autel. La nuit tombait, deux garçons venant tout juste de prendre part aux jeux et aux combats se tenaient debout à gauche et à droite de Björn, avec un foulard noir sur leur chemise blanche et une torche dans leur main droite. Les spectateurs s'approchèrent, Kaspar en compta de soixante-dix à quatre-vingts, et le silence se fit. Björn prit la parole.

Ce n'était pas, Kaspar le constata avec étonnement, un mauvais orateur. Il parlait d'une voix calme, ferme, haussait le ton aux passages qui invitaient aux applaudissements, et reprenait pendant que ceux-ci s'atténuaient. D'abord il remercia pour la récolte de l'année : une famille *völkisch* de Berlin, lui architecte et elle mère de cinq enfants, venait d'acheter une ferme dans le village et s'y installerait prochainement. Ils regrettaient de n'être pas là, se réjouissaient de leur vie prochaine dans la communauté et envoyaient leurs salutations. Puis il parla de la période succédant à la fête. Ce serait bientôt le moment de tailler les arbres, sinon l'on n'aurait pas une bonne récolte de fruits l'an prochain. C'était pareil partout : ce qui empêchait croissance et fructification devait nécessairement être coupé et jeté. Sous les rires d'approbation il enchaîna : « Nous avons dû aider un peu pour que la ferme se libère pour cette famille, et il y a encore d'autres fermes où nous devrons tailler et jeter. C'est ainsi que notre communauté grandit. Hors d'ici ils ne savent plus ce qu'est la communauté, et ils vivent chacun pour soi et pourrissent chacun pour soi et meurent chacun pour soi. Qui le sait encore, à part nous, ce sont les clans, les musulmans et les femmes voilées et leurs familles. Ils veulent s'emparer de l'Allemagne, ils veulent faire de notre pays leur pays. Mais nous ne les laisserons pas faire. Nous sommes prêts au combat. Sur le sol allemand nous croissons, du sol allemand nous tirons notre force. À notre communauté allemande appartient l'avenir allemand. »

Pendant ce discours, les garçons et les filles, derrière le dos des spectateurs, avaient dressé au milieu du pré un amas de bois. Les porteurs de torches empruntèrent le passage que leur ménagèrent les spectateurs et allumèrent le feu, tandis que les spectateurs faisaient cercle. Lorsque les flammes s'élevèrent, la musique joua d'abord seule la mélodie, puis tous reprirent en chœur. « *Flamme dresse-toi, flamme dresse-toi, Monte avec la lueur brûlante…* » Kaspar ne connaissait pas ce chant datant de 1814 et ne comprenait pas tout, mais il saisit tout de même qu'ils formaient debout un cercle consacré et regardaient brûler la flamme pour exalter la patrie, que la flamme appelait la jeunesse à se rassembler et renforçait son courage, que son emblème faisait blêmir les ennemis et que devant son autel tous juraient d'être des Allemands. Cela continua par *Un jeune peuple se lève* et *Frères à l'Est et à l'Ouest*, et à nouveau Kaspar comprit seulement que c'étaient de jeunes soldats, tout bourgeois, paysans ou ouvriers qu'ils étaient, qu'ils marchaient au pas et que devant eux l'Europe brillait de tous ses feux et en eux le Reich. Puis les morceaux devinrent plus modérés, plus mélancoliques, plus tristes ; avec *Le vent souffle sur les champs* les cavaliers de l'empereur galopaient en Flandres vers la mort, et avec *Faites place, vous les peuples*, les derniers Goths chevauchaient vers la Thulé lointaine dans une mer grise ; Kaspar connaissait *Les oies sauvages* depuis son passage par les Jeunesses protestantes, il chanta avec les autres, et aussi *Am Brunnen vor dem Tore* et *Kein schöner Land in dieser Zeit*, qui s'étaient imprimés en lui alors qu'il était enfant parce que sa grand-mère les lui chantait.

Il regarda autour de lui. À la lueur du feu et pendant les derniers chants, les visages avaient perdu de leur dureté. Comment voudrait-on qu'il en soit autrement, se dit-il, pourquoi les gens de droite ne pourraient-ils pas être tout aussi méditatifs, rêveurs et mélancoliques que nous ? Lui vint à l'esprit le gouverneur général Hans Frank, le boucher de la Pologne, qui dans le château de Cracovie jouait Chopin avec sensibilité, et Hitler, qui avait adoré son chien. Kaspar ne voulait pas se sentir à l'unisson avec la délectation musicale de tous ces gens assis avec lui autour du feu et chantant. Il aimait Chopin et il aimait les chiens, mais il ne voulait ni entendre Frank jouer du Chopin, ni jouer avec le chien de Hitler. Il s'esquiva du cercle, marcha jusqu'à l'église et s'assit sur la marche devant le porche. On continuait à chanter, pour finir *Das Lied der Deutschen*, avec les trois strophes, puis le cercle se dispersa, retournant encore une fois vers les buvettes et les tables, et la musique devint plus décoiffante et plus rock.

Kaspar se leva et regagna la fête. Björn vint vers lui, deux verres de bière entre les mains.

« Voilà ! Buvons aux femmes. Comment s'appelait la tienne ? Birgit ? Buvons à Birgit et Svenja et Sigrun. »

Il trinqua avec Kaspar et lui tendit un petit papier.

« Et à l'argent que tu vas me virer, voilà la banque et le compte, et aux vacances que Sigrun va passer chez toi. » Il but une gorgée. « Et à l'Allemagne. » Il en but une autre. « Je vais encore te présenter notre avocat, pour que tu sois au fait. »

Björn saisit Kaspar par le bras, le conduisit à une table, lui présenta le Dr Maier et les laissa seuls. Un jeune homme au visage intelligent – pourquoi les gens de droite ne devraient-ils pas avoir l'air intelligent ? Il comprenait que Svenja, si les Weise ne jouaient pas le jeu, devrait se battre contre eux et faire intervenir Kaspar. Kaspar attesterait-il que Svenja était la fille de Birgit ? Serait-il d'accord pour qu'on exhume Birgit ? Le laisserait-il consulter le testament de Birgit ? Non ? Et s'il l'attaquait en justice ?

À la fin il se mit à rire. Ce que proposait Kaspar était correct, ils n'avaient qu'à s'y tenir. Et Svenja devait retourner se montrer chez les Weise et leur serrer la vis pour l'héritage. Hériter de deux couples de parents – ce n'était pas donné à tout le monde !

15

Puis Kaspar traversa le terrain et voulut dire au revoir. Björn était assis avec un groupe d'hommes ; ils buvaient, parlaient et riaient fort, avec force claques sur l'épaule et coups de poing sur la table. Sigrun, devant le feu, appuyait sa tête sur l'épaule d'une amie et regardait les flammes. Kaspar pensa trouver Svenja parmi les femmes près des buvettes. Mais elle se tenait debout à l'écart, appuyée contre une pile de bois à hauteur de ses hanches, sans verre de bière ou de vin et sans cigarette, et Kaspar se demanda si en quittant Francfort-sur-l'Oder elle avait aussi renoncé à l'alcool et aux drogues. Lorsqu'il alla vers elle, elle lui sourit, d'un sourire prudent, prêt à s'esquiver dans l'instant. Il resta debout près d'elle, et ils regardèrent la foule.

« Vous voulez partir ? Dites-moi encore pourquoi votre femme n'a pas voulu de moi ?

— Elle ne m'a jamais parlé de vous. Jusqu'à ce que je trouve ses carnets après sa mort, je n'ai pas su que vous existiez. »

Il aurait pu prévoir que cette conversation aurait lieu et il aurait dû s'y préparer. Il fut heureux que Svenja attendît patiemment.

« Je pense qu'elle voulait seulement sortir de RDA. Elle haïssait Leo Weise, avec qui elle avait eu une liaison, qui lui avait menti et qui voulait se servir d'elle, elle avait peur que sa fuite pût certes s'arranger pour elle, mais pas pour vous deux, elle avait peut-être peur aussi que je ne veuille plus d'elle quand je saurais, pour elle et Leo, et vous. Elle aurait interrompu sa grossesse si elle avait pu, mais Leo l'en a empêchée, et lorsqu'il l'a laissée tomber, c'était trop tard. Il se peut que vous ayez aussi hérité de sa haine envers Leo. Je ne sais pas. Il y a tant de choses que je ne sais pas. »

Comme elle ne disait rien, il reprit :

« Je sais que, plus tard, ça l'a torturée. Elle voulait vous retrouver. Mais ça lui faisait peur aussi. Et parce qu'elle avait peur de vous retrouver, elle avait déjà peur de chercher. Au lieu de chercher elle lisait : sur les orphelinats et les fermes d'artisanat, les institutions de redressement et les camps de travail. Elle avait voulu que son amie vous dépose sur le seuil d'un hôpital ou d'un presbytère, et elle avait redouté que, de là, cela vous envoie d'un foyer à un autre. En même temps elle espérait vous trouver et découvrir une femme heureuse, pleine d'énergie et de joie de vivre.

— Qu'aurait-elle voulu de moi, si elle m'avait trouvée ? »

Jusque-là, Kaspar avait toujours entendu Svenja parler d'une voix pondérée, et même douce quand elle voulait apaiser Björn. Là, on percevait qu'elle se maîtrisait difficilement, comme si elle refrénait de la tristesse ou de la fureur, ou même une haine à l'égard de cette femme qu'elle méprisait et qui l'avait abandonnée. Kaspar tourna la tête et la regarda. Elle pinçait les lèvres, et comme sa bouche lui rappelait celle de Birgit, ces lèvres pincées le firent penser au visage fermé qu'avait Birgit quand elle était vexée ou mécontente, mais se retenait.

« Elle voulait vous dire qui elle était et comment c'était arrivé, et elle voulait s'offrir à vous. Elle était prête à vous donner d'elle ce que vous voudriez en avoir. C'est ce qu'elle espérait : que vous voudriez quelque chose d'elle. Elle n'osait pas vouloir quelque chose de vous.

— Offrir. » Cela fit rire Svenja. « Offrir, ou imposer ? Le testament, vous l'avez inventé, je pense. Vous voulez avoir l'œil sur moi et sur Sigrun. Bon, je veux bien que Sigrun ait un grand-père, et je veux bien aussi qu'elle connaisse la ville. Dans trois semaines, ce sont les vacances d'automne, et Björn vous l'amènera. Mais ne croyez pas que vous puissiez nous acheter. Si je m'aperçois que Sigrun ne reste pas ma Sigrun, terminé. Votre argent, vous pourrez vous le mettre… Vous voyez ce que je veux dire. Björn court après l'argent, vous le savez, mais même ça ne vous servira à rien. »

Kaspar entendit comme elle résistait, et il en fut ému. Il pensa à la récalcitrante Birgit, à son arrogance lorsqu'il lui demandait de se justifier, à sa propension à rompre, à plaquer la librairie, à partir pour l'Inde, à se retirer dans sa chambre, à boire. Svenja n'hésiterait pas à rompre avec lui.

« Qu'est-ce qui fait de Sigrun votre Sigrun ?

— Qu'elle est fière d'elle et de nous et de l'Allemagne. Qu'elle est forte et ne se laisse pas bousculer ni abattre. Qu'elle sait qui elle est et ce qu'elle veut. »

Là, Kaspar entendait cette Svenja qui n'avait pas eu le droit de découvrir qui elle était et ce qu'elle voulait, qui avait été bousculée en tous sens et rabaissée, qui n'avait rien eu dont elle pût être fière. Elle avait laissé cela derrière elle, la maison de ses parents, sa mise en prison par son père, Torgau et les années parmi les skins, et avec Björn, avec la foi en ce qui était *völkisch* et dans la fierté de l'Allemagne, elle avait trouvé quelque chose à quoi se tenir et qu'elle voulait transmettre à Sigrun. Kaspar voulut néanmoins tenter de bâtir un pont :

« Je ne suis pas fier de l'Allemagne. Comment voulez-vous que je sois fier de quelque chose à quoi je n'ai pas travaillé ? Mais je ne peux pas m'imaginer être autre chose qu'un Allemand. Est-ce que ça suffit ?

— Nous verrons ça. »

Elle tira un papier de la poche de sa robe, puis un deuxième et un crayon.

« Je vous ai écrit notre numéro de téléphone. Vous m'écrivez le vôtre ? »

Lorsqu'il l'eut fait, elle lui sourit à nouveau comme un moment avant, quand il l'avait vue debout et était venu se mettre à côté d'elle.

« Je sais que c'est votre femme qui n'a pas voulu de moi, et pas vous. Rien ne vous obligeait à venir. Au fait, je m'appelle Svenja.

— Et moi Kaspar.

— Kaspar ? »

Elle éclata de rire, d'un rire clair et joyeux qu'il n'aurait pas attendu d'elle, elle se mit la main devant la bouche, continua à rire sans bruit, s'excusa.

« Il ne faut pas m'en vouloir, ce n'est pas de toi que j'ai ri, c'est seulement que je n'ai encore jamais rencontré personne qui s'appelle Kaspar. »

Elle lui donna en riant un baiser sur la joue.

« Bon retour, Kaspar ! »

16

Avec sa voiture, il sortit du village en empruntant la route par laquelle il était arrivé. Il se rappela avoir vu en passant un grand stock de bois, dans l'obscurité il le trouva de l'autre côté de la route et il se gara entre deux piles de bois.

Que devait-il faire ? Il était trop fatigué pour conduire jusqu'à Berlin, et il avait sans doute aussi trop bu. Rietzow ne devait pas être loin ; il envisagea de demander à Paula de l'héberger pour la nuit, mais même ce court trajet lui fit peur, en outre, s'il arrivait enfin au but il serait trop tard. Il ne se rappela pas être passé devant une auberge en arrivant. Il dormirait dans la voiture.

En rabattant le dossier il se fit une couchette, et avec son manteau une couverture. Il s'allongea, mais ne trouva pas le sommeil. Dans trois semaines Sigrun arriverait. Elle ne pouvait pas coucher sur le divan de la salle de séjour. Il lui fallait une chambre à elle, avec lit, armoire, bureau et chaise – il n'avait plus qu'à préparer pour elle la petite chambre où écrivait Birgit. Il lui fallait des livres – il devrait en parler avec la collaboratrice qui à la librairie s'occupait des livres pour enfants et jeunes lecteurs. Il avait besoin de jeux auxquels il puisse jouer avec elle. Que devrait-il lui montrer dans la ville, pour quels musées aurait-elle de l'intérêt, qu'en serait-il en matière de théâtre, cinéma, opéra, concerts? Il devait se préparer, avoir pour chaque jour un programme, il ne serait pas obligé de le suivre, mais il fallait qu'il l'ait. Aurait-elle besoin de filles de son âge comme camarades de jeux? Où devrait-il aller les chercher?

Il se sentit de plus en plus inquiet. Comment voulait-on qu'il maîtrise tout cela? Dans le désarroi sans défense où les heures sans sommeil plongent l'homme le plus fort, les tâches qui l'attendaient prenaient pour Kaspar des dimensions effrayantes. Sa collaboratrice lui recommanderait des livres, mais si ces conseils ne valaient rien, il devrait s'imposer de lire tous les rayons pour jeunes filles. Quel tableau devait-il accrocher dans la petite chambre? Ni Frédéric le Grand ni Bismarck, bien sûr, même si cela aurait pu plaire à Sigrun, mais rien non plus qu'elle pût prendre comme une provocation, rien que son père, sait-on jamais, lui ait montré de l'exposition de 1937 pour l'en dégoûter. Une femme de Feuerbach, nostalgique et songeuse? *La poste du Gothard* de Koller? Un paysage de montagnes de Hodler? Y avait-il une star, en musique ou dans le cinéma, qui fût au-dessus de toute politique, adorée des gens de droite comme de gauche, et qui, si Sigrun en était fan et la trouvait au mur de sa chambre, la réconcilierait aussitôt avec lui et avec son séjour dans son monde? À qui demander ça? Et puis il y avait encore l'argent. Il ne l'avait pas à la banque, il ne pouvait pas le prendre à la librairie. Pouvait-il obtenir un prêt de la caisse d'épargne, devrait-il hypothéquer l'appartement?

Il se débarrassa du manteau et se redressa. Il fallait qu'il sorte. Il chercha à tâtons la poignée de la portière, ne la trouva pas et fut pris d'une peur panique de rester enfermé dans cette boîte obscure où il ne pouvait pas se lever et à peine s'étendre, où il se cognait partout la tête, les bras, les pieds. Puis il parvint à ouvrir la portière, sortit la tête, prit appui sur ses mains, tira sur ses jambes, glissa, tomba, rampa et finit par s'asseoir, hors d'haleine, par terre à côté de la voiture.

Lorsqu'il eut fini de souffler, ce fut le silence. Le même silence, se dit Kaspar, que des jours plus tôt au bord de l'Oder, ce silence de l'Est, à la fois familier et inquiétant. Il tendit l'oreille, mais aucune branche ne craquait, aucun hibou n'appelait, aucune chouette ne criait, aucun vent ne bruissait dans les arbres. Le bois débité et empilé sentait. Pourquoi, se demanda Kaspar, le bois coupé sent-il si bon ? Parce que nous, les hommes, habitions dans du bois avant de construire des maisons en pierre ? Parce que nos premiers outils étaient en bois ? Parce que le bois est vivant, qu'il grandit et vieillit comme nous grandissons et vieillissons ? Kaspar entendit un hurlement au loin et se leva. Le bruit approcha rapidement et devint plus fort, il vit les lumières claires, puis une auto, qui, fonçant avec son pot d'échappement grondant et ses grands phares, fut vite passée. Allait-elle à la fête ?

Même s'il menait à bien tout ce qu'il prévoyait, la petite chambre et le tableau et les livres, et si Sigrun se sentait bien – que faisait-il en fait ? De quel droit s'introduisait-il dans la vie de cette fille ? Birgit avait-elle eu un droit dont il avait hérité ? Un droit, parce que Sigrun était la petite-fille de Birgit ? Que s'était-il donc mis en tête lorsqu'il avait inventé le testament et réquisitionné Sigrun pour les vacances ? Est-ce que faire cela lui avait paru aller tellement de soi parce que, dans son milieu de droite, elle était en danger ? Parce qu'il voulait la sauver d'un désastre moral et intellectuel ?

Kaspar s'était toujours tenu à l'écart de tout. Il était membre de l'Église, qu'il fréquentait parfois sans croire en Dieu, mais sans jamais se charger d'une tâche. Sans endosser aucune responsabilité, il était membre de la chambre de commerce et d'industrie, et de l'Union des éditeurs et libraires allemands. La politique l'avait quelquefois irrité au point qu'il envisage d'adhérer à un parti. Il avait été parfois invité à s'engager dans l'association Citoyens pour le parc. Mais à part des votes rassurants et quelques ramassages occasionnels de papiers, gobelets et bouteilles en traversant ledit parc, il en était resté là. Or voilà que tout d'un coup il voulait sauver, non pas le monde, mais Sigrun, ce qui ne lui paraissait pas moins exotique et présomptueux.

Il eut froid. Il enfila son manteau, fit les cent pas, s'assit dans la voiture, redressa le dossier et lança le moteur et le chauffage. Bientôt il fut importuné par le bruit et par l'air sec et poussiéreux qui emplissait l'habitacle, et il éteignit tout. Plus le froid le gagnait, plus il se sentait lucide, et il décida de partir pour Berlin. Mais à peine cette décision était-elle prise qu'il s'endormit, et lorsqu'il s'éveilla c'était le matin gris.

Il se mit en route. Il était trop tard pour ne pas s'en mêler. Il était en plein dedans. Il était obligé de s'entendre avec Björn et Svenja, et pour Sigrun d'être le meilleur grand-père possible. Il aurait bien aimé avoir des enfants, il n'en avait eu aucun – maintenant il avait donc une petite-fille. Et puisque à présent il l'avait, il devait aussi se soucier de son âme. Cela le fit rire. L'âme de Sigrun, l'âme allemande – dans quoi je m'embarque ?

17

De retour à Berlin, Kaspar obtint un prêt de la caisse d'épargne et vira 25 000 euros à Björn et Svenja. Il monta voir la petite chambre de Birgit, se tint debout sur le seuil, puis s'assit au bureau et regarda alentour. S'il mettait à la cave le grand bureau et les grands rayonnages de Birgit, un lit logerait contre le mur de gauche, une petite table irait devant la fenêtre, avec à sa droite un petit rayonnage, et contre le mur de droite une armoire. Kaspar se mit au travail. Il rangea à la cave les affaires de Birgit, trouva le lit, la table et l'armoire chez un antiquaire, demanda au menuisier de ménager dans une moitié de l'armoire des casiers et dans l'autre de placer une tringle, et de construire un rayonnage suffisamment petit pour n'avoir pas l'air vide quand il y aurait mis ses dix livres et Sigrun peut-être ajouté ceux qu'elle apporterait. Il redescendit chercher à la cave la chaise de Birgit ; elle était plus moderne que le reste de l'ameublement, mais elle serait bien pour le dos de Sigrun et ce serait un souvenir de sa grand-mère.

Il parcourut les livres recommandés par sa collaboratrice. Elle avait dit qu'ils étaient lus et aimés par les filles de quatorze ans. Il comprenait qu'à cet âge on lût des histoires de filles un peu plus âgées. Mais fallait-il que, dès le premier livre, ce fussent des filles de seize ans qui étaient cool parce qu'elles buvaient de l'alcool, prenaient des drogues et avaient une vie sexuelle ?

Lui non plus, à quatorze ans, ne lisait pas des histoires de héros de son âge. Comme ses condisciples, il avait alors commencé à explorer la littérature mondiale, de Tolstoï et Dostoïevski à Stendhal et Hugo. Il n'avait pas tout compris ni tout apprécié comme cela méritait de l'être. Mais c'était passionnant et, même si ce n'était pas entièrement compris, ou justement pour cette raison, cela donnait matière à réflexion et à discussion. C'est ce que faisaient sans doute aussi les livres recommandés pour les filles. Seulement, quel genre de modèles offraient-ils ?

Mais quel genre de modèle avait offert Julien Sorel, qui avait séduit deux femmes, ou Rodion Raskolnikov, qui en avait assassiné deux ? Ils se situaient à plus d'un siècle de distance, mais pour lui, à la lecture, ils étaient aussi proches et excitants que si lui et eux avaient vécu à la même époque et dans le même monde. Le livre pour filles finissait bien – devait-il escompter que, pour Sigrun, l'alcool, les drogues et le sexe se dilueraient dans cette fin heureuse comme, pour lui, les meurtres de Raskolnikov avaient été compensés par sa conversion due à l'amour de Sonia ? Se faisait-il simplement une idée trop étroite de l'intelligence des lectrices de quatorze ans ? Mais alors que ses meurtres ne rendaient pas Raskolnikov attirant, l'alcool, les drogues et le sexe faisaient que les héroïnes de seize ans étaient cool. C'est cela que Sigrun était censée apprendre ?

Il poursuivit ses lectures. Le livre suivant parlait de sept filles de quatorze ans qui, en été, survivaient quelques semaines en forêt et, à cette occasion, rencontraient des gens étranges, de gentils chiens et trois garçons. Pas d'alcool ni de drogue et, au lieu de sexe, de la tendresse hésitante. Sigrun avait fait, avec des groupes de droite, des excursions en bus et toutes sortes de camps en plein air, et on voulait que la survie en forêt l'impressionne ?

Il trouva bien l'histoire d'une jeune fille noire de seize ans qui habite dans un ghetto mais, grâce à des parents ambitieux et économes, fréquente une école privée de blancs, qui voit son copain noir du même âge se faire abattre sans raison par un policier, et qui apprend à s'affirmer : contre la police et contre le gang du ghetto. Mais dès la première page ça sent l'herbe, et à la deuxième arrive un préservatif. Et si Sigrun l'interrogeait sur les deux ? L'herbe, ça irait encore, et l'héroïne ne l'aime pas, n'en fume pas et n'aime pas non plus en sentir l'odeur. De même qu'elle n'a pas besoin du préservatif. Mais devrait-il, lui le grand-père, expliquer à cette Sigrun de quatorze ans pourquoi on se sert d'un préservatif ? Ou le savait-elle depuis longtemps ?

Il se décida pour l'aventure d'une jeune fille qui, après avoir rencontré un garçon qui n'était pas le bon, trouve le bon, un Indien, qui l'emmène dans son monde et lui fait découvrir la nature et une nouvelle manière d'éprouver la vie, de penser et de ressentir les choses ; ils tombent tous deux amoureux et avec lui elle veut apprendre à vivre ensemble en dépit des différences entre leurs deux mondes.

Il se souvint alors de ses livres d'enfant, *Le livre de la jungle*, *Les frères noirs*, *L'île au trésor*, *Robinson Crusoé* et *Oliver Twist*. Il avait adoré ces livres, il avait vécu avec eux. Il ne les avait plus. Donc il se les procura, et aussi *Les quatre filles du docteur March* et *Le seigneur des anneaux*, qu'il n'avait pas lus, mais dont il avait entendu parler. Ce qui n'était plus édité se trouvait d'occasion. Huit livres – ça devait suffire. Kaspar les plaça sur l'étagère. Puis il ne put résister, il saisit *Le livre de la jungle*, il le lut, et il se délecta, comme quand il était enfant, de l'amitié de Mowgli avec la panthère et l'ours. Quel que puisse être le livre pour lequel Sigrun aurait de l'amitié, il partagerait cette amitié.

Il prit des places pour *La flûte enchantée* à l'Opéra-Comique et pour un concert à la Philharmonie avec Bach, Glass et Brahms. Il s'assura des heures d'ouverture des musées. Il emmènerait Sigrun une fois à la librairie et la ferait aider au déballage et emballage et à l'expédition des livres ; il l'emmènerait aussi une fois au cimetière, sur la tombe de sa grand-mère. Les soirs où rien ne serait prévu, il jouerait avec elle ; il trouva dans la maison un jeu d'échecs, pièces et échiquier en bois, hérité du grand-père, et acheta un jeu de dames, un jeu du moulin, un Othello et un Scrabble.

Le dernier soir avant l'arrivée de Sigrun, il alla dans la chambre et s'assit sur la chaise. C'est là qu'il était resté assis après la mort de Birgit et le départ de la police. C'était alors la chambre de Birgit, à présent c'était celle de Sigrun. À l'époque il ignorait encore tout de Sigrun, à présent ce qu'il savait de Birgit était sens dessus dessous. Elle avait écrit que sa grande consolation était qu'il l'avait aimée. Pourquoi ne s'était-elle pas laissé aimer plus profondément par lui ? Pourquoi était-elle restée avec elle-même et pour elle-même ? Que signifiait qu'elle lui ait légué Sigrun ? C'était bien ce qu'elle avait fait, c'est ce qu'il ressentait. Ce qu'il n'avait pas pu imaginer de faire depuis la mort de Birgit – avec Sigrun il allait retourner à l'opéra et aux concerts.

Il regarda le mur vide. Il n'avait pas pu se décider à choisir un tableau pour Sigrun, et il s'était aussi rappelé qu'enfant, il aimait regarder le mur vide à côté de son lit.

18

Björn appela le matin pour dire que lui et Sigrun arriveraient à cinq heures, et à cinq heures, ils étaient là. Björn portait un pantalon de charpentier et une chemise blanche, Sigrun la jupe multicolore que Kaspar connaissait et un chemisier blanc. Elle avait avec elle une petite valise en cuir usé.

« Je peux jeter un coup d'œil ? » demanda Björn après les salutations, et sans attendre la réponse il alla dans la pièce de séjour et la salle à manger, observa la chambre à coucher et la cuisine, et regarda alentour d'un air interrogateur. « Où va dormir Sigrun ? » Kaspar lui montra la petite chambre. « Où va-t-elle se laver ? » Kaspar lui montra le cabinet pour les invités, avec douche et lavabo. « Où est votre télé ? » Kaspar lui assura qu'il n'avait pas la télé. Sigrun, qui jusque-là n'avait pas prononcé un mot, dit : « Nous non plus » et Björn approuva de la tête et lui posa une main sur l'épaule.

Il n'eut pas envie de rester dîner. Mais avant de repartir il accepta une bière, vite fait, sur la table de la cuisine, et le temps d'en boire une et puis une seconde, il récapitula : pas de télé ni de cinéma, pas de cigarettes, pas de jeans, pas de rouge à lèvres, pas de piercing. Sigrun écouta, la mine impassible. Kaspar approuva d'un hochement de tête. « Alors tout est clair. » Björn se leva. « Je viens la chercher dans huit jours. » Mais il marcha vers la porte moins résolument qu'il n'avait parlé et ne s'était levé. Il se tourna vers Sigrun. « Bon séjour, ma fille. » Il se pencha vers elle, lui donna un baiser sur le front et partit.

Kaspar et Sigrun étaient assis à table et se regardèrent. Ses cheveux roux, ses taches de rousseur, ses yeux, verts ou marron ou les deux, sa bouche, dont la courbe était la seule chose qui lui rappelait Birgit. De qui pouvait-elle tenir ces cheveux roux ? Pas de Björn, pas de Svenja, ni de Leo non plus. Est-ce que ce serait Paula qui les aurait apportés dans la famille en faisant naître Svenja, en l'accompagnant sur son premier trajet ? Kaspar n'en revint pas d'avoir eu une idée aussi folle, et il secoua la tête.

« Quel âge as-tu, Grand-père ?

— Soixante et onze ans.

— Moi quatorze. J'aurai quinze ans en décembre. »

Kaspar hocha la tête.

« C'est un bon âge. Veux-tu déballer tes affaires et t'installer ?

— Je m'en sortirai.

— D'où vient l'idée de ton père, que je te ferais faire un piercing ?

— Pas toi, moi. Irmtraud s'en est fait faire un, une minuscule croix gammée en argent, en haut de l'oreille, c'est génial, j'adore. Irmtraud vit à Berlin et elle est chez les Autonomes, et quand je serai plus grande je veux aussi aller à Berlin et chez les Autonomes. Les parents trouvent que ce n'est pas la bonne voie. » Elle rit. « Là, ils ont peur que je m'enfuie de chez toi et que j'atterrisse chez Irmtraud. Je pensais que mon père te mettrait encore en garde, et te menacerait du pire si je t'échappe.

— Tu veux atterrir chez Irmtraud ?

— Non, juste la voir. Si tu veux, tu viendras avec moi. »

Kaspar lui monta sa valise dans la chambre, lui montra l'armoire avec la tringle et les casiers, le rayonnage avec les livres, l'interrupteur du plafonnier et celui de la lampe de bureau et de chevet, puis il se tint sur le seuil sans savoir quoi faire.

« Tu aimes la pizza ? » Comme elle fit signe que oui, il ajouta : « Alors descends quand tu seras prête, et nous irons manger. »

Elle descendit lorsqu'il était en train de lire l'article de Wikipédia sur les Nationalistes autonomes. C'est ça qu'elle voulait devenir ? Ils allèrent au restaurant italien et sur le trajet tout l'impressionna : les grands immeubles, d'abord avec des jardins devant, puis sans jardin, la large rue avec de nombreux magasins et restaurants, toutes ces voitures, tous ces gens. Elle n'était encore jamais venue à Berlin, elle ne se lasserait pas de la ville pendant toute la semaine qu'ils avaient devant eux. Elle fut aussi impressionnée par le restaurant, dont le patron salua Kaspar comme un vieil ami et elle comme une jeune dame, par la salle aux murs rouges et à la lumière tamisée, par les serveurs aux longs tabliers blancs, par les nappes et les serviettes en tissu blanches. « De vraies serviettes de table », dit-elle lorsqu'ils furent assis et qu'elle déplia la sienne pour l'étendre sur ses genoux. Elle lui parla de la pizzeria de Güstrow, où la plupart des gens prenaient à emporter et où les rares clients qui mangeaient sur place étaient assis sous des néons à des tables en stratifié. Elle lui parla aussi des garçons et des filles de son école, du lycée, qui se tenaient le soir devant la pizzeria et buvaient, ou à la buvette libre – on n'allait pas à la buvette Shell –, et qui naguère allaient aussi au stand de kebabs et y buvaient, jusqu'à ce qu'on y mette les torches.

« Les torches ?

— Les deux étaient africains et musulmans. Nous n'avons pas besoin d'eux.

— Ceux qui achètent chez eux ont besoin d'eux. Si personne n'avait besoin d'eux, ils ne seraient pas là.

— Ah, Grand-père, comme tu compliques les choses ! Je sais juste comment ça s'est passé, je n'y étais pas, je ne fais pas des choses comme ça. Je ne me plante pas devant la buvette, je ne bois pas de bière non plus. Je trouve qu'ils devraient vendre leurs kebabs en Afrique, mais peut-être que tu as raison et qu'il vaudrait mieux que personne n'achète plus chez eux. C'est vrai qu'il y a ici des bus comme deux bus l'un sur l'autre ? »

Kaspar promit de monter avec elle à l'étage pour faire un tour de Berlin. Il lui parla aussi des places à l'opéra et pour le concert, des musées, de la librairie, et des jeux auxquels ils joueraient ensemble. Elle écouta tout, ses yeux brillaient. Tout l'enthousiasmait.

« C'est loin, pour aller à Ravensbrück ?

— À Ravensbrück ?

— Irma Grese – je veux voir où elle a travaillé. Les parents m'emmènent une fois par an au Burg, et parfois aussi à un autre rassemblement, ils ne m'emmènent jamais là où je veux. Tu me conduiras jusqu'à Ravensbrück ?

— Quand tu reviendras et resteras plus longtemps. Pour cette semaine, notre programme est complet. »

Sigrun fut convaincue. Elle mangea et, après la première bouteille de coca qu'elle avait commandée en hésitant, avec une mauvaise conscience mêlée de curiosité, elle en but une deuxième. Elle demanda le nombre d'habitants et la superficie qu'avait Berlin, si le métro circulait vraiment sous terre, comment elle pourrait aider à la librairie. Soudain elle demanda comment était sa grand-mère. Kaspar promit d'aller sur sa tombe avec elle, et qu'alors il lui en parlerait. Sigrun en fut satisfaite, et à la fin du repas elle était contente de tout, fatiguée par son voyage et par ses questions, et prête à aller au lit. Lorsqu'il voulut lui souhaiter bonne nuit, elle traîna un peu, jusqu'à ce qu'il s'aperçoive que s'endormir dans sa chambre inconnue lui faisait un peu peur et qu'elle ne voulait pas l'avouer, ni à lui ni à elle-même. Il s'assit au bord du lit et lui raconta *La flûte enchantée.* Il raconta Tamino, le serpent monstrueux qui le poursuit, sa peur, son évanouissement, et Papageno qui imagine grâce à un chant comment Tamino se réveille de l'évanouissement. Il raconta lentement et calmement, et vit les yeux de Sigrun s'alourdir. « Je descends, je laisse les portes ouvertes, je mets l'air, et tu t'endors. » Il posa brièvement sa main sur la sienne, se leva et descendit, trouva le CD et le chant de Papageno, et le mit. Ensuite il alla jusqu'au pied de l'escalier, appela doucement « Sigrun », n'obtint pas de réponse et dit tout bas « Bonne nuit ».

19

Il acheva sa lecture de l'article de Wikipédia sur les Nationalistes autonomes. Il ne pouvait pas croire que Sigrun voulût balayer par une révolution le système politique et le remplacer par une communauté nationale et sociale, ni croire qu'elle pût seulement se représenter quoi que ce fût sous les termes de système politique, de révolution et de communauté nationale et sociale. La rhétorique révolutionnaire résonnait-elle à son oreille comme une promesse d'aventure ? Après les jupes et les chemisiers bien sages, trouvait-elle chic le noir des pantalons, des pulls à capuche, des gants et des casquettes de base-ball ? Voulait-elle être l'une des rares filles qui s'imposaient chez les Autonomes ?

Ensuite il lut ce qui concernait Irma Grese, et il fut encore plus déconcerté. À dix-sept ans elle voulait être infirmière, à dix-neuf ans elle était devenue surveillante à Ravensbrück, plus tard elle eut à Auschwitz pour un temps la surveillance de 30 000 femmes, et pour finir elle fut à la tête d'une marche de la mort vers Bergen-Belsen. Elle était d'une cruauté inouïe, frappait, fouettait, lançait les chiens sur les gens, était décrite comme la pire femme du camp et surnommée « la Hyène d'Auschwitz ». Oui, elle déclara fièrement face aux juges qu'elle avait fait son devoir pour la patrie, et sous la potence elle eut de la tenue. Cela suffisait à Sigrun ? Ce qu'avait fait Irma Grese lui était égal ? Elle ne le savait pas ? Elle ne voulait pas le savoir ?

Lorsque Kaspar, le lendemain matin à sept heures, entra dans la cuisine pour préparer le petit déjeuner, Sigrun avait mis la table. Elle avait approché une chaise de la fenêtre et, assise, elle lisait *L'île au trésor*. Elle bondit sur ses pieds, expliqua qu'elle se levait toujours aussi tôt, que le bus la prenait à sept heures, elle alluma le four, où elle avait déjà placé des petits pains, et mit de l'eau à chauffer. « Laisse », dit-elle lorsqu'il voulut s'activer, elle prépara du thé noir pour lui et du chocolat chaud pour elle, manifestant qu'elle avait inspecté les placards et les tiroirs et fait connaissance avec la cuisine. Kaspar trouva un peu étrange l'aisance toute naturelle avec laquelle elle évoluait et utilisait les objets et les provisions. Mais il apprécia d'être servi.

C'était une grise journée d'automne. Cela ne gêna pas Sigrun, elle ne voulut pas repousser l'exploration de la ville. Ils furent toute la journée en mouvement, roulèrent en métro et express régional sous terre et sur terre, montèrent dans les bus à étage et s'assirent en haut et à l'avant, où l'on prend possession du monde, et dans les autres bus et les tramways en s'asseyant à l'arrière, d'où l'on fuit le monde. Ils marchèrent, marchèrent encore. Kaspar se souvint du dimanche suivant son arrivée à Berlin, voilà des années, de son premier parcours dans la ville, de sa première visite à l'Est. Il se rappela comme il avait voulu à l'époque être chez lui dans tout Berlin et dans toute l'Allemagne, et n'avait pas pu. À présent c'était fait et il en était heureux.

De nouveau il suivit, avec Sigrun, la Karl-Marx-Allee d'est en ouest, il lui montra l'Alexanderplatz, l'île aux Musées, la cathédrale, la Neue Wache, l'université et le Gendarmenmarkt.

Sur tout elle eut quelque chose à dire et à demander, elle aurait bien aimé que tout fût plus grand, plus imposant, plus somptueux, seule la cathédrale lui convint, à l'extérieur comme à l'intérieur. Dans la Neue Wache, elle resta longuement songeuse devant la pietà de Käthe Kollwitz.

« C'est une mère allemande avec son fils mort ?

— Oui, mais à son inauguration, beaucoup ont trouvé que, certes, on commémorait là les victimes allemandes de la guerre, mais pas les victimes de la dictature allemande. D'où le texte sur le sol.

— “Aux victimes de la guerre et de la dictature”, lut Sigrun, et elle secoua la tête. Pourquoi pas aux victimes allemandes ? Pourquoi ne pouvons-nous pas nous souvenir de nos victimes et les autres des leurs ?

— Dans la mort tous sont égaux. Et il est bon de ne pas se souvenir seulement de ce que l'on a subi, mais aussi de ce que l'on a infligé à d'autres.

— Toujours les autres.

— Non, Sigrun, aussi les autres. »

Kaspar ne voulait pas d'une discussion sur les Allemands et les autres, ni sur la question de savoir si les Allemands se donnaient une image trop mauvaise d'eux-mêmes, et des autres, une excessivement bonne.

« Une fois, je me suis trouvé là en hiver. J'étais seul, tout était silencieux, il faisait froid, il neigeait. La neige tombait par la lucarne du plafond, les flocons dansaient, se bousculaient dans leur chute et se déposaient sur la tête et les épaules de la mère, et c'était un tableau si triste, si douloureux – une tristesse et une douleur qui valaient pour tout ce qui ne devrait pas être. Que les hommes en guerre tuent et meurent, qu'ils s'infligent les uns aux autres la violence et l'oppression. La terre est si vaste et si riche que nous pourrions tous y bien vivre. »

Sigrun ne répliqua rien, et Kaspar ne sut pas si ce qu'il avait dit l'avait atteinte ou si elle se taisait comme lui étant enfant lorsque sa mère rappelait un point de morale et que lui attendait seulement que le prêche s'achève. Il ne sut pas non plus quoi penser quand elle lui prit la main en disant « On y va ? ». Une fois dehors, elle lâcha sa main et recommença à parler gaiement comme avant.

Sur le chemin du retour, elle insista pour qu'ils préparent le dîner du soir, et donc fassent des courses. Il ne savait pas cuisiner, mais n'avait pas envie de l'avouer. Il vit des girolles fraîches, se rappela les pâtes aux girolles qu'il avait mangées au restaurant, et il en acheta, ainsi que des oignons, du lard et de la crème, des spaghettis et de la salade. À la maison il se mit au travail et coupa les oignons tant bien que mal, jusqu'à ce que Sigrun lui demande de se mettre dès maintenant à découper le lard, finisse les oignons en un instant et le relaie bientôt pour le lard, en lui faisant laver la salade. Elle cuisina, mais en faisant semblant de l'aider. Les filles apprenaient-elles cela chez les gens de droite ? À l'homme qui ne sait pas commander, laisser du moins l'illusion qu'il commande ? Kaspar avait lu sur les rôles traditionnels homme-femme cultivés à droite et n'avait pas envie d'en profiter. Lorsque les girolles avec les oignons et le lard furent dans la poêle et les spaghettis dans l'eau bouillante, il s'assit.

« Tu es bonne cuisinière, Sigrun, merci beaucoup. Ton travail aurait été encore plus facile et rapide sans moi. Mais j'ai appris en te regardant faire, et demain je serai déjà meilleur.

— Demain nous ferons autre chose.

— Tu as appris ça de ta mère ?

— Elle ne fait pas la cuisine. C'est pour ça que j'ai appris. »

Après le repas elle voulut jouer aux échecs, et elle fut si bonne qu'il perdit la première partie, et aussi la deuxième. Plusieurs fois elle lui signala une faute et lui suggéra un autre coup. Elle était gentille, comme à la cuisine, mais il sentait chez elle une détermination, comme si elle avait engagé avec lui un combat où, partout où elle l'affronterait, il fallait qu'elle commande et qu'elle gagne. Le combat de la jeunesse contre l'âge ? De la femme contre l'homme ? Le combat politique ?

Mais une fois au lit, elle se fit raconter la suite de *La flûte enchantée* et, avant qu'il ne la quitte pour aller mettre le disque avec l'air de Tamino « Ce portrait est un enchantement », elle lui donna un baiser.

20

Le lendemain matin, Sigrun avait étalé sur la table de la cuisine le plan de Berlin. « C'est une journée splendide. On peut aller faire une randonnée ? »

C'était une journée splendide. Kaspar et Sigrun sortirent sur le balcon ; le ciel était bleu, les feuilles luisaient, et dans l'air planait la promesse qu'après l'automne et l'hiver allait venir le printemps.

« Je ne sais pas. Nous avons assez marché hier. Il faut que je jette un coup d'œil à la librairie, et le concert commence à sept heures. »

Sigrun secoua la tête. Elle avait tout prévu : l'express régional jusqu'à Wannsee, le bac pour Kladow, puis à pied par Sacrow, la Berliner Vorstadt et la Berliner Forst pour revenir à Wannsee.

« La carte n'est pas bonne. Mais ça ne peut pas faire plus de vingt kilomètres. Nous serons de retour à temps pour la librairie et pour le concert.

— Je ne veux pas faire vingt kilomètres aujourd'hui, et demain non plus. J'ai vu à la fête comme tu es forte, je suis sûr que tu ferais ça sans peine. Moi non. »

Kaspar était contrarié. Le plan de Berlin avait sa place dans un amas de feuilles et de brochures ayant trait à des services du Sénat et du district, à des postes de douane, des cliniques, des médecins, des grossistes, des artisans, des numéros d'urgence, des tarifs postaux, rien de secret ni de privé, mais rien non plus sur quoi l'œil tombe tout naturellement. Comme hier dans la cuisine, Sigrun s'était aujourd'hui, dans la salle de séjour, familiarisée avec tout ce qui lui tombait sous la main. Non qu'il le lui aurait interdit si elle l'avait demandé. Mais sans demander ?

Sigrun ne s'aperçut pas qu'il était mécontent. Elle souriait – avait-elle, dans son combat contre lui, remporté une nouvelle victoire ?

« J'ai fait l'an dernier la Wolfsangelmarsch. 150 kilomètres en quatre jours avec 15 kilos sur le dos. C'est pour les garçons, mais souvent ils n'y arrivent pas. Elle n'est pas prévue pour les filles, en fait.

— La Wolfsangelmarsch ?

— Quand on est capable de faire cette marche, on reçoit la Wolfsangel. Parce qu'on est combatif et que cette rune signifie combativité.

— Tu me la montres ? »

Sigrun courut jusqu'à sa chambre, courut pour en redescendre et se planta dans la cuisine d'un air fier, un insigne à la main. Elle posa dans la main de Kaspar ce petit écusson figurant un bâton crochu à chaque bout, mais en sens inverse. Voyant qu'il contemplait l'insigne d'un air déconcerté, elle dit :

« Tu ne connais rien aux runes ? Je te les expliquerai. À travers elles, ce sont nos ancêtres germaniques qui nous parlent. »

Pendant le petit déjeuner, Sigrun dessina des runes sur une feuille : celle de la victoire, la sienne, mais utilisée par les SS et interdite, la rune quatorze, celle de son âge, la rune Odal, emblème de la liberté, et le soleil noir, emblème de l'accomplissement. Apprendre tout l'alphabet des runes, Sigrun y avait renoncé. Les runes ne menaient tout de même pas à grand-chose. Mais elle les expliquait aux enfants.

« Je leur apprends aussi à respecter la langue allemande et à dire téléphone portable au lieu de mobile, chemise au lieu de t-shirt, réseau mondial au lieu d'Internet. »

Kaspar se rappela le slogan affiché chez Sigrun dans la cuisine : « L'âme du peuple vit dans sa langue. »

Sigrun rayonna :

« Oui, Grand-père ! Tu as vu ça chez nous. »

Est-ce que l'âme du peuple vivait dans le téléphone portable et dans le réseau mondial ? Kaspar s'interdit de poser la question. Dans ce slogan il y avait une vérité, même si ce n'était pas celle que Sigrun inculquait aux enfants, et Kaspar ne voulait pas les ridiculiser, ni la vérité ni Sigrun. Il voulait prendre Sigrun au sérieux – comment l'atteindre, sinon ?

« Tu prends déjà des responsabilités avec les plus jeunes ?

— Ce que je préfère, c'est être à la tête d'un groupe de gamins », elle se corrigea en riant : « De gamines, quand pour camper nous avons une grande tente. Au milieu brûle un feu, le soir je leur fais la lecture, nous dormons les pieds au chaud et la tête au frais, nous nous réveillons toutes fraîches, et au bout de cinq jours nous sommes une vraie communauté. Aussi parce que chacune a une veille de nuit et est responsable du feu pendant une heure. Je veille aussi à ce que les miennes participent bien à la course matinale, aux pompes et aux flexions des genoux ; je veux qu'elles deviennent fortes et gagnent les compétitions sur le terrain.

— Vous gagnez ?

— Qu'est-ce que tu crois ? dit-elle en riant.

— Je pense que vous gagnez.

— Pas en chant. Là, on gagne par chance. Tu arrives à faire courir les paresseuses et les grosses, mais quand tu en as une qui a la voix éraillée, même en lui tapant dessus tu ne la feras pas chanter.

— Tu aimes chanter ?

— Mais toi aussi. À notre fête, tu as chanté avec les

autres, et j'ai bien vu que ça te faisait plaisir. La prochaine fois, j'apporterai mon livre de chansons et je te le montrerai. Connais-tu *À la liberté seule appartient notre vie*? C'est mon chant préféré. Dans *Frères à l'Est et à l'Ouest*, j'aime que notre honneur ait nom loyauté, loyauté envers le peuple et le pays. Qu'est-ce qui pourrait être faux là-dedans ? »

Elle repoussa sa chaise, s'y assit bien droite et chanta d'une belle voix claire :

« Notre honneur a nom loyauté, / Loyauté envers le peuple et le Reich. / Bâtissons de nouveau là-dessus, / Formons l'avenir maintenant. »

Là encore, Kaspar fut tenté de contrer. De lui expliquer que ce qu'elle chantait avait volé sa mélodie à la chanson du mouvement ouvrier *Frères, vers le soleil, vers la liberté*. Que le mouvement ouvrier était profondément hostile au mouvement *völkisch*, qui l'insultait en le pillant ainsi. Que « Mon honneur a nom loyauté » était le mot d'ordre des SS. Que la loyauté n'était honorable que quand elle vaut pour la bonne cause, que le peuple et le pays ne font pas toujours les choses qu'il faudrait, et que parfois l'on doit donc leur refuser d'être loyal envers eux. Mais Sigrun avait parlé et chanté si innocemment qu'à nouveau il eut le sentiment qu'il ne l'atteindrait pas.

« Jeune, j'étais dans les Jeunesses protestantes. J'en portais le blouson, je dormais sous la grande tente et je chantais la chanson des *Oies sauvages*. Je pense que chacun doit répondre lui-même de son honneur. Si quelqu'un fait une chose qui n'est pas honorable, elle ne devient pas honorable parce qu'il l'a faite par loyauté envers un autre. Mais viens, dit-il en regardant l'heure, nous devons aller à la librairie, et avant cela je veux encore te montrer ce qu'il y aura ce soir. »

Kaspar passa le premier mouvement, et le début du second, du concerto pour clavecin en sol mineur de Bach, la première étude de Glass et le début de la quatrième symphonie de Brahms.

« Quand j'écoute Bach, j'ai le sentiment que la musique contient tout, le léger et le lourd, le beau et le triste, et qu'il les réconcilie. Avec Glass je pense au fleuve de la vie qui s'écoule, vite, avec çà et là des cascades et des rapides, mais qui sans cesse se hâte. Brahms est pour moi à la fois passion et maîtrise. Je ne veux pas dire qu'au concert tu doives éprouver les mêmes choses que moi. Chacun entend ce qu'il doit entendre. Mais il est bon, en écoutant la musique, d'écouter de temps à autre à l'intérieur de soi ce que la musique nous fait. »

Kaspar fut soudain dans l'embarras. Avait-il donné une leçon, alors qu'il voulait surtout éviter ça ? Ses propos lui étaient-ils passés au-dessus de la tête ?

« Tu comprends ce que je veux dire ?

— Oui, dit-elle en le regardant avec sérieux, comme si elle le comprenait réellement.

— Bon, alors allons-y. »

21

À la librairie, il lui demanda d'abord de défaire les colis qui venaient d'être livrés, puis de classer alphabétiquement les fiches de commande simplement accumulées dans une boîte le temps de l'arrêt maladie d'une collaboratrice. Après s'être acquitté des coups de fil à donner, des contacts et des décisions à prendre, il voulut voir où en était Sigrun, il trouva les livres soigneusement empilés, les cartons mis à plat et les fiches de commande bien classées, mais pas Sigrun. Il eut peur, il songea à Irmtraud, il sortit dans la rue, ne vit pas de Sigrun, se dit que si elle voulait effectivement partir elle ne se laisserait pas rattraper dans la rue, et il rentra. Il parcourut le magasin. Elle n'était pas devant les livres pour enfants et jeunes lecteurs, ni vers les ouvrages littéraires. Elle était assise par terre au pied des rayons d'histoire contemporaine et elle lisait.

« Tu as bien un livre sur Rudolf Heß. Il est plein de mensonges. Tous ces livres, ici, sont pleins de mensonges. Hitler ne voulait pas la guerre, il voulait la paix. Et les Allemands n'ont pas tué les Juifs. »

Kaspar s'assit par terre face à elle.

« Ce sont les livres d'historiens qui ont fait des recherches pendant des années. Comment peux-tu savoir ?

— Ils sont achetés. Ils sont payés. Les occupants veulent rabaisser l'Allemagne. Il faut qu'on ait honte et qu'on courbe l'échine. Alors ils pourront nous opprimer et nous exploiter.

— Si tu regardes dans ces livres, ils s'appuient sur des dossiers du gouvernement allemand et du NSDAP et des camps de concentration, sur des déclarations de témoins et sur ce que Hitler et ses hommes ont eux-mêmes écrit. Tu penses que tout cela est mensonger ?

— Ils mentent sur Auschwitz. Avec du Zyklon B on n'a pas pu gazer des gens, en tout cas pas autant et aussi vite qu'on le dit à propos d'Auschwitz. Ce n'est pas de la politique, dit Papa, c'est de la chimie. Et si l'on ment sur la chimie, sur laquelle il est impossible de mentir, on ment aussi sur tout le reste.

— Veux-tu lire un de ces livres ? Alors emporte-le. À la maison, j'ai aussi un livre sur la chimie. »

Sigrun prit la biographie de Heß, pour montrer à Kaspar les mensonges qu'elle contenait, et comme le sac de toile de la librairie qu'il lui donna pouvait contenir plusieurs ouvrages, elle y joignit un livre pour filles. Qu'elle soit allée regarder les livres pour jeunes lecteurs avant de rechercher Rudolf Heß, cela rassura un peu Kaspar.

Aucun des deux ne revint sur leur conversation à la librairie. Ils allèrent à la Alte Nationalgalerie et Sigrun prit du plaisir à contempler les tableaux de Caspar David Friedrich et Adolph von Menzel, et posa des questions sur la vie et l'œuvre des deux. Kaspar fut content d'avoir lu des choses sur l'un et l'autre le soir précédent. Elle apprécia aussi le concert. C'était son premier, à part un festival de rock de droite en Saxe auquel l'avaient amenée ses parents, qui à leur âge n'aimaient plus guère le rock, mais retrouvaient à ce festival de vieux amis avec lesquels ils tenaient à garder contact. Sigrun mit la plus belle robe qu'elle avait apportée, un *dirndl*, se fit un chignon haut et dans ses cheveux roux noua un ruban bleu, elle s'abstint de se presser comme d'habitude avec un demi-pas d'avance, mais marcha calmement à son côté pour traverser le foyer et gravir l'escalier. Dans quelle mesure ce fut la salle de la Philharmonie qui l'impressionna, ou le spectacle de l'orchestre, du chef et du pianiste, ou effectivement la musique ? Impossible de le lire sur son visage ou de le comprendre d'après son maintien, et peut-être ne le savait-elle pas elle-même. Mais elle ne bougea pas sur son siège, ne regarda pas l'heure et ne se leva pas d'un bond ni à la pause ni à la fin. Sur le trajet du retour, elle ne dit rien.

À la maison elle fit une infusion à la camomille avec du miel et resta d'abord silencieuse en tournant sa cuillère. Puis :

« J'aimerais en savoir davantage sur les compositeurs. Bach et Brahms étaient allemands. L'autre était quoi ?

— Il t'a plu ? »

Elle fit oui de la tête.

« Il vit encore. Je n'en sais pas davantage. »

Kaspar se leva, alla chercher son ordinateur et regarda.

« Philip Glass, Américain né en 1937, parents juifs, a grandi dans la musique, appris le violon, la flûte et le piano, joué avec un orchestre à dix ans, composé à vingt-huit ans sa première œuvre. Il a dit : "Le matériau musical le plus intéressant se trouve dans le quotidien." C'est beau, non ?

— Je ne sais pas. »

Elle disait ça comme si elle voulait réviser le plaisir qu'elle avait pris à écouter Glass. Parce qu'il était américain ? Parce qu'il avait des parents juifs ? Kaspar devait-il dire quelque chose ?

Montrant d'un geste de la main la salle de séjour, elle dit :

« Il y a un piano, là-bas. Tu en joues ?

— Il y a longtemps que je ne joue plus. Birgit jouait beaucoup dans le temps.

— Tu permets que j'essaie, demain ?

— Bien sûr. Nous pouvons aussi te trouver quelqu'un qui te donne des leçons.

— Mais ensuite je rentrerai à la maison et je ne pourrai pas continuer.

— Il y a des claviers électriques qui ont le même son que les pianos normaux. Si tu as envie de faire du piano, nous pouvons t'en acheter un électrique ; ce n'est qu'un clavier, il trouvera facilement sa place dans ta chambre. »

Elle avait l'air sceptique.

« Je suis sûr que pas loin de chez toi il y a des professeurs de piano. »

Comme elle continuait de douter, il rit et dit :

« Des profs de piano *völkisch*, contre lesquels tes parents n'auraient rien.

— Il ne faut pas te moquer de nous.

— Je ne me moque pas. »

Elle n'eut pas l'air de le croire, et elle finit son infusion.

« Je vais me coucher. Tu me mettras, pour m'endormir, la musique où il n'y avait pas de piano ? Tu n'as pas besoin de monter, je me débrouille toute seule. »

Il l'entendit se laver, monter l'escalier et se mettre au lit. Il cria « Dors bien ! », elle répondit « Toi aussi ! » et il mit le deuxième mouvement de la quatrième symphonie de Brahms. Les cors sonnaient calmement, le pizzicato des basses progressait avec mesure, le tutti des cordes débutait avec grâce, la mélodie commençait doucement – mais avant que les cors n'insistent, que les cordes ne s'affirment et que la mélodie s'assombrisse, Kaspar se sentit mal à l'aise. Était-ce là une musique pour s'endormir ? Elle le bouleversait – bouleversait-elle aussi Sigrun ? Pourquoi voulait-elle se débrouiller seule, ce soir ? L'avait-il froissée, l'avait-il perdue ? Au moins, elle n'avait pas fermé les portes ni refusé la musique du soir.

À la fin du mouvement, il arrêta la musique. Il saisit dans son rayon le livre sur la technique et la chimie des mises à mort à Auschwitz et il se demanda où il allait le poser. Il fallait qu'elle le trouve aisément, mais qu'elle n'ait pas l'impression qu'il l'obligeait à le lire. Debout, il regarda autour de lui mais ne trouva pas de bon endroit. Puis il eut honte. Il ne savait pas s'il finirait par atteindre Sigrun. Mais il ne pourrait sûrement pas l'atteindre par des trucs. Il remit le livre à sa place. Si elle voulait le trouver, elle le trouverait.

22

Il fut réveillé par des touchers discrets sur le piano. Sigrun cherchait une mélodie. Lorsqu'il sortit de la douche, elle l'avait trouvée. Lui ne la connaissait pas.

À nouveau elle avait mis la table dans la cuisine. Mais avant le petit déjeuner, il lui montra comment on place les cinq doigts sur les huit touches, comment pour une gamme on passe à droite du majeur au pouce et à gauche du pouce au majeur, et elle s'entraîna jusqu'à savoir jouer la mélodie de la main droite, sans plus taper les notes une à une avec l'index.

« Tu es vraiment douée. »

Elle haussa les épaules, mais il vit bien que le compliment lui faisait plaisir.

« Prends une heure de leçon et tu verras si ça te plaît.

— Pourquoi as-tu arrêté de jouer ?

— Ta grand-mère jouait si bien que je n'ai plus eu envie de jouer, en comparaison. Elle a commencé alors que nous étions déjà mariés, mais elle a travaillé en s'y adonnant tellement qu'elle a vite été bien meilleure que moi. Veux-tu que nous allions sur sa tombe, tout à l'heure ? »

Ils passèrent à nouveau par la large artère pleine de magasins, de restaurants, de voitures et de gens qui avait impressionné Sigrun le soir deux jours plus tôt. Là elle se montra critique. Pourquoi les gens se laissaient-ils séduire par la consommation, pourquoi ne faisaient-ils pas la cuisine eux-mêmes, pourquoi prenaient-ils leur voiture, alors qu'ils pouvaient marcher ou prendre le métro ou le bus. Kaspar ne sut que répondre et choisit d'emprunter de petites rues, et ils passèrent devant de médiocres boutiques, bistrots, bureaux, ateliers de réparation de chaussures ou d'ordinateurs. Il parla à Sigrun des vieilles concessions au cimetière, qu'on pouvait reprendre et restaurer, et il lui raconta que Birgit en avait choisi une et y était enterrée. Un jour il serait couché à côté d'elle, et c'était bien ainsi, même si la vieille concession lui importait peu.

Ils entrèrent par le grand portail ouvert, passèrent devant la chapelle et montèrent en suivant l'axe central du cimetière. C'était une allée de vieux et grands arbres, assez large pour un corbillard, noir, avec un cocher en noir sur le siège et un cercueil sous un drap noir, tiré par quatre chevaux noirs gravissant lentement la pente et disparaissant finalement derrière le point le plus haut, au-dessus duquel le regard à travers les arbres se perdait dans le ciel.

La tombe de Birgit était contre le mur, derrière passait la ligne de l'express régional. Une pierre était dressée entre deux colonnes supportant deux anges, une dalle était posée devant, sur le sol. La pierre verticale portait les noms peu lisibles de ceux qui avaient été enterrés là voilà cent ans et davantage, la dalle le nom de Birgit Wettner.

« Tu sais qui étaient ces gens ?

— Des commerçants, des officiers. Les derniers de la famille étaient quatre fils ; ils sont morts pendant la Première Guerre mondiale, un chaque année. »

Kaspar montra le banc de pierre sur la tombe voisine.

« Nous pouvons nous asseoir. Je veux te parler de ta grand-mère. »

Kaspar voulait dépeindre Birgit comme elle avait été. Il raconta sa famille, raconta Leo Weise, comment elle s'était enfuie de RDA, puis ses études, ses métiers, son piano, son expérience de l'Inde, son engagement pour la nature et le climat, et comment elle s'était lancée dans une chose après l'autre, et s'en était successivement détachée.

« Elle n'a pas trouvé sa place dans le monde.

— Parce qu'elle a vécu d'abord chez nous et ensuite chez vous ? »

Cette question de Sigrun étonna Kaspar. Puis l'idée lui vint que Birgit avait commencé à boire au moment où, pendant ses études, elle s'était sentie pour la première fois comme une étrangère à l'Ouest. Ce sentiment d'être une étrangère fut-il le début de son désarroi ? Et Birgit avait-elle noyé dans l'alcool, comme ce sentiment, son incapacité à trouver sa place ?

« Je ne sais pas, Sigrun. Est-ce qu'on ne trouve pas sa place dans le monde quand on vit chez vous et chez nous ? »

Lorsqu'il s'avisa que sa question pouvait être mal comprise, c'était trop tard.

« Je ne suis qu'en visite chez toi. Ça va. Si je vivais plus longtemps ici, je veux dire sans mes parents et mes proches et sans mon sol sous mes pieds, comment voudrais-tu que ça aille ? »

Elle fronça les sourcils et demanda :

« Qu'y a-t-il encore sur Grand-mère ? »

Il raconta les grandes espérances de Birgit, celle d'écrire sa vie et celle de trouver sa fille, que les deux étaient liées et qu'elle n'en avait réalisé aucune. Pourtant, elle écrivait bien. C'était triste que Birgit eût des dons aussi variés et qu'en même temps elle fût si déchirée et si empêchée.

« Tu connais ça, quand tu veux quelque chose et que tu n'oses pas ? »

Elle réfléchit, puis dit :

« Non, je ne connais pas ça. Je trouve que c'est : ou bien, ou bien.

— Oui, c'est ainsi que ce devrait être : ou bien, ou bien. Mais certains ne sont pas très angoissés et d'autres le sont beaucoup. Peut-être que ta grand-mère l'était tout particulièrement. Elle voulait retrouver ta mère. Mais elle ne savait pas si ta mère allait bien ou mal, et si elle allait mal elle aurait pensé que c'était de sa faute. Elle avait peur de cette culpabilité. Et elle avait peur d'être attaquée et condamnée par sa fille. Elle s'accusait elle-même et se condamnait elle-même, et ne pouvait pas supporter encore davantage d'accusations et de condamnations.

— Est-ce que nous nous serions aimées ?

— Sûrement qu'elle t'aurait bien aimée. Toi, on ne peut que bien t'aimer. L'aurais-tu aimée ? Elle se serait donné du mal pour toi. Mais elle avait de bons et de mauvais jours, et dans ses mauvais jours elle pouvait se montrer distante et inaccessible. Je ne sais pas comment tu aurais pu bien t'entendre avec elle.

— Qu'est-ce qu'on fait d'autre, aujourd'hui ?

— Qu'aimerais-tu faire d'autre ? On peut aller au musée d'Art moderne, faire une promenade en bateau dans Berlin ; je peux appeler le professeur de piano de ta grand-mère et lui demander s'il peut te donner une leçon dès aujourd'hui, tu peux me battre aux échecs ou moi te battre au Scrabble, on peut faire de nouveau la cuisine ensemble ce soir. »

Sigrun acquiesça. « Appelle-le ! » En fait, le professeur de piano ne prenait pas d'amateurs, et encore moins de débutants. Il avait donné des leçons à Birgit parce que sa femme et elle faisaient du yoga ensemble. Kaspar et lui étaient aussi devenus un peu amis. Lorsque Kaspar lui eut parlé de Sigrun, il fut prêt à sacrifier sa pause de midi. En attendant, Kaspar montra à sa petite-fille les tombes des frères Grimm et d'autres célébrités, il mangea avec elle de la saucisse et des frites, et la conduisit à l'appartement du professeur de piano, sur la rive de la Spree. Après une heure dans un café, il alla la chercher. À ses questions – qu'avait-elle fait, qu'avait-elle appris, la leçon lui avait-elle plu – elle répondit en peu de mots, et pendant le trajet et les courses elle resta muette, plongée dans ses pensées. Le professeur lui avait donné un cahier, qu'elle tira du sac et posa sur le piano sans le montrer à Kaspar.

« Ça te dérange, si je joue ? Tu peux me laisser seule ? »

Kaspar alla dans la salle à manger, ferma la porte et l'écouta s'exercer. On entendait qu'elle essayait de déchiffrer les notes et de jouer de petites mélodies selon la partition. Elle ne cessa pas, même au bout de deux heures, et elle fit des progrès. Lorsque la nuit tomba au-dehors, elle s'arrêta, fit les cent pas dans la salle de séjour, s'immobilisant de temps en temps, puis monta dans sa chambre, redescendit et frappa à la porte.

« Oui ?

— Il a dit que, si je veux, je peux venir demain à neuf heures. Chaque jour à neuf heures, tant que je suis ici. »

Kaspar fut si ému qu'il se leva.

« Sais-tu ce que ça veut dire ? Il croit en toi. Il ne prend que peu d'élèves, et seulement les meilleurs. »

Elle haussa encore une fois les épaules. Mais elle rougit

de triomphe, pinça les lèvres et serra les poings. « On fait la cuisine ? »

Lorsqu'ils eurent mangé, comme ils restaient à table, elle dit, sans le regarder :

« Pour toi, nous ne valons rien. Tu trouves qu'on est bêtes, qu'on a tout faux, qu'on ne peut pas parler avec nous. Tu penses que tu vaux mieux que nous. »

Kaspar voulut répondre aussitôt. Mais n'avait-elle pas raison ? Il la regarda ; elle avait baissé la tête, ses boucles rousses tombaient sur son visage, elle regardait peut-être ses mains sur ses genoux, laissait tomber ses épaules, elle était toute à sa solitude, sur la défensive.

« Pas un instant je n'ai pensé que tu étais bête. Tu comprends tout ce que je dis, tu me bats aux échecs, tu as droit à des leçons de piano que peu de gens obtiennent. Tu es forte et endurante, pour apprendre comme pour marcher. »

Il fit une pause. Devait-il ajouter qu'il était fier d'elle ? Mais il voyait venir l'échange où elle se dirait fière d'être une Allemande, et il répondrait qu'on ne peut pas être fier de ce qu'on est, mais seulement de ce qu'on a le mérite d'avoir fait, et il n'avait certes pas mérité Sigrun. Il décida aussi de ne pas lui dire qu'il était heureux qu'elle soit sa petite-fille ; soit il lui manifesterait ce bonheur et elle le remarquerait en de nombreuses situations, et alors il n'aurait pas besoin de l'exprimer, soit l'exprimer ne servirait à rien là où il échouerait à le manifester et à le lui faire remarquer. Il ne souhaitait pas avoir d'autre petite-fille, il avait trouvé celle-ci et voulait la garder. Devait-il…

Sigrun l'arracha à ses pensées :

« C'est tout ?

— Avoir tout faux… Est-ce que tu dois forcément tout classer d'office entre "juste" et "faux" ? Est-ce que tu ne devrais pas d'abord voir les choses ? Tu as quatorze ans et personne, à quatorze ans, n'a déjà tout vu ni ne sait d'avance ce qui est juste ou ne l'est pas. »

Sigrun continuait à l'interroger du regard.

« Commence par regarder tout ce qui se trouve ici. »

En disant cela il étendait les bras et voulait dire lui, son appartement, sa librairie, Berlin, tout ce qu'il allait faire avec elle et lui montrer.

« Et ce que je pourrais te montrer, moi ? »

Il sourit.

« Visiter un camp avec toi ? Participer à des jeux de terrain et à des épreuves de courage ? Parcourir 150 kilomètres en quatre jours avec 15 kilos sur le dos ? Grand-père portant la rune Wolfsangel ? Mais enfin, Sigrun… »

Elle réfléchissait. Lorsqu'il se leva pour faire la vaisselle, elle se leva à son tour, prit le torchon et essuya. Finalement elle dit :

« Parmi tes livres il y a *Le journal d'Anne Frank*. Tu pourrais lire *La vérité sur le journal d'Anne Frank.* »

Elle avait fini d'essuyer et raccrocha le torchon.

« Je monte, et je vais lire. Tu me dis bonne nuit dans une heure ? Et tu mets de la musique ? Du piano ? »

Dans la salle de séjour, il s'aperçut que le livre sur la technique et la chimie des mises à mort à Auschwitz n'était plus là. Ce fut le premier des nombreux livres qu'elle emprunta et remit en place sans en dire un mot. Il ne lui en parla pas non plus. Parfois il remarquait un emplacement vide. Mais même quand il n'en voyait pas, elle lisait des livres de sa bibliothèque ; quand il lui parlait des livres qu'il avait mis dans sa chambre, elle ne savait rien en dire.

Lorsqu'il lui souhaita bonne nuit, elle était toute contente de la leçon de piano du lendemain matin. Il mit les *Petits livres d'Anna Magdalena Bach.*

23

Même le samedi et le dimanche, le professeur de piano reçut Sigrun, et encore le dernier jour de sa semaine chez Kaspar, où Björn devait passer la récupérer à cinq heures, elle se rendit à sa leçon de piano matinale. Elle faisait le trajet seule. Au retour, elle s'asseyait au piano et travaillait pendant deux à trois heures. Avec quelle joie elle le faisait et avec quel acharnement, Kaspar était incapable d'en juger, ni si elle avait découvert la musique ou bien si elle voulait se prouver, et lui prouver, quelque chose. En tout cas, elle écouta *La flûte enchantée* avec attention et suivit l'histoire, secouant la tête, respirant et riant de tout son cœur.

Au magasin d'instruments de musique, elle se montra intimidée, approuvant d'un hochement de tête tout ce que Kaspar expliquait et proposait, mais elle refusa lorsqu'il voulut acheter un piano numérique. Elle ne savait pas ce que dirait son père si elle le chargeait dans la voiture et voulait l'emporter chez eux. Elle craignait, non, elle savait qu'il refuserait.

Kaspar vit, à la mine de Sigrun, que la perspective d'un conflit lui faisait peur. Il proposa de commander le piano sur Internet et de le faire livrer. Son anniversaire était bien en décembre ? Le 3 ? C'était dans six semaines, entretemps elle pourrait tout expliquer à ses parents. Elle resta craintive : elle l'appellerait si les parents lui interdisaient le piano.

Au musée Berggruen, elle tint le coup plus longtemps qu'il ne s'y était attendu. Ils parcoururent rapidement toutes les salles, de bas en haut ; Sigrun voulait d'abord avoir une vue d'ensemble. Ensuite ils restèrent longtemps devant Giacometti ; Sigrun vit dans ses sculptures les ombres, devenues figures, de gens dans la lumière du matin ou du soir, et cela lui plut. Elle s'approcha des tableaux de Matisse et de Klee avec hésitation, prudence, comme si elle ne savait pas si elle pouvait ou voulait véritablement les regarder. Devant les Matisse elle resta plus longtemps que devant les Klee ; Kaspar eut l'impression qu'ils lui plaisaient de plus en plus, mais il ne voulut pas lui poser de question et la mettre dans l'embarras, parce que enfin Klee était un peintre allemand, et Matisse un peintre français. Picasso était le seul nom qu'elle connaissait. Elle était contre. Ça ne lui plaisait pas, ce n'était pas de l'art. Il lui expliqua, au vu des nombreux tableaux, comment Picasso avait évolué, et elle fut assez intelligente pour montrer son intérêt. Mais elle ne se laissa pas ébranler dans son rejet, et lorsqu'elle trouva « dégénéré » le portrait d'une femme, il mit un terme, sans hâte ni dispute, à leur visite du musée.

Avait-elle voulu le provoquer ? Quelque chose n'allait pas ; sur le chemin du retour et pendant le dîner, elle renâcla pour des riens, dans le métro elle râla contre une femme qui l'avait effleurée par mégarde, contre Kaspar qui était trop lent lors de leur changement, puis elle trouva à redire à tout ce qu'il mettait sur la table. C'était son dernier soir ; Kaspar servit d'abord des crevettes avec du yaourt à la sauce à l'aneth, puis des steaks sur le gril, parce que Sigrun aimait la viande grillée sur les feux de camp, ensuite une salade et une baguette, et comme dessert de la mousse au chocolat. Il s'était donné du mal, avait fait les sauces lui-même et choisi le reste avec soin. Elle parla de chez elle, raconta comme son père savait cuire les grillades, comme ils méprisaient qu'on achète des plats préparés quand on pouvait les faire soi-même, et se demanda comment Kaspar pourrait survivre à la catastrophe sans avoir de jardin ni de réserves.

« Quelle catastrophe ? »

Sigrun répondit en le prenant de haut.

« Vous vous bouchez les yeux, mais tout le monde peut voir que les musulmans veulent conquérir l'Allemagne, de l'intérieur et de l'extérieur. Nous pouvons nous soumettre ou nous défendre. Si nous voulons vaincre, nous devons être les plus forts. Nous devons nous y préparer. Si nous ne sommes pas les plus forts, les autres le seront.

— C'est ton père qui dit ça ?

— C'est une loi éternelle. Vous l'avez oubliée. Père ne l'a pas oubliée et nous la rappelle sans cesse.

— Sans cesse ?

— Toujours quand nous sommes fatigués et que nous préférerions nous reposer ou nous amuser, au lieu de travailler.

— Vous travaillez à quoi ? »

Sigrun le regarda comme s'il était stupide.

« Nous sommes des colons. Nous n'avons pas encore assez de terres, mais un jour nous en aurons suffisamment. Nous travaillons comme travaillent les paysans – qu'est-ce que tu croyais ?

— Chez vous, on ne se croirait pas dans une ferme. Je pensais que ton père ou tes parents travaillaient en ville.

— Mais je t'ai dit que nous n'avons pas assez de terres. Et nous n'avons pas encore de bétail non plus, seulement des poules. Mais il y a déjà assez de travail pour Mère, et je l'aide. Père a de gros outils et va travailler avec là où on a besoin de lui. Son frère, qui a hérité de la ferme en Basse-Saxe, a acheté de nouveaux outils, Père a récupéré les anciens, il les entretient et travaille avec. »

Là encore, Kaspar avait sous-estimé Björn. Il avait construit quelque chose et peut-être avait-il offert à Svenja et à d'autres un horizon au-delà des arrêts de bus, des stations-service, de la bière et des bagarres. Ce qui chez Svenja lui avait paru être de la soumission, était-ce de la gratitude ?

Une fois assis au bord du lit de Sigrun, il la regarda avec sérieux.

« Cela n'a pas été une semaine facile, pour toi. À quatorze ans, je ne me serais pas adapté à tant de choses nouvelles aussi bien que toi. Quand tu reviendras au printemps, ce sera déjà plus facile. Nous pourrons aussi faire un voyage, qu'en dis-tu ?

— Je ne suis pas allée voir Irmtraud.

— J'aurais dû y penser ?

— Non. Nous ferons ça la prochaine fois. » Puis, fronçant les sourcils, elle enchaîna : « Je ne sais pas si je peux t'inviter à mon anniversaire. Je ne sais pas ce qu'en diront les parents.

— Ne t'inquiète pas. Je suis content de t'avoir trouvée. Tu vas me manquer. »

De nouveau, il posa un instant sa main sur la sienne, comme le premier soir.

« Dors bien. »

Elle ne dit rien, il descendit et mit l'une des *Scènes*

d'enfants de Schumann. Lorsqu'elle s'acheva, il entendit les pas de Sigrun dans l'escalier, elle descendit vite, courut vers lui, lui donna un baiser, remonta rapidement l'escalier et ferma sa porte.

24

Après la leçon de piano, les exercices et le repas de midi, il resta le lendemain encore cinq heures jusqu'à l'arrivée de Björn. Sigrun voulut retourner à la librairie. Pourrait-elle se choisir trois livres à emporter ?

Une fois sur place, elle lui dit qu'il lui faudrait un moment, qu'elle se débrouillerait, et elle alla dans le rayon Histoire et Histoire contemporaine. Lorsqu'il vint la voir une demi-heure plus tard, il la trouva à plat ventre sur le sol, en train de jouer avec un petit chat. Avant même de se demander ce que faisait un chat dans sa librairie, il fut captivé par le jeu qu'il avait sous les yeux. Sigrun avait retiré ses chaussettes, les avait attachées en boule avec un élastique, les avait suspendues à un autre élastique et ne se lassait pas de faire courir, sauter et attraper le chat. C'était une petite bête noire aux pattes blanches, tantôt bébé pataud, tantôt chasseur rusé, tantôt tigre menaçant, lui non plus ne se lassait pas du jeu que Sigrun accompagnait d'exclamations engageantes, taquines, rieuses, jusqu'au moment où tout d'un coup il en eut assez, fit le gros dos, se mit à l'écart et se coucha. Sigrun glissa pour s'en rapprocher, posa la tête près de la sienne, attira doucement le chat contre elle et le caressa et gratouilla avec précaution.

Kaspar avait connu Sigrun sûre d'elle, autonome, décidée, combative. Il avait oublié qu'à quatorze ans elle était aussi encore une enfant, qui voulait jouer, avait envie de proximité et besoin de tendresse. Le jeu l'avait rendue si heureuse, la proximité caressante si distraite qu'elle n'avait pas remarqué la présence de Kaspar. Davantage de tendresse – sa main un instant sur celle de Sigrun, un jour une embrassade pour se dire bonjour ou au revoir, à certaines occasions un baiser sur le front, cela n'allait pas plus loin. Est-ce qu'un petit chat faciliterait les choses ? Sigrun serait-elle heureuse d'en avoir un ? Pour qu'elle l'ait pendant les vacances, fallait-il qu'il s'habitue à un chat dans l'appartement ?

C'était une employée qui avait apporté le petit chat. Elle savait qu'elle aurait dû appeler pour demander. Mais elle n'avait pas eu le choix : Lola devait prendre un cachet toutes les deux heures, et chez elle il n'y avait personne pour s'en charger. Kaspar demanda à l'employée ce que cela impliquait d'avoir un chat, et il ne sut pas si l'idée d'être accueilli par un chat chaque fois qu'il rentrerait chez lui devait le réjouir ou l'effrayer. Il finit par demander si l'on pouvait se prêter des chats, s'il pourrait emprunter Lola quand Sigrun viendrait pour les vacances, et il essuya un refus des plus nets. Les chats n'étaient pas des chiens, ils étaient plus attachés aux lieux qu'aux gens, et les arracher aux deux serait cruel. Mais Sigrun et Lola pourraient se retrouver à la librairie.

Lorsque Sigrun revint dans le magasin, elle avait Lola dans ses bras et les yeux pleins de sommeil. « On s'est endormies toutes les deux, dit-elle avec étonnement, on s'est vraiment endormies. Il faut qu'on s'en aille ? J'ai oublié mes livres là-derrière. » Elle revint avec trois livres,

Le crime de l'Orient-Express d'Agatha Christie, un roman de Joyce Carol Oates sur une fille qui perd sa mère dans un accident et un livre sur les Allemands et les Polonais chassés de chez eux au XXe siècle – Kaspar fut étonné par ce choix, mais ne dit rien.

À la maison, Sigrun voulut que Kaspar la regarde faire sa valise et veille à ce qu'elle n'oublie rien. Elle plaça les livres de la librairie au fond de la valise ; il ne demanda pas s'il valait mieux que ses parents ne les voient pas. Devant leur dernière infusion de camomille, à la table de la cuisine, ils parlèrent peu ; oui, l'école reprenait la semaine prochaine, et elle devrait prendre le bus scolaire à sept heures ; non, elle ne connaissait pas les dates des prochaines vacances de printemps, si l'ordinateur de Kaspar disait deux semaines avant Pâques, ce devait être ça ; elle espérait que les parents seraient d'accord pour le piano, son professeur lui avait donné, en plus du cahier pour débutants, les *Petits livres d'Anna Magdalena Bach* ; si Kaspar lui écrivait, qu'il joigne à sa lettre une photo de Lola.

Björn arriva, jeta sur Sigrun un regard inquisiteur, but à nouveau rapidement une bière, demanda le prochain versement pour l'anniversaire de Sigrun, précisa que les versements n'étaient pas liés au calendrier mais à l'âge, voulut savoir si l'interdiction des films avait été respectée, et annonça la prochaine visite de Sigrun huit jours avant la semaine pascale.

Et Sigrun ne fut plus là.

25

Elle avait laissé sa chambre en ordre, retiré les draps, les avait pliés, de même que la serviette de toilette posée dessus, rangé les livres sur l'étagère, vidé l'armoire, à moitié glissé la chaise sous la table. Kaspar en fut attristé. Un t-shirt ou une « chemise » dans l'armoire, une photo de ses parents au mur près du lit, un marron sur la table qu'elle avait ramassé et empoché sous les arbres à la Neue Wache – si seulement elle avait laissé quelque chose derrière elle, montrant qu'elle avait trouvé ici un semblant de maison et voulait revenir !

Puisqu'elle s'était montrée si bien élevée en quittant la chambre, il comptait aussi sur un signe de remerciement aussi bien élevé. Mais rien ne vint, pas de lettre, pas de carte, pas de coup de téléphone. Elle n'appela pas non plus pour dire de ne pas envoyer le piano, il le commanda donc et suivit son expédition et sa livraison sur Internet. De même, elle n'appela pas, et le nouveau virement aux parents ne lui valut aucun remerciement. Devait-il écrire à Sigrun ? Ses parents allaient-ils intercepter la lettre ? Que devait-il faire à Noël ? Lui envoyer un cadeau, le lui apporter ? La famille fêterait-elle la Julfest au lieu de Noël ? Faisait-on des cadeaux à cette occasion ? Il lut quelque part que pour la Julfest la maison était ouverte aux hôtes, qui entraient et sortaient à leur gré et étaient bien traités – pouvait-il s'attendre à déposer son cadeau et à ne pas être expulsé ?

Il remarqua combien cela lui avait fait du bien d'avoir Sigrun auprès de lui, dans l'appartement, dehors en marchant, à la librairie. À quel point, dans les mois qui avaient suivi la mort de Birgit, il avait été seul, et il se retrouvait seul après le départ de Sigrun. Il fonctionnait de nouveau, ne se permettait aucune négligence dans sa toilette et sa tenue, et à la librairie il était efficace et aimable comme toujours. Mais cela consommait toute son énergie et, le soir, il était tout juste capable de mettre au micro-ondes un plat tout préparé et, après avoir mangé, de s'asseoir sur le canapé avec un livre. Alors il ne tardait pas à regarder les pages sans les lire, et à poursuivre des souvenirs et des pensées qui ne prenaient pas réellement forme, mais restaient des débris et lui donnaient l'impression que sa vie était en ruine, intérieurement et extérieurement. En plus, il buvait trop – pour oublier Birgit et pour s'oublier lui-même. Tous les soirs, et tous les matins aussi, il se promettait de s'en tenir le soir venu à une demi-bouteille, et pourtant en buvait une entière.

Autour des quelques amitiés qu'avaient eues en commun Birgit et Kaspar, le silence s'était déjà fait avant sa mort ; la Birgit qui buvait et finissait ivre mettait dans l'embarras les amis des deux sexes, et la gênait elle-même. Après sa mort, il avait envoyé des faire-part de décès, reçu des condoléances, des invitations, mais sans les avoir rendues, les amitiés s'étaient taries. Avant l'arrivée de Sigrun, elles ne lui avaient pas manqué. Maintenant il se demanda si et comment il pourrait les raviver. Ou bien devait-il essayer de nouer de nouvelles amitiés ? Comment faisait-on ça, à soixante et onze ans ?

Afin d'être un meilleur partenaire face à Sigrun, il chercha un café où il pourrait jouer aux échecs. Il en trouva un, mais le gérant lui expliqua qu'aujourd'hui les joueurs d'échecs ne se retrouvaient plus au café, mais sur Internet, et que donc il n'organisait plus qu'une soirée par semaine, le lundi. Kaspar y alla quelquefois, il gagna, il perdit. Il prit plaisir à consulter les manuels d'échecs qui se trouvaient dans le placard avec les échiquiers, les pièces et les pendules, et il en commanda un qui promettait de transformer des amateurs en grands maîtres. Il l'étudia chez lui et eut le sentiment d'en apprendre ainsi plus que dans les parties au café, pendant lesquelles il n'avait de toute façon pas entamé de conversation avec son adversaire.

Adhérer à un club de fitness et prendre des cours de Pilates ne l'aida pas non plus à établir des contacts. Pourtant, il n'abandonna pas ; il voulait être au niveau, au cas où Sigrun suggérerait à nouveau de longues randonnées. Ne voulant plus passer pour un bêta à côté d'elle pour faire à manger, il suivit un cours de cuisine pour débutants et, comme il avait évoqué d'aller passer avec elle une semaine à Venise, Florence ou Rome, il prit des cours de conversation à l'Université populaire, pour rafraîchir l'italien qu'il avait appris dans le temps avec Birgit. Au cours de cuisine il rencontra de jeunes hommes qui voulaient ou devaient être à la hauteur de leurs femmes ou de leurs compagnes, et au cours d'italien de jeunes couples qui rêvaient d'une maison en Toscane ; là non plus, il ne lia aucun contact.

Mais sans cesse, en travaillant, en faisant du sport, en occupant ses soirées, il avait l'impression d'être en dehors de la réalité, comme si ce qui l'entourait était un décor en trompe-l'œil, comme s'il jouait un rôle et le jouait mal, et que les autres n'avaient qu'à le regarder pour le démasquer et le repousser. Il n'appartenait pas au monde. Il appartenait à Birgit morte. À Birgit morte qui était tournée vers lui avec sa joie de vivre et son affection, qui était étendue sur le canapé ou par terre et qu'il portait au lit, qui, lorsqu'il était assis sur le tabouret et la regardait, l'émouvait ; qu'il aimait. Mais elle était aussi la Birgit morte des carnets, de son écriture et non-écriture qu'elle lui avait tenues cachées, de sa recherche et non-recherche de Svenja qu'elle lui avait tenues cachées. Tant de choses qu'elle lui avait dissimulées, avec lesquelles elle l'avait trompé, dont elle l'avait privé ! Il comprenait qu'elle était tout cela en même temps, il devait le voir et le reconstituer comme un ensemble. Mais s'il faisait cela elle devenait une construction, elle devenait elle aussi irréelle pour lui, et comme il n'appartenait pas au monde il n'appartenait pas non plus à Birgit morte. Il n'appartenait à rien, nulle part.

Réelle, la semaine avec Sigrun l'avait été. Sigrun l'avait réellement étonné, effrayé, provoqué. Là, pas de décor en trompe-l'œil ni de jeu de rôle. Avec Sigrun, est-ce que ce qu'il avait fait et dit avait eu un effet ? En tout cas c'était réel. Dans cette réalité, qu'il eût laissé ou non une empreinte, il voulait rester en elle. Il voulait aussi trouver un accès à Svenja. De toute façon, il devait lui demander s'il pouvait parler d'elle à Raul et si elle voulait rendre visite à Paula avec lui. Il devait lui trouver le bon cadeau de Noël ou de la Julfest. Il devait en trouver un pour Sigrun. Oui, il sonnerait le 25 décembre à Lohmen, et dès que la porte s'ouvrirait il parlerait du bel usage d'hospitalité de la Julfest, il remercierait pour l'accueil et ne laisserait pas d'occasion à Björn de l'envoyer promener.

26

Il sonna à la porte le 18 décembre. Il avait lu qu'en général la Julfest n'attendait pas le 25 mais se fêtait dès le 21, et il avait eu peur qu'en dépit du bel usage il soit perçu comme un intrus. Une visite quelques jours avant lui parut plus sûre.

Svenja vint ouvrir, en tablier de cuisine et les mains couvertes de farine, elle dit « Ah, c'est toi », retourna dans la cuisine et Kaspar la suivit. Elle avait commencé à étaler la pâte sur la table avec un rouleau et elle continua jusqu'à ce que cela ressemble un peu à la France, un carré approximatif avec des tracés tortueux de côtes et de frontières. Elle mit de côté le rouleau, appuya ses bras sur la table et le regarda. « Qu'est-ce que tu veux ? »

Il avait les larmes aux yeux. Des années plus tôt, un samedi de l'Avent, Birgit avait fait de petits biscuits de Noël et la pâte étalée l'avait fait penser à la France et il l'avait dit, et Birgit avait ri. Il l'avait aidée à graisser la plaque de cuisson, à découper les biscuits, à les disposer sur la plaque, à mettre celle-ci au four. Il avait été heureux. Il ne savait pas que cette cuisson n'avait été pour Birgit qu'un caprice, exceptionnel et unique, il y avait vu une promesse qu'elle fêterait à l'avenir avec lui ce Noël auquel il tenait. Pour elle cette fête ne signifiait rien, elle ne voulait pas de sapin, ni de bougies, ni de cadeaux, et encore moins l'accompagner à l'église. Autant cela lui avait fait de la peine, autant il avait aimé la préparation des biscuits. Il l'aimait avec ce tablier, ses mains et ses bras nus enfarinés, la rougeur de son visage et son regard concentré. Elle s'était laissé prendre dans ses bras, avait ri de cette soudaine embrassade et de la farine qu'elle lui avait mise sur la figure.

Kaspar se sentit mal à l'aise. « Je suis désolé. C'est que… » – et son geste engloba en même temps Svenja, la table, la pâte, le four – « cela me rappelle Birgit faisant des biscuits. Avec un tablier et de la farine sur les mains.

— Je lui ressemble ?

— Les cheveux et les yeux noirs. La bouche – dès que je vous ai vue la première fois, vous étiez à la porte avec votre mari, votre bouche m'a rappelé Birgit. Et quand vous serrez les lèvres…

— Aucune importance. » Il l'avait vexée. « Si tu veux recommencer à me vouvoyer, c'est ton affaire. J'en reste au *tu*. Qu'est-ce que tu veux ?

— J'ai un cadeau pour Sigrun et un pour vous deux. Elle est là ?

— Ils sont sur la route, partis chercher une pièce détachée. Tu peux laisser tes affaires ici. »

Svenja se tourna pour prendre une boîte en fer, la posa sur la table, en tira une étoile en fer-blanc et se mit à découper des biscuits. Attendait-elle qu'il tire ses cadeaux de son sac, qu'il les dépose sur une chaise et qu'il s'en aille ? Il posa le sac, s'approcha de la table, prit dans la boîte un emporte-pièce et se mit à découper lui aussi. Il avait saisi le premier emporte-pièce qui lui était tombé sous les doigts, et ce n'est qu'alors qu'il s'avisa que c'était une croix gammée, avec des branches qui n'étaient pas angulaires mais arrondies, presque une croix dans un cercle. Svenja ne dit rien. Lorsque Kaspar posa la croix gammée et prit dans la boîte un coq, elle rit tout bas. Au bout d'un moment, elle passa à un autre emporte-pièce, et il fit de même, et plus tard ils changèrent encore tous les deux. Puis elle alla chercher deux plaques de cuisson, les graissa, et ils y disposèrent les biscuits découpés, étoiles, soleils, cœurs, coqs, lapins, sapins et croix gammées. Il s'assit et la regarda glisser les plaques dans le four, ramasser les restes de pâte en une boule qu'à nouveau elle aplatit au rouleau.

« Tu es une bonne pâtissière.

— Il ne faut pas avoir peur. Ni des ingrédients, ni de la pâte, ni des emporte-pièces.

— Comment t'es-tu retrouvée avec la croix gammée ?

— Cet emporte-pièce ? La roue solaire est arrivée avec les autres formes. » Elle s'aperçut que la question de Kaspar visait plus loin. « Tu penses que j'ai honte de la croix gammée ? » Elle se redressa et toisa Kaspar haut. « Ma première, je l'ai peinte en 1988 sur le mur de la Maison de la culture. J'en suis fière. Nous étions les seuls à ne pas jouer le jeu des autres. Le jeu où le socialisme est pour la paix et n'exploite personne et aime les gens et que nous sommes tous unis, le Parti et les bourgeois libéraux et les chrétiens et les Églises, tous ceux qui sont de bonne volonté. Comme j'ai détesté ça, ce bavardage mensonger de l'héritage humaniste commun, ce prétexte pourri afin d'être dans le coup et de participer. Sans moi.

— C'est ça qui t'a envoyée à Torgau ?

— C'est mon père qui m'a mise à Torgau. Il ne savait pas ce que j'avais. Je ne le savais pas moi-même, au début. Il savait seulement que les choses pour moi tournaient autrement qu'il l'avait imaginé.

— Mais après la réunification, tu n'étais pourtant plus obligée d'être contre. Pourquoi…

— Pourquoi je suis restée chez les skins ? Démolir, enfin démolir ce qui m'a démolie. Les punks aussi ont fini par s'exprimer et participer. Ensuite les Vietnamiens sont sortis de leur trou, et les Asiates se sont répandus, et vous nous avez envoyé les Arabes. Eux ou nous, et quand on veut se débarrasser de quelqu'un, il faut lui faire peur, quoi d'autre ? Écraser les tiques. Et quelquefois, foutre le feu. »

Elle avait les yeux à demi fermés et les lèvres serrées, comme prête à empoigner et à frapper, mais en même temps, avec son rouleau à la main, elle rappelait à Kaspar ces femmes des caricatures qui guettent leurs maris infidèles derrière la porte, et il ne put s'empêcher de rire.

« Qu'est-ce qui te fait rire ? »

Kaspar montra le rouleau, Svenja le vit aussi et ne put s'empêcher de rire, elle le brandit au-dessus de sa tête et le posa sur la table, puis s'assit en face de Kaspar.

« Voilà comment c'était.

— Pourquoi n'êtes-vous… pourquoi tu n'en fais plus partie ?

— Au four c'est vite cuit. Tu voudrais un chocolat chaud avec des biscuits sortant du four ? Je n'ai que deux plaques, et pour faire une deuxième fournée je dois attendre que la première soit cuite. »

Elle se leva et trouva à s'occuper. Kaspar resta muet. Il ne voulait pas que sa question reste sans réponse. En outre, il y avait la bonne odeur qui emplissait la pièce, l'odeur du four, de l'enfance, de la tranquillité douillette, pour Kaspar non seulement une odeur nostalgique, mais une odeur de tristesse laissée par une émotion qu'avaient eue Birgit et lui une seule fois, et jamais plus. Mais pourquoi, au fond ? Il aurait pu se mettre à préparer des petits biscuits, et l'entraîner par cette odeur à en confectionner avec lui. Pourquoi n'en avait-il rien fait ? À nouveau lui vinrent des pleurs, qu'il essuya sur sa joue lorsque Svenja revint vers la table avec du chocolat fumant et une assiette de petits biscuits.

« Je t'en prie. »

Fallait-il qu'il mange pour qu'elle reprenne son récit ? Sinon, allait-elle se vexer et se fermer ? Il prit la croix gammée et la posa à côté de son gobelet. Elle sourit. Comprenait-elle ce qui se passait en lui ?

« Un jour ça a été fini avec les skins. Déjà avant, on pouvait voir que ce serait bientôt fini. Quand tu as du travail, que tu es marié et avec un enfant, tu vois le monde autrement. Quand Björn est arrivé, beaucoup avaient déjà laissé tomber ou allaient le faire. Ceux qui restaient, il n'y avait rien à en tirer. Björn a essayé, mais ça n'a pas marché. Ça n'a marché qu'avec moi. »

En regardant Kaspar, elle continua :

« Je me piquais. J'étais maigre, décharnée et laide, et je ne sais pas ce que Björn a vu en moi. Mais il l'a vu. Il m'a voulue, pour lui, pour une famille, pour la ferme. Pour la vie sur notre sol et avec les nôtres, pour l'ordre et pour la communauté. »

Hochant la tête, elle ajouta :

« J'aurais aimé avoir beaucoup d'enfants. Mais quand nous aurons la ferme, nous trouverons un mari pour Sigrun et la ferme, et c'est elle qui aura les enfants. »

Kaspar eut des doutes : Sigrun se laisserait-elle manœuvrer ? Il ne dit rien. Il ne demanda pas non plus pourquoi il fallait que ce soient cet ordre et cette communauté ; sans doute était-ce pour elle la continuation logique des tiques à écraser et des voitures à brûler. Il était content qu'elle se soit confiée. Il ne voulut pas l'effrayer avec les nombreuses questions qu'il avait encore à poser. Il fallait qu'elle le revoie et lui parle à nouveau.

Ils découpèrent la deuxième fournée de petits biscuits et la mirent au four. Il lui donna les cadeaux, l'un des paquets contenant un lecteur de CD et quelques disques de piano pour Sigrun, l'autre avec un couteau de cuisine japonais pour Svenja et Björn. Svenja lui montra le piano dans la chambre de Sigrun et lui dit qu'elle jouait tous les jours.

Puis ils se retrouvèrent dans l'entrée. La nuit tombait, Svenja alluma, et soudain ils se virent clairement et précisément. Ils furent tous deux un peu embarrassés. Ils s'étaient confiés plus qu'ils ne l'auraient voulu.

« Je ne pleure pas toujours autant…, dit Kaspar en souriant. Un homme allemand…

— Rentre bien chez toi, homme allemand. »

Elle lui donna un baiser, comme à la fin d'une fête.

En allant à la voiture, Kaspar se rendit compte qu'il n'avait parlé à Svenja ni de Paula ni de Raul. Il hésita, se retourna vers la maison, vit la porte fermée et les fenêtres sans lumière, et secoua la tête. Il lui écrirait. Si elle ne répondait pas, c'est qu'il n'y aurait pas lieu de parler de Paula et de Raul.

27

Il écrivit encore au moment de Noël. Si peu de temps après sa visite, il ne voulait pas importuner Svenja avec sa lettre. Mais les journées étaient si calmes, il écrivait facilement, les jours qui venaient seraient consacrés à l'inventaire, et envoyer la lettre pouvait attendre.

Il rendit compte à Svenja de sa visite à Raul, de l'intérêt de celui-ci pour elle, et de Paula qui avait assisté à sa naissance, qui était venue à sa confirmation laïque, qui ayant à faire à Niesky l'avait cherchée des yeux en se posant des questions. Elle aimerait bien la revoir – Svenja consentirait-elle à y aller avec lui ?

Finalement, il posta la lettre début janvier. La réponse ne tarda pas, un e-mail à la librairie. Svenja ne voulait pas que son adresse soit communiquée à Raul. Mais elle voulait voir Paula. Pourrait-il, le mardi suivant, venir la prendre à neuf heures et la ramener à quatre heures ? Qu'il ne réponde pas à son e-mail s'il venait, elle serait prête, et s'il ne venait pas elle lui proposerait éventuellement un autre rendez-vous. C'était manifestement un arrangement derrière le dos de Björn – Kaspar ne voulut pas y attacher trop d'importance, et il s'estima heureux. Il expliqua à Paula que Svenja ne pouvait pas facilement s'éloigner de chez elle, et elle accepta de se rendre disponible pour le mardi suivant. Le cabinet serait ouvert, qu'il arrive avec Svenja en passant par le jardin jusqu'à la cuisine.

Kaspar fut ponctuel. À peine se fut-il arrêté devant la maison que Svenja en sortit et vint s'asseoir dans la voiture. Sans qu'elle ne dise rien non plus, il repartit immédiatement. Lorsqu'ils furent sortis du village, il lui expliqua où ils allaient, que le trajet prendrait une petite heure, qu'ils resteraient déjeuner chez Paula et qu'il les laisserait seules, si elle le souhaitait. Svenja approuva d'un hochement de tête, mais ne dit rien et resta laconique lorsqu'il tenta d'engager la conversation en lui demandant si elle avait le permis de conduire, si elle pensait parfois à un métier, autre que celui d'épouse et de mère, si elle aimait les livres et la musique. Ils ne parlèrent plus. Jusqu'à ce qu'elle dise :

« Pourquoi fais-tu tout ça ? »

Il voulut d'abord répliquer par « Tout ça, quoi ? » mais il savait de quoi elle parlait. Gagner un peu de temps – c'était inutile, elle n'insisterait pas. Finalement il répondit :

« J'ai voulu mener à terme ce que Birgit avait commencé. Ou plutôt ce qu'elle voulait commencer sans oser le faire. Elle voulait s'offrir à toi et te laisser le choix, quoi que tu veuilles faire de cette offre, et j'ai pensé que je pouvais en faire autant. »

Elle secoua la tête :

« Mais ce n'est pas ce que tu as fait. »

À nouveau elle resta longtemps muette, avant de reprendre :

« Tu ne t'es pas offert à moi, tu t'es imposé. Tu t'es imposé dans la vie de Björn et dans la mienne, et dans celle de Sigrun, surtout. Nous n'aurions pas dû jouer à ce jeu. Mais tu es habile, et Björn court après l'argent. Pas seulement Björn, nous voulons tous les deux de l'argent pour la ferme, mais Björn est pressé. Pourquoi ne nous as-tu pas laissés tranquilles ? Tu veux sauver nos âmes ? L'âme de Sigrun ?

— Que veux-tu que je te dise ? »

Cela ne méritait pas de réponse, et Svenja n'en donna pas.

« Je n'ai pas pu vous laisser. Toi non, parce que ta voix, ta bouche, tes yeux et tes cheveux noirs m'ont rappelé Birgit. Et le regard attentif de Sigrun lorsqu'elle était à la porte avec toi, et puis sa question : est-ce que j'étais son grand-père… J'aimerais avoir des enfants et des petits-enfants. J'aimerais avoir une fille, en laquelle je pourrais voir Birgit, et un fils, qui reprendrait peut-être la librairie, et maintenant, à Noël… s'ils étaient tous venus et que nous ayons chanté et joué et raconté… Sigrun est une fille assez spéciale. » Il ajouta en riant : « Je crois que je suis en train de m'attacher à elle. Parfois je pense qu'elle aussi.

— Je te le dis encore une fois. Si tu essayes de lui monter la tête contre ce que nous croyons, ce sera terminé. Qu'importe que tu l'aimes bien ou qu'elle t'aime bien ou que nous puissions avoir de l'argent de toi. Il ne s'agit pas de nous. Sigrun appartient à l'Allemagne, et je ne permettrai pas que tu l'arraches à l'Allemagne.

— Pourquoi ne peut-elle pas simplement découvrir le monde, le vôtre, le mien et tous les autres qui existent encore, et chercher sa place dans ce monde ? Pourquoi...

— Si le monde était juste. Si c'était un monde des peuples et des familles, de la communauté, de la correction et du travail. Alors elle pourrait chercher sa place, et elle la trouverait parce que, dans le monde juste, chaque place serait juste. Mais nous sommes encore très loin de là.

— Quand est-ce qu'on en sera là ? »

Il s'était permis de mettre un peu d'ironie dans sa question, il s'en voulut aussitôt et fut heureux qu'elle ne le sente pas.

« Nous ne verrons pas le monde nouveau. Nous pouvons seulement nous battre pour lui. Mais il viendra. »

Kaspar regarda Svenja de côté. Que son visage était dur. Alors que ses yeux pouvaient être si chaleureux, ses cheveux si doucement souples. Il songea aux différents visages de Birgit, comme ils l'effrayaient, comme ils le bouleversaient.

« Pourquoi ton visage devient-il si dur quand tu penses au monde nouveau ? Pourquoi Sigrun ne peut-elle pas devenir heureuse dans ce monde-ci, au lieu de devoir se battre pour un nouveau ?

— Je sais. Que le combat exige de la dureté et rend heureux, les deux à la fois, tu ne comprends pas ça. Vous avez oublié et désappris ça : le combat, le grand but et la victoire. Et la joie de la dureté. » Svenja eut un sourire. « Tu ne te bats même pas contre moi. Ce que je dis ne te va pas, mais tu n'y opposes rien, non, tu prends un air compréhensif, peut-être soucieux, peut-être triste. Si tu es comme ça avec Sigrun aussi, ça va. »

Kaspar était furieux, contre Svenja, contre lui-même et contre sa manière de ne pas pouvoir laisser libre cours à sa fureur et de la réprimer. Il conduisit sans plus rien dire et fut heureux qu'ils arrivent au bout de vingt minutes. Ils passèrent par le jardin, frappèrent à la porte de la cuisine, et Paula ouvrit, serra dans ses bras d'abord Svenja puis Kaspar. Encore à la porte, Svenja dit : « J'aimerais vous parler seule à seule. » Paula regarda Kaspar, qui approuva. Elle lui demanda de revenir à midi trente pour déjeuner, et il retourna à la voiture.

28

L'auberge À l'Unité Allemande était ouverte, mais il y faisait si froid qu'après avoir bu un café Kaspar repartit vers le parking forestier devant lequel ils étaient passés, laissa la voiture et se mit à marcher. Le ciel était gris, beaucoup des pins étaient malades, tout roussis, et l'air était si glacial que Kaspar, bien qu'il marchât énergiquement, ne se réchauffa pas. Mais on était mieux dehors qu'à l'auberge ou dans la voiture.

Tu ne te bats même pas contre moi – Kaspar trouvait cette remarque infâme. S'il s'était battu contre Svenja, il aurait risqué de rompre le contact, s'il ne se battait pas il était nécessairement ridiculisé comme faiblard. À moins que la remarque ne fût seulement bête ? Svenja ne pouvait-elle imaginer la contradiction qu'ouverte et bruyante ? Il n'avait qu'à en tenir compte. Il ne se battrait pas avec Sigrun, à la maison elle ne raconterait pas des disputes, et Svenja ne se ferait pas de souci. Il avait tenté autre chose et le ferait encore. Il devait faire vivre à Sigrun un autre monde et d'autres expériences que celles offertes par ses parents. Sa proposition d'un voyage au printemps n'avait pas semblé l'intéresser. Aurait-il dû proposer des destinations particulièrement attrayantes, Venise, Barcelone, Istanbul ?

Mais la remarque de Svenja était un hameçon, qu'elle plantait en lui et qui ne voulait pas partir. S'il ne combattait pas, ce n'était pas seulement une affaire de tactique. Il était incapable de se battre, de se mettre hors de lui, d'exploser, de devenir agressif. Il était capable de poursuivre un but avec opiniâtreté, de ne pas se laisser abattre par des résistances ou des revers, et de trouver le mot sévère pour un employé en faute. Mais combattre était autre chose. L'avait-il désappris ? Désappris durant ces années avec Birgit, où il avait eu peur de la perdre, où elle était sûre de lui, où il ne prenait aucune liberté et les lui laissait toutes, y compris celle de boire, où il réprimait sa propre douleur et sa colère ? Dans son amour pour elle, s'était-il rendu petit et faible ?

Avait-il été autre, auparavant ? Il se rappelait des bagarres dans la cour de l'école, une dispute avec sa mère où il avait fracassé une assiette et des discussions hargneuses avec son amie au sujet de présentations chez ses parents et au club de golf où se déroulait la vie sportive et sociale de la famille. Avec l'ami de sa sœur il s'était une fois fâché si violemment que, l'autre l'ayant poussé, il l'avait envoyé au tapis. À quel sujet ? Il ne le savait plus. Mais c'était vrai qu'il avait été autre, auparavant.

Et alors ? Il fut saisi d'une fierté arrogante de son amour pour Birgit et de sa vie avec elle. Il n'y avait là rien de petit, rien de faible. Et quand bien même ce serait la seule tactique à adopter dans la situation où il était, ne pas se battre contre Svenja ni contre Sigrun était la seule tactique judicieuse. Il s'y tiendrait et, grâce à elle, il réussirait.

Maintenant il prit plaisir à marcher dans la forêt, même si les pins n'étaient pas en meilleur état ni plus verts. Dans une friche se dressaient de jeunes feuillus, protégés des chevreuils par un grillage. Il se souvint des deux petits sapins que sa mère avait un jour rapportés de la forêt pour sa sœur et pour lui, et plantés dans le jardin. Celui pour sa sœur avait poussé bien droit, le sien plutôt en largeur, parce qu'un chevreuil en avait mangé la cime. Sa mère avait donné aux deux sapins de petits noms évoquant l'un la sveltesse agile de sa sœur, l'autre la lenteur grassouillette qu'il avait alors. Savoir si ces sapins étaient encore dans le jardin ? Quelle allure pouvaient-ils avoir ? Depuis que les parents s'étaient retirés dans un foyer pour personnes âgées qui dépendait de l'Église, il n'avait pas revu le jardin. Il s'étonnait que sa mère ait osé arracher dans la forêt deux petits sapins. En avait-on le droit, au début des années 1950 ? Comme on avait le droit de ramasser du bois mort ? Ils avaient aussi ramassé des orties, la mère, la tante, sa sœur et lui, et il se souvenait qu'on les cuisait comme des épinards, mais il ne s'en rappelait pas le goût. Là, il n'y avait pas d'orties, ni de mûres, ni de framboises, peut-être des champignons. Et il y avait par terre du bois pour plus d'un hiver.

Lui revint à l'esprit la promenade en forêt qu'avait faite avec lui son grand-père, au cours de laquelle il lui avait montré comment en hiver tout est déjà prêt pour l'été. Il avait ouvert avec un canif un bourgeon brun à l'extrémité d'une branche brune, et l'on y voyait les feuilles qui en été donneraient à la forêt sa splendeur de verdure, tout était déjà là, vert pâle, minuscule, replié l'un dans l'autre. Cela lui était apparu comme un miracle. Un instant il fut tenté de reproduire ce miracle, mais alors il redouta la coupure, la violence, la destruction.

Sa mère et son grand-père avaient été les personnes les plus importantes de son enfance. Son père s'occupait de la paroisse et non des enfants, et la tante qui vivait chez eux, veuve, sans enfants, réfugiée, était un peu dérangée depuis sa fuite, et pouvait aider au ménage, jouer au rami avec les enfants et faire des promenades, mais pas davantage. La mère posait sur la table des livres pour Kaspar, allait avec lui au théâtre, au concert et à l'opéra, et parlait avec lui de tout ce qui les intéressait tous les deux lorsqu'il fut plus grand et vécut davantage avec ses amis et amies, le contact devint plus rare, mais ne fut jamais rompu, jusqu'à son départ pour Berlin. Quand cette femme aux solides convictions religieuses et morales était d'une autre opinion que lui, elle ne tentait pas de le convertir à la sienne, elle la lui faisait connaître et lui laissait le choix d'en discuter avec elle ou d'y renoncer, mais c'était avec une telle autorité qu'il ne pouvait se dérober aux discussions. Le grand-père était différent ; il défendait avec combativité son point de vue sur l'histoire et le présent. Kaspar passait ses vacances d'été chez ses grands-parents, adorait les randonnées qu'ils faisaient ensemble et les récits sur l'histoire de l'Allemagne, et il avait recueilli suffisamment d'opinions du grand-père pour comprendre le monde de Svenja et de Björn. Mais sa mère, à sa façon précautionneuse, l'avait marqué plus fortement que le tonitruant grand-père, et pas seulement parce qu'elle lui consacrait plus de temps.

Le chemin conduisait à un lac. Peut-être Kaspar aurait-il pu le voir depuis longtemps à travers les troncs, peut-être avait-il rêvé. Soudain il s'étendit devant lui, d'une perfection effarante après la forêt malade. Il était aussi vaste que le Rhin dans le souvenir de Kaspar, se prolongeait par le côté dans une partie étroite dont Kaspar ne voyait pas la fin, un affluent ou une connexion à un autre lac et à un autre et encore un autre, et finalement jusqu'à la mer. Les arbres poussaient jusque sur la rive, et à un endroit s'étendait une petite plage de sable. L'eau était d'un gris mat et lisse, juste par endroits légèrement ondulée par le vent. Jusqu'à ce que soudain le lac brille comme du métal et, là où le vent passait sur lui, scintille à vous aveugler, alors Kaspar levait des yeux incrédules vers le ciel où le soleil perçait un instant les nuages.

Il arriva de bonne humeur au repas de midi, œufs à la sauce moutarde, pommes de terre et salade, et apprit que Paula et son mari prendraient au printemps pour la première fois quatre semaines de vacances et que leur fils les remplacerait au cabinet, qu'ils voulaient aller dans le Tyrol du Sud et en Italie du Nord, que Svenja n'était jamais allée à l'étranger et ne comprenait d'ailleurs pas ce qu'on allait y faire, qu'elle aurait préféré être déposée sur le seuil d'un orphelinat plutôt que d'être confiée à Leo et sa femme, mais qu'elle comprenait pourquoi Paula avait agi comme elle l'avait fait, qu'elle comprenait aussi Birgit et qu'elle était contente de ne pas l'avoir rencontrée, évitant ainsi de devoir choisir entre la gifler, l'embrasser ou lui tourner le dos.

« Comment c'était, chez les Weise ? La mère n'était-elle pas affectueuse, chaleureuse ? Le père était-il si terrible ? » Kaspar questionna Svenja pendant le trajet du retour.

« Peut-être. Peut-être qu'elle était affectueuse et chaleureuse. Mais elle était si faible que ça faisait pitié. Pour elle

Leo était Dieu, et quand Dieu donne c'est bien, et quand Dieu vous frappe c'est bien aussi. Si une fois elle avait pris ma défense… »

Elle détourna la tête, Kaspar se demanda si elle pleurait, puis elle baissa la vitre et fit entrer l'air froid dans la voiture.

Au bout d'un moment, la vitre étant remontée et l'atmosphère à nouveau réchauffée, il demanda :

« Je suppose que tu as voulu en apprendre davantage de Paula sur Birgit. Pourquoi ne me poses-tu pas de questions ?

— Mais qu'as-tu donc à me raconter ? Que tu l'as aimée ? Qu'elle fut pour toi une bonne épouse ? Ou que toi aussi elle t'a maltraité ? Suis-je censée me sentir alors plus proche de toi ? Ou suis-je censée comprendre qu'elle était pleine de contradictions avec lesquelles elle avait du mal, et pour cela lui pardonner ce qu'elle a fait ? » Elle secoua la tête. « Cela n'apporte rien. Je voulais savoir de Paula comment c'était à l'époque, les faits, les événements. » Elle eut un rire triste. « J'aurais bien eu besoin parfois d'une amie comme elle.

— Elle ne te repoussera pas si tu as besoin de ses conseils ou de son aide. »

Svenja se tourna vers Kaspar comme pour savoir s'il disait cela sérieusement, puis elle regarda à nouveau la route.

« Quand on s'est trouvés debout ensemble à la fête, ou quand on a fait des biscuits, nous nous sommes compris. Aujourd'hui tu es à nouveau très loin. Comme si tu ne me faisais pas confiance.

— Pourquoi devrais-je te faire confiance ? Parce que tu es mon père adoptif ? » Elle eut un rire moqueur. « Après le vrai père mauvais, le bon père adoptif ? Non. J'ai confiance en Björn. La communauté est bonne, elle donne et elle prend, comment ça pourrait être autrement, et tant que je donne je reçois. Björn me donne, à moi, que je puisse donner ou non. C'est ce qu'il a fait et il le fera toujours. J'ai confiance en lui, et il n'y a rien de plus, et je n'ai pas besoin de plus.

— Mais… » Il voulait dire que nous ne pouvons pas savoir de quoi l'autre est capable, que les êtres humains se développent et changent, l'enfant Sigrun en tout cas, mais aussi l'homme Björn, que confiance ne signifie pas certitude, que dans la certitude il y a toujours comme une avance de fonds. Il renonça. Pour la Svenja déçue et blessée par ses parents, qui auprès de Björn avait enfin trouvé la sécurité, cela sonnerait creux. « Ne fais pas le malin ! » – si elle ne le disait pas, elle le penserait.

Ils ne parlèrent plus jusqu'à Lohmen. Elle lui demanda de s'arrêter devant le panneau à l'entrée du village, et elle descendit en lui disant au revoir rapidement.

Quelques jours plus tard, Kaspar reçut une carte de Paula. Elle le remerciait de lui avoir amené Svenja. Depuis, elle avait beaucoup pensé à Birgit. Est-ce qu'il voudrait bien, cet été, revenir passer une soirée avec elle dans le jardin ? La carte postale montrait une fille, non pas *La belle chocolatière*, mais une fille distinguée en robe Renaissance, assise, se tenant bien droite, chevelure en bandeaux, le front haut, le regard perdu. Du peintre Joseph Cornell, dont Kaspar n'avait jamais entendu parler.

29

À nouveau Björn téléphona le matin et arriva avec Sigrun à cinq heures, à nouveau il parcourut l'appartement, s'assit à la table de cuisine, but une bière et interdit télévision, cigarettes, rouge à lèvres et piercing. Il annonça qu'il reviendrait chercher Sigrun le dimanche suivant, dimanche avant Pâques, et il partit.

« Il a oublié le cinéma et les jeans. » Sigrun le dit comme un reproche, comme si l'interdiction lui manquait.

« Peut-être voulait-il autoriser les deux ? Tu aimerais avoir un jean ? Et pour le cinéma ?

— Je veux voir Irmtraud. Je veux aller à Ravensbrück. Je veux aller à la librairie. Et est-ce que je peux retourner chez le professeur de piano ?

— Il sera content de te voir. Tous les matins à neuf heures. »

Avant même d'avoir défait son bagage, elle s'assit au piano et se mit à ce qu'elle voulait jouer à son professeur le lendemain. C'était un morceau facile des *Petits livres de notes,* elle le jouait plus lentement qu'il n'aurait fallu, mais sans faute, et Kaspar se rappela qu'au bout de quatre mois il avait beaucoup moins progressé qu'elle maintenant. Ses compliments l'encouragèrent à jouer un autre morceau, difficile, qu'elle avoua ne pas encore savoir vraiment et qu'elle dut reprendre trois fois. Kaspar était appuyé contre la porte et voyait son visage concentré, les sourcils froncés quand elle se trompait, le léger sourire quand elle exécutait sans faute un passage particulièrement difficile. La façon dont Sigrun faisait corps avec le clavier, se perdait dans la musique, ses boucles de cheveux rassemblées, son chemisier boutonné jusqu'en haut – l'image rappelait à Kaspar des tableaux de l'époque romantique ou Biedermeier. Quand quelqu'un vit ainsi avec la musique, on n'a pas à se faire de souci pour lui, se dit Kaspar, jusqu'à ce qu'il pense à Hans Frank, puis à Irma Grese, puis à la visite de Ravensbrück que, s'il ne pouvait pas l'éviter, au moins il repousserait.

« Que dirais-tu d'un voyage ? » demanda-t-il à Sigrun au dîner. Elle avait souhaité aller au restaurant italien où elle avait mangé lors de sa première visite, et où elle apprécia d'être accueillie comme une dame par le patron. Non, elle ne voulait pas partir en voyage. Ni pour Istanbul, ni pour Barcelone ou Venise, déjà parce qu'il faudrait prendre l'avion et qu'elle était contre l'avion. À cause de l'environnement. Et de toute façon, elle ne voulait pas rater une leçon de piano, elle voulait s'exercer, elle voulait mieux connaître Berlin, il restait à faire la randonnée à Kladow, et avec une journée à la librairie, une journée à Ravensbrück et un rendez-vous avec Irmtraud, la semaine serait déjà passée. « Et peut-être que nous irons encore au cinéma. »

Après lui avoir dit bonne nuit, il mit l'adagio de la sonate 29 de Beethoven. Il pensait qu'à la faveur de ce long mouvement tranquille, Sigrun se serait endormie. Mais lorsque l'adagio s'acheva, elle déboula par l'escalier : « C'était quoi ? Je peux le réécouter ? »

Il remit donc l'adagio, Sigrun resta assise sur le bord du canapé, les yeux fermés, le poing gauche serré dans la main droite, et absorba chaque note. Elle sentit que quelque chose devait faire suite à l'adagio, elle posa la main sur le bras de Kaspar lorsqu'il allait éteindre, et elle écouta encore le largo, toujours aussi attentive, mais détendue, et à plusieurs reprises elle sourit à Kaspar. Au pied de l'escalier, elle se retourna : « On pourra retourner au concert ? »

Kaspar aussi aurait posé la question, mais c'était mieux qu'elle le fasse. N'étant pas sûr que le voyage aurait lieu, il avait pris des places pour un concert avec du Mozart et du Beethoven à la Philharmonie, et pour la *Passion selon saint Matthieu* au Konzerthaus. Il était content des deux, et de la réintroduire dans la musique avant ces deux soirées. Elle n'aurait pas de difficulté avec le concerto pour piano de Mozart, ni avec la septième symphonie de Beethoven, après avoir entendu la quatrième symphonie de Brahms. Est-ce que, pour la *Passion selon saint Matthieu,* elle serait aidée par les *Petits livres de notes* ? Sigrun n'avait probablement jamais entendu de chant choral.

30

Lorsque Kaspar entra dans la cuisine le lundi matin, Sigrun avait fait le petit déjeuner, écouté les nouvelles et le bulletin météo, savait que le temps serait beau mardi et avait décidé qu'ils partiraient pour leur randonnée aussitôt après sa leçon de piano. Elle avait déjà, de Lohmen, pris rendez-vous avec Irmtraud pour le lundi après-midi. Elle avait aussi téléphoné à la librairie, demandé la collaboratrice qui avait le chat et l'avait priée d'apporter Lola mercredi. Kaspar hocha la tête, amusé. Sa petite-fille lui serait une bonne successeuse à la librairie.

« Tu viendras avec moi voir Irmtraud ?

— C'est ce que tu voudrais ?

— Oui », dit Sigrun et, remarquant son étonnement,

elle ajouta : «Je lui ai écrit que j'ai un grand-père, alors elle a voulu savoir comment tu es, et j'ai pensé que je t'emmènerais, tout simplement.»

Mais ce n'était pas seulement pour cela qu'elle voulait l'avoir auprès d'elle. Lorsque, dans l'après-midi, ils descendirent du métro à Kreuzberg et, quittant la grand-rue, s'engagèrent dans une petite rue latérale et de là dans un passage étroit devant des buvettes, des jeunes gens bruyants avec des bouteilles de bière vautrés sur deux canapés jaunes éventrés, des boutiques de brocante, une vieille femme avec une bouteille de schnaps assise au bord d'une entrée de voitures et parlant toute seule, un homme et une femme qui se criaient dessus, Kaspar vit à la mine de Sigrun que les bas-fonds de Berlin lui faisaient peur. La deuxième arrière-cour, les ordures et la saleté, les murs décrépis, les lambeaux de tapis dans l'escalier, tout ça l'angoissait. Elle fut soulagée quand, au cinquième étage, Irmtraud fut devant sa porte. Mais elle fut aussi visiblement effrayée ; elle ne l'avait encore jamais vue comme ça, en jean noir, t-shirt noir et casquette de base-ball noire.

Irmtraud les emmena dans la cuisine, prit trois bières dans le frigo et s'assit à table avec eux. Elle interrogea Sigrun sur des gens dont les noms ne disaient rien à Kaspar, sur des groupes, des réunions et des activités. Sigrun avait du respect pour Irmtraud, elle se donnait de la peine pour répondre de façon claire et précise, et elle buvait la bière, alors qu'elle n'aimait pas ça. Lorsque Irmtraud se mit à parler d'elle et de ses colocataires, Sigrun eut l'air fascinée. Les filles en avaient marre du bla-bla. Elles allaient dans la rue et se battaient, elles cherchaient l'affrontement avec les antifas et adoraient la confrontation avec la police.

Elles ne s'intéressaient pas aux bustes de Hitler et aux drapeaux à croix gammée, n'avaient rien à faire des autorités du NRD ou des Femmes allemandes, et ne se laissaient pas dicter par les hommes ce qu'elles devaient faire ou ne pas faire politiquement. Oui, des hommes elles étaient les bêtes noires. Mais Irmtraud trouvait qu'elle pouvait être une femme allemande et devenir une mère allemande, même si elle et les filles lançaient des bouteilles comme les mecs et forçaient les barrages des flics, et que les journalistes, qui écrivaient sur elles, rappelaient qu'elles avaient des noms et des adresses. « Je suis moi, je sais ce qu'est le nationalisme et ce qu'est le socialisme, je n'ai pas besoin de mecs pour m'expliquer la communauté du peuple et pour en faire partie.

— Tu continues tes études ?

— Oui. Et toi, ne pense surtout pas à partir de chez toi et à venir te planquer chez nous. Tu vas jusqu'au bac et ensuite tu feras des études. Nous devons avoir des partisanes politisées. Nous devons saper le système. La révolution nationale ne peut réussir que si elle vient de l'extérieur et de l'intérieur. » Soudain elle se tourna vers Kaspar : « Qu'est-ce que vous en dites ?

— Vous avez raison. Sigrun doit achever ses études secondaires. » Kaspar sourit à Sigrun. « Ensuite – elle a beaucoup de talents et une ferme volonté et elle réussira, de toute façon. »

Personne ne dit rien, Kaspar supposa qu'Irmtraud attendait de lui qu'il s'exprime sur la révolution nationale. Au lieu de cela, il demanda :

« Sigrun adorait la petite croix gammée en argent que vous avez comme piercing à l'oreille – je peux la voir ? »

Irmtraud rit et écarta ses cheveux de son oreille.

« Tu n'as pas le droit, Sigrun ? Tes parents ne te le permettent toujours pas ? Où en sont-ils ?

— Ils sont d'avis que dans mon oreille je devrais... »

Kaspar secoua la tête en riant, Sigrun rit aussi, et ils se séparèrent en riant.

31

Pendant la randonnée, Sigrun revint sur la visite chez Irmtraud. Ils étaient assis sur la terrasse de la Heilandskirche et étaient restés un moment sans parler ; Kaspar pensa que Sigrun était aussi ravie que lui par la vue sur les colonnes des arcades, le lac argenté scintillant au soleil et la jeune verdure de la forêt sur l'autre rive. Mais elle était préoccupée par son avenir.

« Je comprends que je dois aller jusqu'au bac. Mais pour autant je ne suis pas forcée de rester à Lohmen. Pourquoi ne puis-je pas habiter chez Irmtraud et aller en classe ici ?

— Parce que Irmtraud ne veut pas de toi dans la colocation. Pourquoi es-tu si pressée ?

— Je ne veux plus faire de la gym à la corde, jouer avec des cerceaux et chanter des chansons. Je veux combattre.

— Contre qui ?

— Contre le système. »

Kaspar ne sut que répondre. Puis il demanda :

« C'est quoi, le système ?

— C'est tout, justement. C'est que l'Allemagne n'appartient plus aux Allemands, que les étrangers s'en sortent mieux que les nôtres, que les Juifs et leur argent contrôlent tout, qu'il y a tant de musulmans et de mosquées.

— Il y a une mosquée, chez vous ?

— Non, mais il y avait le stand de kebab, et Père dit que si les musulmans restent ils construisent des mosquées et que bientôt il n'y aura plus de cloches d'église et qu'on entendra crier le type, le…

— Muezzin ?

— Oui. On ne va pas à l'église, mais on n'a pas besoin d'y aller pour chérir notre culture occidentale et les églises et les cloches.

— À quelle distance se trouve la mosquée la plus proche ?

— Je ne sais pas.

— Connais-tu des étrangers qui s'en sortent mieux que les Allemands ?

— Chez les types du kebab il en arrivait quelquefois un avec une Mercedes, une grosse Mercedes neuve, aussi un étranger. Je sais qu'il y a aussi des Allemands qui ont de grosses voitures, mais tu sais bien ce que je veux dire.

— Non, Sigrun, je ne sais pas ce que tu veux dire. Je ne vois pas que les étrangers s'en sortent mieux que les Allemands, et tu ne le vois pas non plus. Où vois-tu des Juifs qui contrôlent tout avec leur argent ?

— Ils se cachent, dit Père.

— Là encore, tu ne les vois pas. Comment sais-tu qu'ils existent ?

— Parce qu'il y a le mensonge de l'Holocauste. S'il n'y avait pas les Juifs, qui profitent de l'Holocauste, il n'y aurait pas ce mensonge.

— Pourquoi auraient-ils besoin de ce mensonge, si de toute façon ils contrôlent tout avec leur argent ?

— Pour qu'on se sente mal et qu'on ne se défende pas. Alors que nous n'avons pas à nous sentir mal. Les Allemands ne font pas une chose pareille. Peut-être qu'ils ont un peu bousculé et emprisonné les Juifs. Peut-être que certains sont morts – à la guerre, des gens meurent. Mais c'est tout. »

Kaspar sentait comme Sigrun était fière de répondre à chacune de ses questions, de parer chaque objection. Il était fatigué. Cette fille qui s'échauffait, son ignorance, sa prétention hors d'atteinte et son propre désarroi dans ce dialogue l'avaient fatigué. Que lui dire, comment l'atteindre ?

« Il y a des choses pour lesquelles tu es forcée de te fier à d'autres. Quand tu es malade, le médecin en sait plus que toi, et quand ta voiture tombe en panne, le mécanicien. Mais ne te fie pas aux autres quand tu peux toi-même accéder aux faits. Rencontre des étrangers, des musulmans et des Juifs, avant de porter des jugements sur eux. Du reste, tu en connais déjà un.

— Un Juif ?

— Ton professeur de piano vient d'Égypte. Ses parents étaient monarchistes et se sont enfuis avec lui lorsque le roi a été détrôné. » Kaspar eut un petit rire. « Peut-être est-il musulman, je ne lui ai pas posé la question. Tu peux l'interroger, et si c'est oui et qu'il va à la mosquée, tu pourras lui demander une fois de t'y emmener.

— Tu veux dire, à la mosquée ?

— Pourquoi pas ?

— Je ne sais pas. »

Elle dit cela en hésitant, comme si tout d'un coup il y avait beaucoup de choses qu'elle ne savait pas : si elle poserait la question à son professeur, si elle irait avec lui à la mosquée, si elle rencontrerait des étrangers, des musulmans et des Juifs, si elle examinerait et méditerait ce qu'elle croyait aller de soi. Elle remit la gourde dans son sac à dos. « On y va ? »

32

Kaspar s'était imaginé que la semaine de printemps avec Sigrun se déroulerait comme celle de l'automne. Mais ce ne fut pas le cas. Sigrun prit possession de l'appartement et des affaires de Kaspar, fit le petit déjeuner, la cuisine, s'exerça au piano, alla volontiers à la librairie et joua avec Lola ; Sigrun et lui entreprirent beaucoup de choses ensemble et conclurent la plupart des soirées par un « bonne nuit » de sa part dans la chambre et un morceau de musique : tout cela fut inchangé. Mais Kaspar sentit une tension qu'il n'avait pas ressentie pendant la semaine d'automne. Il eut le sentiment qu'après avoir entamé avec lui un combat qu'il ne comprenait pas, elle avait calculé de se ménager une position de prédominance qu'elle entendait à présent imposer.

L'insistance qu'elle mettait dans ses souhaits pour organiser les journées, les achats et la cuisine lui parut d'abord être un jeu amusant. Puis il eut l'impression que pour elle c'était plus que cela : un jeu polémique. Elle le forçait aussi, à propos de l'histoire et de la politique, à des discussions qu'il trouvait stériles et qu'il aurait préféré éviter.

Ils avaient beaucoup apprécié le concert. Sigrun était enthousiasmée par la virtuosité du pianiste dans le concerto de Mozart, c'était comme cela qu'elle voulait savoir jouer, et lorsque Kaspar, après lui avoir souhaité bonne nuit, mit une des variations de Schumann sur le thème du deuxième mouvement de la symphonie, elle redescendit de sa chambre, voulut entendre toutes les variations et à nouveau resta assise, les yeux fermés, sur le bord du canapé.

« Tu crois que je pourrai faire ça un jour ? »

Kaspar hocha la tête, grogna un acquiescement, et elle lui posa un baiser sur la tête avant de monter.

Au petit déjeuner, le lendemain matin, elle dit :

« Tous les grands compositeurs étaient allemands, n'est-ce pas ? Bach, Beethoven, Brahms, Mozart, Schumann, tous ceux que nous avons écoutés.

— Ceux que nous avons écoutés étaient allemands. Il y en a encore bien d'autres, et bien d'autres qui n'étaient pas allemands. Pourquoi est-ce important ?

— Je pense que c'est pour ça que j'aime la musique. C'est ma musique.

— Ta musique ?

— La musique allemande. Je sais que tu trouves que tous… »

Kaspar s'impatienta.

« La musique allemande pour des gens allemands ?

— Tu te moques de moi. Mais la musique allemande… »

Kaspar se leva.

« Viens avec moi. Assieds-toi sur le canapé. Je vais te faire entendre de la musique, et tu me diras si c'est de la musique allemande ou étrangère. » Il regarda l'heure. « Je sais qu'à neuf heures tu as ta leçon de piano. J'appellerai un taxi, ça nous laisse trois quarts d'heure. Tu me diras d'abord si le morceau te plaît, ensuite si le compositeur est un Allemand ou un étranger. »

Elle avait une trop bonne oreille pour ne pas aimer Chopin, Dvořák, Grieg et Elgar, elle ne trouva comme étrangers que Tchaïkovski avec Bruckner et Wagner, et reconnut, ce qui le réconcilia presque avec elle, une *Suite française* comme étant de Bach.

« Avec les musiques allemandes et étrangères, ça n'a rien donné. Tu ne les as pas reconnues, et cela ne marche pas non plus comme ça. Que de la musique, de l'art et des livres soient allemands ou pas, c'est égal. Le tout est de savoir s'ils sont bons ou mauvais. »

Sigrun ne dit rien et resta muette aussi pendant le trajet, Kaspar ne sut si c'était par acquiescement honteux ou par entêtement. Avant que le taxi ne s'arrête devant la maison du professeur de piano, Kaspar dit :

« Tu as reconnu Bach. Tu as une oreille pour la musique, Sigrun, et des mains pour le piano. Tu as quelque chose de particulier, quelque chose de précieux – laisse la politique en dehors de ça. »

Après la leçon de piano elle arriva dans la librairie et, avant même d'avoir cherché Lola, elle voulut parler à Kaspar.

« Je dois toujours penser ce que tu penses. En musique… peut-être qu'en musique tu as raison. Mais maintenant lis ce que je vais te dire. J'ai apporté *La vérité sur le journal d'Anne Frank.* Ce soir je te donnerai le livre. »

Sigrun avait cousu et rembourré une chose que Kaspar voyait comme une simple petite balle grise, mais Lola comme une souris ; elle l'avait attachée à une ficelle et faisait courir Lola à sa poursuite, la laissait la saisir, la lui reprenait et la faisait à nouveau courir après. Lola finit par se lasser du jeu, voulut déguerpir, mais Sigrun, assise par terre, la saisit, la plaqua sur ses genoux et la caressa jusqu'à ce qu'elle s'abandonne à son destin et s'endorme. Lorsque Kaspar regarda Sigrun, elle lui adressa un sourire de bonheur. Le soir, ses mains égratignées lui piquèrent ; Kaspar la soigna à l'eau de toilette. Lorsque dans sa chambre il lui souhaita bonne nuit, elle lui donna *La vérité sur le journal d'Anne Frank.*

Kaspar mit du Haydn, un mouvement lent et ennuyeux d'une sonate pour piano. Il ne fallait pas que Sigrun dévale à nouveau l'escalier par enthousiasme musical. Il ouvrit à la cuisine une bouteille de vin rouge, emporta verre et bouteille, s'assit sur le canapé. Il faisait frais et il étendit sur lui la couverture qui était là pliée. C'est là que s'installait toujours Birgit, pensa-t-il, dans ce coin du canapé, sous la couverture, avec le verre et la bouteille sur la petite table à côté d'elle. Comment se serait-elle comportée avec Sigrun ? Comment aurait-elle réagi à sa vision des choses ?

Pas du tout. Birgit ne se serait pas laissé prendre par Sigrun. Elle était capable de ça : tenir les gens à distance, se mettre à distance d'eux, rompre avec eux. Elle se serait offerte à Svenja et Sigrun comme elle en avait l'intention, aurait constaté que cela ne pouvait pas marcher entre elles, et aurait retiré son offre. Peut-être se serait-elle laissé un peu de temps avant de le constater, afin que le roman ne s'arrête pas de façon abrupte. La lecture de *La vérité sur le journal d'Anne Frank*, elle se la serait épargnée.

Kaspar soupira, prit le livre et le lut. Il y était dit que le style du *Journal* n'était pas celui d'une petite fille, que l'avant-propos était un texte du père d'Anne Frank, que l'original enfin présenté était de plusieurs écritures différentes et en partie au stylo à bille, qui n'avait existé qu'à partir de 1951. Que les différences de graphie se remarquaient au premier coup d'œil, que celle au stylo à bille avait été identifiée par l'Office fédéral de police criminelle, que les manipulations de l'original avaient été avouées par le père. La vérité était flagrante. Elle était étouffée parce que le *Journal* était une grosse affaire, faisant partie de l'industrie de l'Holocauste. Et parce qu'il s'agissait de présenter les Allemands comme coupables, de les faire se sentir coupables et de les rabaisser.

Non, se dit Kaspar, il n'allait pas examiner le livre point par point avec Sigrun et lui démontrer à nouveau que ce qu'elle avait entendu et lu et à quoi elle avait cru était faux. Il se leva, se mit à son ordinateur, trouva une publication de la Fondation Anne Frank sur les mensonges répandus sur le *Journal*, et il l'imprima. Puis il posa tout sur la table de la cuisine : le livre de Sigrun, la publication de la fondation et le *Journal* lui-même.

33

Mais Sigrun ne trouva pas cela délicat, elle trouva cela humiliant.

« Tu te crois trop au-dessus de moi pour parler du livre avec moi. Tu me balances ça ici, dit-elle en brandissant les feuilles imprimées, et je suis censée lire ça et la fermer ? » Comme il arrivait dans la cuisine, elle l'attaqua avant qu'il puisse lui dire bonjour.

Kaspar leva les mains pour la calmer. « Tu…

— Tu ne dois pas dire “tu”, tu dois me prendre au sérieux. Tu dois m'écouter et parler avec moi. Je t'ai donné un livre qui montre que l'affaire du *Journal* est un mensonge. As-tu quelque chose à en dire ? As-tu même lu ce livre ? »

Kaspar s'assit. « Sigrun, Sigrun. Bien sûr que j'ai lu ce

livre. J'ai pensé que, plutôt que de m'entendre le dire, tu préférerais lire ce qui est faux dans ce livre. Nous pourrons en parler quand tu l'auras lu, ou au lieu que tu le lises. Nous pourrons le faire juste après ta leçon de piano. Je ne me crois pas au-dessus…

— Bon, juste après la leçon de piano », dit-elle en l'interrompant, et elle leur versa le café, s'assit et décapita son œuf. Elle resta muette pendant le petit déjeuner, et Kaspar eut pitié de l'homme avec qui elle vivrait un jour et qu'elle punirait par son silence. Avant de partir à sa leçon de piano, elle dit, tête baissée comme si elle parlait non à Kaspar mais à la table ou à elle-même : « Comme je ne pourrai pas venir avant longtemps, il dit que ce serait bien que je prenne un cours de deux heures samedi. Si ça te convient…

— Ça me fait plaisir. Il croit en toi.

— Il veut qu'on établisse un programme pour bien m'exercer quand je serai seule.

— Tes parents te laissent t'exercer autant que tu veux ?

— Tu penses que mes parents n'ont aucune culture ? Qu'ils ne savent pas que faire du piano c'est important ?

— Il pourrait y avoir trop à faire, trop d'aide à leur apporter.

— Il faut que j'y aille. »

Kaspar comprit que Sigrun n'était pas dans un jeu de pouvoir contre lui. Elle se sentait attaquée, elle et son monde et ses parents et leurs opinions, et elle voulait s'affirmer. Le mieux aurait été de le convaincre de ce qu'elle croyait. Cela ne marchait pas. Alors elle voulait au moins ne pas perdre ce à quoi elle croyait. Son sentiment lui disait qu'elle avait raison, même si elle n'avait pas d'arguments. Mais elle était futée et savait qu'il faut des arguments.

À son retour de la leçon de piano, il lui expliqua comment avait été établi le manuscrit d'Anne Frank, les interventions du père et leurs raisons, la reconstitution de la version originale, l'expertise positive de l'Office fédéral de police criminelle, les traces de stylo à bille, les pages trouvées ultérieurement, les procès intentés – tout ce que récusait le livre de Sigrun trouvait son explication et sa validité.

« Je ne sais pas, dit-elle en secouant la tête. Je vais m'entraîner. »

Elle s'exerça au piano jusque dans l'après-midi, et Kaspar comprit pourquoi. Quand elle eut fini, elle eut faim, alla seule faire des courses et fit la cuisine également seule. À quatre heures et demie le repas était sur la table, boulettes de Königsberg avec pommes de terre et salade, et après avoir été félicitée pour ses talents de cuisinière et de pianiste elle redevint loquace, raconta les cours de musique à l'école et ce qu'elle avait envie d'y apprendre, mais qu'elle devrait trouver dans un livre que son professeur lui avait donné à emporter. Ensuite elle lui demanda si, après le repas, ils pourraient jouer aux échecs. Ils savaient tous les deux qu'elle voulait gagner, enfin gagner à nouveau.

« Je me suis amélioré. J'ai étudié avec un manuel d'échecs.

— Bien », dit-elle, certaine qu'elle le battrait tout de même, et d'ailleurs elle le battit tout de même. Mais il avait fait des progrès, elle dut réfléchir plus longuement, et à la deuxième partie il finit par l'emporter. Dans la troisième partie il fit des erreurs bêtes, l'une après l'autre. « Tu es fatigué, lui dit-elle, on rejouera quand tu auras les idées claires. Les deux premières parties étaient vraiment amusantes. » Elle était contente d'être la meilleure, de pouvoir le féliciter et de le voir heureux d'être félicité par elle.

« Ferons-nous un voyage cet été ? Si tu ne veux pas prendre l'avion, en train ou en voiture ? En train-couchettes, nous pouvons être en une nuit en Italie ou en France, et par bateau en Norvège, en Suède ou en Finlande.

— Pour que je connaisse des pays et des gens étrangers ?

— Nous pouvons aussi aller sur la côte de la mer du Nord ou de la Baltique, ou en montagne.

— Je vais y réfléchir. »

Elle se leva.

« Je suis contente que tu veuilles faire un voyage avec moi. Mais demain nous allons à Ravensbrück. »

34

Sigrun n'eut pas envie de parler pendant le trajet, et cela convint à Kaspar. Elle avait choisi des CD à emporter, les sonates pour piano de Beethoven ; ils les écoutèrent l'une après l'autre, jusqu'à ce que, à Fürstenberg, après la cinquième, elle coupe la musique et déclare à Kaspar qu'à Ravensbrück elle voulait qu'ils aillent chacun de son côté et se retrouvent après. « Je sais que tu voudras tout m'expliquer. Ou que tu te tiendras à côté de moi et attendras ce que je penserai et dirai. Je préfère être seule. »

Ils garèrent la voiture, prirent un plan à l'entrée et convinrent qu'ils visiteraient elle d'abord la cité des SS et lui la Kommandantur et l'emplacement du camp, et qu'ensuite ils inverseraient. Il la regarda s'éloigner vers la maison où avaient logé les surveillantes et où il y avait à présent une exposition sur elles ; elle marchait droite et la tête haute, comme Irma Grese au tribunal et au pied du gibet.

Il visita l'une après l'autre les pièces de la Kommandantur, lut les textes, regarda les rares photos et objets exposés, apprit comment le camp avait été créé et s'était développé, les détenues, la vie quotidienne du camp, les SS, la section des malades, la mortalité massive, la dissolution et la libération du camp. Il s'arrêta constamment devant les tablettes avec photos et brèves biographies des détenues venant d'Allemagne et d'Europe, et s'attarda longuement devant le registre ouvert où étaient proprement inscrites les nouvelles arrivantes, ligne par ligne. Chacune de ces femmes était un monde qui était né avec elle et mort avec elle – Kaspar se souvint de la phrase de Heine et ne put presque plus supporter cette exposition, l'exposition, les crimes, la destruction, la dévastation. Puis il arriva dans la pièce où étaient décrites les expérimentations médicales et chirurgicales sur les détenues, et à l'horreur devant ce qu'avaient fait les médecins s'ajouta la peur de ce que penserait et dirait Sigrun. Qu'après tout il ne s'agissait que de mieux traiter les blessures infectées des soldats allemands ?

Il sortit de la Kommandantur et se trouva devant le vaste terrain où ne se dressaient plus que quelques bâtiments d'exploitation sur la gauche, et à droite la prison. Les baraques en bois, pourries, délabrées et devenues inutilisables, avaient été démolies depuis longtemps. Mais en suivant l'unique allée principale du camp, bordée entretemps de vieux arbres hauts, il discerna, marqué dans le ballast, le tracé horizontal des baraques, et sur le plan il vit qu'à gauche, à droite et au-delà des arbres, au bout du vaste terrain, l'alignement soigneux des baraques s'était encore prolongé. Il s'arrêta. Des baraques, à perte de vue des baraques, et parmi tout cela les détenues, les gardiennes, les chiens.

Au bout d'un moment il se rendit compte qu'il regardait le sol à ses pieds. Il ne voulait pas rester plus longtemps, il alla jusqu'au monument commémoratif et s'assit sur les marches au bord du lac. Sur l'autre rive, l'église et les maisons de Fürstenberg étaient au soleil. Était-ce un réconfort ou un supplice d'avoir, depuis les cellules de la prison, la vue sur la ville au bord du lac, où la vie allait son cours ? Ou bien la vie dans le camp n'était-elle nullement ressentie comme une constante exception calamiteuse, mais aussi comme une vie qui aurait suivi son cours ? Il pensa aux dessins et aux petits travaux d'art qui avaient été réalisés dans le camp, le petit lapin qu'une détenue avait affectueusement taillé dans le bois pour la victime d'une expérimentation médicale, ou le mouchoir brodé. Comment y étaient-elles arrivées : à s'affirmer, à prendre soin de soi, à combattre pour soi sans devenir un porc auquel les autres sont indifférents ? Ravensbrück était un camp de femmes – les femmes sont-elles plus solidaires que les hommes ?

« Tu es là ! » Elle s'assit à côté de lui. « C'était intéressant. Les gardiennes sont les méchantes et les détenues les gentilles – évidemment. Mais si tu écoutes et regardes mieux, tu t'aperçois que ce n'était pas comme ça. C'étaient des criminelles, elles vivaient de vols, d'escroqueries et de prostitution, elles refusaient de travailler, elles étaient du côté des ennemis ou même en faisaient partie. Comment voudrait-on que les gardiennes se soient imposées face à elles sans être rigoureuses et dures ? Regarde leurs visages – elles ont de bonnes têtes. Et le nombre de jeunes ! » Elle secoua la tête. « Je ne sais pas si dans trois ans... Irma Grese avait dix-huit ans quand elle a commencé ici. »

Kaspar ne voulait pas parler des gardiennes. Il ne voulait pas non plus voir l'exposition qui leur était consacrée.

Plus que tout il aurait voulu rester assis sur ces marches. Pourrait-il ôter ses chaussures et mettre ses pieds dans l'eau ? Serait-ce manquer de respect aux femmes qui avaient souffert et étaient mortes ici ? Cela l'aurait aidé à y voir à nouveau clair. Comment devait-il parler à Sigrun ?

Il se leva. « À plus tard. »

Sigrun le regarda avec étonnement, ne comprenant pas qu'il ne dise rien et s'en aille. « Qu'est-ce qu'il y a ?

— Le commandant a instauré pour les femmes la séquestration dans le noir et la bastonnade. Il a fait exécuter des malades et des handicapées. Il a la tête d'un gentil facteur soucieux de distribuer ses lettres en temps voulu. » Il secoua la tête. « De bonnes têtes ! »

Mais Sigrun avait raison. Sur les visages des gardiennes la cruauté ne se voyait pas, et lors de leurs excursions elles étaient aussi gaies et insouciantes que des jeunes femmes en balade. Beaucoup avaient été ouvrières, de milieux pauvres, s'étaient portées candidates en raison du bon salaire ou des conditions de travail, ou avaient été recrutées d'office, et commençaient, à ce que décrivaient des détenues, par se montrer peut-être amicales, mais étaient bientôt aussi insensibles et impitoyables que les autres. Kaspar pouvait se représenter tout cela. Mais certaines avaient refusé d'obéir aux ordres – où avaient-elles pris cette lucidité, cette force, ce courage ?

À l'étage, on voyait des tentatives de création artistique au sujet du camp, vidéos, installations d'étoffes, de textes, de sonorisations. Kaspar passa d'une pièce à l'autre, descendit l'escalier et sortit dans la chaude après-midi. Le parking était en face, la voiture se trouvait à l'ombre et Kaspar s'y assit. Il se tint là et n'aurait pu dire depuis combien de temps, lorsque Sigrun frappa à la vitre et monta.

35

Kaspar était trop épuisé pour parler. Épuisé non par ce qu'il avait vu, mais par ce qu'il n'avait pas vu et qu'il avait complété dans sa tête et illustré. L'immense terrain, le ballast noirâtre, les vieux arbres hauts, la Kommandantur et les bâtiments d'exploitation, les maisons des SS – en fait ce n'était pas terrible. Ce n'était devenu terrible qu'à partir du moment où Kaspar s'était représenté sur le terrain l'alignement des baraques, serrées les unes contre les autres, puis sur les chemins les détenues affaiblies, fatiguées, maigres, les gardiennes, leurs chiens de berger, leurs cris, leur brutalité, dans les baraques les lits à trois étages, l'étroitesse, la puanteur. Du Ravensbrück d'aujourd'hui, il avait reconstitué le Ravensbrück d'alors. Cela avait été du travail, un travail épuisant, et c'est épuisé et muet qu'il reprit la route. Naturellement, il voulait savoir ce que Sigrun avait vu et pensé. Mais il n'était pas encore capable de le lui demander et de parler avec elle.

Puis ce fut elle qui demanda : « Pourquoi prends-tu toujours le parti des autres ?

— Je ne prends…

— Si, tu prends toujours le parti des autres. Qu'il s'agisse des étrangers, des Juifs, de la musique, d'Anne Frank et de l'Holocauste – c'est toujours les autres et jamais nous.

— Ah, Sigrun, il ne s'agit pourtant pas de prendre le parti de quelqu'un. Il s'agit de faits. Les étrangers ne s'en sortent pas mieux, et les Juifs n'ont pas davantage d'argent, et en musique tu as…

— Ce que nous venons de voir, tout ça ne peut pas être vrai. Les gens mentent, et les photographies peuvent mentir, et qu'ici il soit arrivé ceci ou cela, c'est facile à dire. Il suffit de coller une pancarte sur la porte. Père a raison. L'Holocauste est une invention ultérieure, et je sais maintenant combien il est facile d'inventer quelque chose après coup. »

Ils dépassèrent quelques maisons, franchirent une pièce d'eau et replongèrent dans la forêt. Le ciel s'était assombri, d'un noir d'orage, et pour un moment Kaspar oublia Sigrun et se réjouit d'avance de l'orage, le premier de l'année, le messager de l'été. Quelques minutes après, des gouttes frappèrent le pare-brise, bientôt il plut à flots; Kaspar s'engagea sur un chemin forestier et arrêta la voiture. La pluie crépitait sur le toit et inondait les vitres, et de la route et de la forêt on n'entendait ni ne voyait plus rien. Il aurait bien aimé fumer une cigarette, ce qu'il n'avait plus fait depuis des décennies. Il aurait bien aimé aussi prendre une gorgée d'une flasque, de whisky ou de cognac, bien que d'habitude il ne bût rien de fort. Il avait besoin de se faire dorloter ou, mieux encore, de se laisser dorloter. Puis il eut honte de songer, après Ravensbrück, à être dorloté. Sigrun, assise à côté de lui, regardait ses mains au creux de son ventre.

« Il y a trop de témoins, victimes et bourreaux, trop de documents, trop de traces. Tout cela a été inventorié, la dépossession des Juifs, leur acheminement vers les camps, leur assassinat dans les camps. La Reichsbahn a comptabilisé leurs trajets, l'usine qui produisait le Zyklon a noté ses livraisons et celle qui fabriquait les fours a documenté leur construction. Le commandant d'Auschwitz a écrit ses souvenirs et décrit ce qui s'y passait. Tu penses que tout cela ce sont les inventions de ceux qui ne nous aiment pas, nous Allemands. Sur ce sujet, des milliers de scientifiques, allemands aussi bien qu'étrangers, ont poursuivi des recherches, et si les Allemands avaient trouvé quelque chose d'autre, de meilleur, et pouvaient en faire état, ils le feraient. Qui inventerait des crimes aussi épouvantables commis par son propre peuple et se souillerait ainsi soi-même, sa famille et ses amis ? Peut-être en existe-t-il un exemple, mais pas des milliers. Moi… Je ne peux pas te dire comme je serais heureux si l'Holocauste n'avait pas eu lieu. Mais il a eu lieu. Et tu dois apprendre à vivre avec le fait qu'il a eu lieu, toi aussi. »

Sigrun ne disait rien. Elle continuait à regarder son ventre en nouant et dénouant ses doigts. Elle finit par dire :

« Mais pourquoi faut-il qu'on le rappelle tant, qu'on en parle tant ? Ça ne se fait pas. Les autres n'en parlent pas, de leurs sales histoires.

— Les sales petites histoires, les autres les oublient, peut-être même qu'on les oublie soi-même et qu'il n'y a pas lieu de se les rappeler et d'en parler. Les sales histoires à grande échelle… Si tu as tué quelqu'un, que tous les autres le savent et que tu fais comme si ça n'existait pas et que tu n'avais rien fait, les autres ne veulent plus rien avoir à faire avec toi. Tu es bel et bien obligé d'assumer ce que tu as fait, et de montrer aux autres que tu t'en veux, que tu as compris la leçon et que tu ne le referas pas. Alors ils t'acceptent à nouveau parmi eux.

— Je ne crois pas que je puisse parler de ça à mon père.

— Et à ta mère ?

— Ça ne l'intéresse pas. Elle dit que l'Holocauste est un truc des gens de l'Ouest et que nous avons d'autres soucis : le pays, la ferme, la vraie vie. Je crois que pour les

Nationalistes autonomes cela n'a pas non plus réellement d'importance. C'est un peu comme avec les drapeaux à croix gammée et les bustes de Hitler.

— Alors tout va bien. Alors tu peux quand même être une bonne nationaliste et une bonne socialiste.

— Tu te moques de moi ?

— Non, Sigrun. J'ai pensé qu'il n'y avait pas de national-socialisme sans persécution et anéantissement des Juifs, et je me suis demandé si tu ne dissociais pas trop facilement l'un de l'autre. Mais on peut les dissocier. »

Il faisait plus clair et la pluie faiblissait, Kaspar demanda : « On repart ? »

Sigrun haussa les épaules. « C'est toi qui conduis. Pourquoi me poser la question ? »

Ils repartirent. Lorsqu'ils sortirent de la forêt, les nuages s'étaient déchirés et le soleil jetait un faisceau de rayons sur un village au loin.

« Mais je peux quand même être fière d'être allemande. »

Kaspar à nouveau tourna dans un chemin et stoppa.

« Je ne sais pas. Je trouve qu'on ne peut être fier que de quelque chose qu'on a fait. Mais peut-être qu'on peut aussi voir les choses autrement. »

Il montra du doigt le paysage de collines, les champs, le bois et le village sur lequel tombait le soleil, et un autre village dans un creux, dont on ne voyait que le clocher et quelques toits. Le soleil était déjà bas, cela allait donner un magnifique crépuscule.

« J'aime mon pays, je suis heureux de parler sa langue, de connaître les gens, que ce pays me soit familier. Je n'ai pas besoin d'être fier d'être un Allemand, il me suffit d'en être heureux. »

Ils regardaient tous deux le tableau qui s'offrait à eux.

Kaspar baissa la vitre ; il aurait bien aimé entendre les cloches d'une église, elles auraient été assorties au tableau, mais elles ne sonnèrent pas.

« Veux-tu encore savoir si tu es obligée d'aimer les Juifs ? Tu n'es obligée d'aimer personne. Je ne sais pas du tout en quoi ça consiste d'aimer les Allemands ou les Juifs ou les Français. Mais je ne vois pas non plus ce que l'on gagnerait à ne pas aimer les Allemands ou les Juifs ou les Français. Il y a partout des gens aimables et désagréables, et si l'on n'aime pas les Français, c'est compliqué de les trouver aimables par la suite. »

Il redémarra. « Ai-je trop parlé ? » Il n'attendit pas la réponse et il continua. « J'aurais bien aimé avoir des enfants, et j'aurais bien aimé leur expliquer le monde ou ce que je sais de lui. Je t'explique aussi volontiers ce que je sais. Mais je me suis promis de ne pas t'imposer de discours, et ça ne changera pas. »

Sigrun lui assura que c'était bien comme ça. Mais quand et comment il devait dire quelque chose sur les points de vue de Sigrun, et surtout s'il devait parler peu ou beaucoup, la question l'occupa jusqu'à ce qu'ils arrivent chez eux. Plutôt trop que peu ? Plutôt peu que trop ? Quand un événement ou une émotion l'y inviterait, ou seulement quand Sigrun engagerait la conversation ?

36

L'après-midi du dimanche, il n'avait toujours pas trouvé la solution. La leçon de piano du samedi matin n'avait pas duré deux heures, mais trois, à quatre heures et demie ils partirent écouter la *Passion selon saint Matthieu*, et auparavant Kaspar expliqua à Sigrun l'histoire de la Passion, dont elle n'avait jamais entendu parler.

Il eut peur qu'elle s'ennuie. Mais elle écouta même les récitatifs avec attention. « Je n'ai jamais rien entendu de pareil », chuchota-t-elle à Kaspar plusieurs fois, mais aussi « ça, je ne comprends pas », quand elle suivait dans le programme les paroles des arias, et il eut du mal, sur le chemin du retour, à lui expliquer le lyrisme religieux de Bach. Les chorales lui plurent particulièrement, elle voulut savoir à quoi cela rimait, et il lui expliqua que, comme elle et les siens avaient chanté à leur fête, les chrétiens chantaient aussi. En allant lui souhaiter bonne nuit, il s'assit sur le bord du lit.

« Tu vas me manquer, Sigrun. Tu es une gentille petite-fille. »

Elle lui sourit. « C'est bien, chez toi. Même s'il faut toujours que ce soit ta vérité et que la mienne soit interdite.

— Il n'y a qu'une vérité. Elle n'appartient ni à moi ni à toi. Elle est simplement là. Comme le soleil et la lune. Et comme la lune elle n'est parfois visible qu'à moitié et elle est pourtant ronde et belle.

— Ronde et belle ?

— C'est le vers d'un lied :

> *Voyez-vous la lune se tenir au loin ?*
> *On ne peut la voir qu'à moitié,*
> *elle est pourtant ronde et belle.*
> *Telles sont certes bien des choses*
> *dont nous nous rions sans crainte,*
> *parce que nos yeux ne les voient pas.*

« Que dois-je te faire écouter ? Bach, Mozart ? Tu t'y connais, maintenant.

— Quelque chose de nouveau. Mais pour piano. »

Il mit du Satie. Est-ce qu'elle redescendrait et voudrait en écouter davantage ? Il guetta ses pas dans l'escalier. Elle ne vint pas, ne lança pas non plus « c'était beau » ou « c'était quoi ? » ou « bonne nuit », et il ferma doucement la porte.

Mais lorsque, le dimanche matin, il arrêta son rasoir électrique, il entendit de la musique, lointaine et faible, et en se dirigeant vers la cuisine il nota que Sigrun avait mis du Satie. Elle était assise à table, ses mains devant elle comme si elle était au piano.

« Satie était français.

— Ne te moque pas de moi. J'ai regardé dans ton dictionnaire, il avait des ancêtres normands. Je n'ai jamais dit que seuls les Allemands savaient composer. Il y a toujours des exceptions, Père dit : même chez les Juifs.

— Même chez...

— Il y a de bons musiciens, artistes et scientifiques juifs. Père dit qu'il serait bête de vouloir le nier. Mais les musiciens juifs jouent ce que d'autres ont composé. Les Juifs exploitent toujours ce que d'autres ont composé. C'est comme ça qu'ils deviennent riches. Ils ne sont pas vraiment originaux.

— D'où ton père tient-il cela ? Connaît-il tant de Juifs ?

— Je ne sais pas combien il en connaît. Chez nous je crois qu'il n'y en a pas. Mais les Polonais sont différents de nous, et les Français et les Anglais aussi, pourquoi les Juifs devraient-ils être comme nous ?

— Ton père connaît-il autant d'Anglais...

— Toi avec ton "connaît-il". Toi non plus, tu ne sais

pas que ce que tu connais personnellement. Il y a bien des choses qu'on sait, c'est tout. Que les Anglais sont bons commerçants, que les Français sont doués pour la mode et la nourriture, et que les Polonais sont fiers et voleurs.

— Mon Dieu ! » Kaspar se sentit désemparé. Comment faire pour démolir cette montagne de ressentiments ? Il faudrait envoyer Sigrun passer un an dans une école en Angleterre. Lui parler d'Anglais illustres et non pas commerçants, comme ce qu'il pourrait lui raconter sur les Français, les Polonais et les Juifs, cela ne pèserait pas contre son père. Il avait pensé que la musique allemande et les compositeurs allemands étaient une affaire réglée, mais voilà qu'ils revenaient déjà – avec l'exception de Satie.

« Aurais-tu envie de passer un an à l'étranger en allant à l'école ? En Angleterre, au Canada ou en Amérique ? Il y a des programmes pour ça. »

Sigrun le regarda d'un air effaré. « Je ne suis pas bonne en anglais. Je ne suis jamais partie si loin. Les parents... » Elle ne savait comment continuer. « Que diraient les parents ? Que deviendraient-ils sans moi... ? Je serais seule ? »

Kaspar lui expliqua qu'elle vivrait dans une famille d'accueil, une famille avec des enfants, et que dans un monde où l'on ne parlerait qu'anglais elle le parlerait bientôt elle aussi. « Réfléchis-y, tout simplement. Si ça te fait envie, nous pourrons en parler à tes parents.

— Mais pas aujourd'hui. Ce n'est pas bien, quand Père est surpris. » Elle réfléchit, secoua la tête et regarda Kaspar d'un air incrédule. « Tu penses qu'ils me prendraient ? Pourquoi le feraient-ils ? Je ne suis pas la meilleure, je crois que les enseignants ne m'aiment pas et qu'ils n'écriraient rien de bon sur moi. Ça coûte de l'argent ? » Elle n'attendit pas la réponse, continua à réfléchir, puis son visage s'illumina. « Ce serait formidable. Une année dans le monde. Tout serait nouveau, dit-elle en riant, moi aussi. »

Elle voulait sortir. Tant qu'elle voudrait sortir, il voulait espérer. En été elle reviendrait, il partirait en voyage avec elle, lui montrerait un morceau du monde et lui ôterait quelques ressentiments. Et il voulait espérer, tant qu'elle jouait du piano. Il ne voulait pas se pencher sur le fait que Hans Frank avait joué du piano dans la citadelle de Cracovie. Elle avait un sens de la musique, elle avait semblé comprendre l'absurdité de son idée des compositeurs allemands et de la musique allemande, et elle la comprendrait à nouveau. Lorsqu'il alla la voir dans sa chambre pendant qu'elle faisait son bagage, il glissa le CD de Satie dans sa valise.

37

Cette fois, elle laissa quelque chose derrière elle. Exprès ? Par mégarde ? Vu la minutie avec laquelle à nouveau elle avait tout rangé, il ne put imaginer qu'elle ne l'avait pas fait exprès, et il s'en réjouit. Sur la table était posée sa bague d'argent avec le motif celtique en torsade.

Ils n'étaient pas convenus d'une destination pour les vacances d'été. Sigrun ne voulait pas prendre l'avion, mais elle avait envie de voir quelque chose du monde et en outre de jouer du piano, de lire, de randonner et de nager. « Cherche quelque chose, toi, Grand-père », avait-elle conclu.

Kaspar posa des questions dans la librairie. Monde, piano, lecture, randonnée, natation – vers où ces critères allaient-ils mener les collaborateurs et collaboratrices qu'il consultait ? Vers la Méditerranée, mais il eut peur que la durée du trajet en voiture soit excessive pour Sigrun, sensible au bilan carbone. Il trouva une location de vacances avec piano au bord du lac des Quatre-Cantons. Elle n'était pas bon marché, mais il s'était habitué à emprunter à la caisse d'épargne et avait déjà augmenté le montant à 100 000 à l'occasion du deuxième virement à Björn. Celui-ci déposerait Sigrun le dernier dimanche de juillet. Ils passeraient les premiers jours de vacances à Berlin, puis trois journées en voyage, ensuite deux semaines au bord du lac, puis deux jours pour le voyage de retour. En Suisse elle verrait une petite partie du monde et comment quatre ethnies différentes faisaient bon ménage – peut-être que cela l'impressionnerait. À l'aller, il lui montrerait Heidelberg et Strasbourg.

Il lut tout ce qu'il put trouver sur les extrêmes droites, les nazis et les néonazis, le NPD et l'AfD, les Nationalistes autonomes, les Identitaires, les Artamans, les *Völkisch*, leurs colonies et leurs zones nationalistes délivrées, leurs organisations féminines et de jeunesse. Ce fut une lecture déprimante ; il n'avait pas soupçonné l'ampleur de leur prolifération, la mobilité de leur adaptation aux courants contemporains, la force de l'appui qu'ils trouvaient dans la classe moyenne, ni la présence, dans leurs organisations de jeunesse, d'enfants de médecins et d'avocats, d'enseignants et d'universitaires. En cherchant de la littérature non pas sur les extrêmes droites mais en provenant, il constata avec étonnement que ni la Centrale fédérale pour l'éducation politique ni l'Office de protection de la constitution ne les collectaient. La seule institution à s'y intéresser était une petite initiative antifasciste à Kreuzberg. Son fonds était aléatoire et lacunaire. Les publications de la jeunesse et pour la jeunesse contenaient des articles sur des rassemblements et des voyages, souvent vers la Prusse-Orientale, la Poméranie et la Silésie, des réflexions sur le Reich comme histoire et comme mission, la vie comme prise de risque, la jeunesse des ligues et l'État organique, des poèmes sur le peuple et sur la terre, des recommandations de livres et de films d'extrême droite. Sans cesse il s'agissait de vivre la communauté et en même temps de refuser les autres, les étrangers qui n'en font pas partie. La société se devait-elle d'offrir à la jeunesse une expérience positive de communauté ? Qu'aurait-il pu proposer à Sigrun comme meilleure perspective que ses camps, ses aventures, sa combativité, sa responsabilité de cheftaine ? Non parce qu'il pensait que Sigrun pourrait les rejoindre, mais pour savoir s'il en existait encore, il chercha sur Internet s'il y avait des scouts à Güstrow et il n'en trouva pas.

Il avait tenté de comprendre comment il pourrait élargir et ouvrir l'horizon intellectuel de Sigrun, et il n'en savait pas plus qu'avant. Il n'y avait pas d'astuce ni de truc qui permît de l'atteindre. Il ne pouvait que parler avec elle. Si elle voulait bien parler avec lui. Sans cesse il repensait à leur dernière conversation sur la musique et se sentait découragé. Elle avait écouté, elle s'était rendu compte qu'à l'oreille elle ne distinguait pas la musique allemande, ils étaient convenus qu'en matière de musique il ne s'agit pas de savoir si c'est allemand ou pas, et quelques jours plus tard c'était à nouveau les compositeurs allemands qui comptaient, et Satie était une exception. Lui revint à l'esprit le chien de Pavlov qui, après avoir reçu longtemps sa pitance au son d'une cloche, se mettait finalement aussi à saliver quand la cloche sonnait sans qu'on le nourrisse. On pouvait le déshabituer de ce conditionnement. Mais il suffisait qu'on lui donne une fois à manger au son de la cloche pour qu'il retrouve ce conditionnement, et aussi fort qu'avant.

38

« Les parents ne voient pas d'un bon œil que je passe trois semaines chez toi. »

Après que Björn l'eut déposée et eut dit au revoir, et pas seulement avec sa brièveté habituelle mais avec une brutalité insultante, Sigrun voulut expliquer le comportement de son père.

« Depuis quelque temps ils n'aiment pas non plus que je joue du piano. Ils ne font pas de musique et ne connaissent personne qui en fasse. Si c'était du tambour, de la cornemuse ou du luth, mais du piano ? Ils ne me l'interdisent pas. Quand ils entendent que je m'exerce, Maman ou Père arrive et veut que je vienne aider, au jardin ou au poulailler ou du côté des outils. Généralement je joue en mettant le casque et ils ne peuvent pas m'entendre, mais parfois j'ai envie d'avoir la musique dans la pièce. » Elle regardait Kaspar en fronçant les sourcils ; elle comprenait qu'au piano elle devenait étrangère à ses parents, et aussi que Kaspar, en annonçant leur voyage, avait irrité son père, pour qui ce n'étaient pas seulement des vacances mais aussi l'entrée dans un monde autre et étranger. « Si tu n'avais pas dit avoir prévu le voyage en voiture à cause de moi, parce que je ne veux pas prendre l'avion, il l'aurait interdit. Il a vu que cela me faisait plaisir et il n'a pas voulu me décevoir.

— Il y a autre chose ?

— Qu'ils n'aiment pas ? Les livres que j'ai empruntés à la bibliothèque municipale de Güstrow, des livres sur la guerre et sur les Juifs et le *Journal d'Anne Frank*. Ils pensent que je ne les lis qu'à cause de toi. Et que c'est toi qui m'as donné l'idée idiote d'une année à l'étranger. Ce qui est vrai. » Elle secoua la tête. « Ils ne t'aiment pas, je veux dire toi dans ma vie, sinon tu leur es indifférent. Ils ont besoin de l'argent, mais ils se sentent mal de l'accepter. Comme s'ils se laissaient acheter par toi.

— Puis-je faire quelque chose pour qu'ils aient avec moi des rapports normaux ? »

Sigrun sourit tristement. « Il faudrait que tu deviennes l'un d'entre nous. »

Elle tira des partitions de sa valise, ne déballa rien d'autre, ne s'installa pas, alla s'asseoir au piano et joua jusqu'au soir. Avant de jouer du Bach, elle s'exerça avec enthousiasme à des études de Czerny, que Kaspar avait pratiquées aussi jadis, sans enthousiasme. Sigrun était meilleure au bout de six mois qu'il ne l'avait été en trois ans. En outre elle avait avec sa pratique un rapport autonome qu'il n'avait pas eu et qu'il admirait. À la fin de son dernier séjour, ce n'était pas lui qui avait mis les partitions dans sa valise. Elle s'en était occupée elle-même.

Elle s'était aussi fait donner par son professeur de piano son numéro de téléphone, l'avait appelé de Lohmen et était d'elle-même convenue avec lui d'une leçon de deux heures pour le lendemain matin après son arrivée à Berlin.

Elle en revint avec des partitions pour les vacances. Des livres pour les vacances, elle en trouva dans la bibliothèque de Kaspar et à la librairie, où elle n'avait plus besoin d'être invitée, mais savait qu'elle pouvait prendre ce qu'elle voulait, à la seule condition de le signaler à la caisse. Kaspar fut heureux de son choix : de sa bibliothèque les romans policiers de Dürrenmatt et des nouvelles de Stefan Zweig, et de la librairie une histoire de la Suisse, une biographie de Bach et une de Mozart, et deux romans américains qu'il ne connaissait pas, mais que sa collaboratrice valida d'un hochement de tête.

La veille du départ, elle laissa échapper qu'elle voudrait bien un maillot de bain. Elle en avait un, acheté naguère par sa mère, trop grand à l'époque, il fallait encore qu'elle grandisse, maintenant trop petit, gris et blanc avec le bas taillé dans une seule pièce. Elle ne voulait pas se montrer avec ça. Ils allèrent dans la grande rue commerçante, trouvèrent un maillot vert qui plut à Sigrun, et en achetèrent un second, ce qui fit rire Sigrun, parce qu'on avait enseigné à Kaspar enfant qu'en sortant de l'eau il ne fallait pas s'asseoir ou s'étendre en gardant un maillot mouillé, mais en mettre un sec. La soirée d'été était chaude, la rue animée, ils marchaient d'un bon pas en riant de confettis publicitaires qui leur pleuvaient dessus. Soudain ils entendirent crier un « Non ! » et virent devant eux trois hommes qui embêtaient une jeune femme. Kaspar cria « Laissez cette femme tranquille ! » et reçut un coup dans le ventre. Il tomba. Les trois hommes s'éloignèrent et les gens firent un petit écart pour éviter Kaspar et passer leur chemin comme si de rien n'était. Sauf Sigrun, qui rattrapa l'agresseur et l'interpella. Kaspar ne comprit pas ce qu'elle disait ; il se releva, cela faisait mal, il vit comment la petite

Sigrun invectivait le gros type, il eut peur pour elle et fut soulagé quand, au lieu de la frapper, il l'écarta et repartit.

Sigrun voulut qu'il s'appuie sur elle, mais il dit « Ça va aller », et en effet, la douleur s'atténuait. Mais la colère augmentait – qu'il ait pu se faire frapper et humilier ainsi, qu'il n'ait pas su se défendre. Si l'agressivité de ces hommes s'était portée sur Sigrun, il n'aurait pas pu la protéger non plus. C'est donc comme ça qu'on se sentait, pensa-t-il, quand on est à la merci de quelqu'un, soi-même, sa femme ou sa fille ? Impuissant, et la colère ne détruit pas l'autre, elle vous déchiquette vous.

« Qu'as-tu dit à cet homme ?

— Qu'il devrait avoir honte. Il porte Thor-Steinar et s'en prend à une jeune femme et frappe un vieil homme. Pardon pour le "vieil homme". Que nous sommes les meilleurs, enfin, lui ai-je dit, pas les plus mauvais.

— Tu as pensé, à cause du motif, qu'il était des vôtres ?

— Oui, c'est ce que j'ai pensé.

— Mais ?

— Ah, laisse-moi. »

39

Kaspar avait compté sept heures pour aller jusqu'à Heidelberg, mais à cause d'un accident et d'un bouchon, ils en mirent neuf. Sigrun commença par dormir, ensuite ils écoutèrent cinq heures durant *Les aventures de Tom Sawyer*, et finalement Sigrun voulut savoir si c'était justifié ou pas d'afficher ses convictions par son habillement. Il lui raconta les amish et ils parlèrent des religieuses, des moines et des soldats, de la kippa des hommes juifs et du hidjab des femmes musulmanes. Ce qui l'intéressait véritablement, c'était si l'attitude devait correspondre à l'habit, si la musulmane au hidjab avait à être une bonne musulmane et le juif à kippa un bon juif. L'agression de l'homme au t-shirt Thor-Steinar continuait à la préoccuper. Elle voulut se rassurer en pensant que les juifs devaient faire aussi leurs sales coups en gardant leur kippa, mais cela ne la rassura pas vraiment.

À Heidelberg, la fatigue ne l'empêcha pas de vouloir aussitôt découvrir la ville. Elle fut ravie par son site au bord du fleuve avec le vieux pont et le château majestueux, par les ruelles étroites, les places, par le raidillon jusqu'à la terrasse du château, d'où ils virent le soleil se coucher à l'ouest dans une lumière splendide. Ce fut ainsi tout au long du voyage. Sigrun, devant tout ce qui était beau, prenait un plaisir spontané et sans restriction, sans cet air supérieur et dédaigneux qu'affichent volontiers les adolescents, sans non plus en vouloir aux Français parce que Strasbourg était en France, ni aux Bâlois d'avoir pris parti pour les Français dans la guerre de 1870-1871 et de leur avoir érigé un monument. Elle fut enthousiasmée par la cathédrale de Strasbourg et par celle de Bâle, par le bac traversant le Rhin et la vue qu'on a depuis le pont du Quai à Zurich sur le lac, et Kaspar en fut heureux.

Elle fut enthousiasmée aussi par le logement qu'il avait loué. Il était situé, au-dessus du lac des Quatre-Cantons, dans un immeuble de six appartements, avec un grand jardin et, à son extrémité, un étroit passage donnant sur le lac. Deux appartements seulement étaient occupés, tous les deux par des couples d'Américains un peu âgés; les autres étaient en vente et avaient parfois des visiteurs. Kaspar et Sigrun avaient le jardin et le rivage pour eux.

Kaspar avait espéré que des camarades ou compagnes de jeux se trouveraient dans l'immeuble et, pour offrir de la compagnie à Sigrun, il voulut le premier jour qu'ils aillent à la piscine publique. Elle refusa. Disant qu'elle n'avait pas besoin d'autres enfants. Qu'elle en avait suffisamment déjà dans son village. Faire du piano, s'étendre au bord de l'eau, lire, nager, prendre la voiture pour faire des achats à Lucerne, cuisiner le soir, après dîner jouer aux échecs ou à Othello : elle appréciait tout cela et semblait ne manquer de rien. Quand Kaspar proposait des excursions, elle était partante, et elle fut heureuse de traverser le lac en bateau, d'aller voir le monument et la chapelle dédiés à Guillaume Tell, de randonner sur le Rigi. Ils firent en voiture un voyage de deux jours à Lausanne, en bateau jusqu'à Genève d'où, après une courte journée, ils revinrent en train et auto : elle accepta tout avec joie, le lac, les vignobles, les localités, la fontaine et les bâtiments somptueux, et elle s'étonna de la coexistence pacifiquc entre germanophones et francophones. Mais après cela elle retrouvait volontiers l'appartement au bord du lac et elle ne ressentit pas le besoin d'aller visiter l'un des lieux dont lui parlait l'histoire de la Suisse.

Ce fut uniquement à Genève que Kaspar et Sigrun parlèrent politique. Face au Palais des Nations elle parla fièrement de la sortie de Hitler de la SDN comme étant le début de la libération de l'Allemagnc, brisant ainsi les liens humiliants du traité de Versailles. Pas à pas il avait rendu l'Allemagne à nouveau forte et grande ; elle connaissait l'histoire du rétablissement du service militaire, de l'invasion de la Rhénanie démilitarisée et de l'annexion de l'Autriche. Le rappel de Kaspar disant que Hitler avait commencé une guerre qu'il ne pouvait pas gagner, et qu'il avait effectivement perdue, ne la dérangea pas; tout cela il l'avait fait pour l'Allemagne comme doit le faire tout Allemand, il avait joué une grosse mise et perdu d'autant, mais toute partie était suivie d'une revanche. Lorsque Kaspar lui demanda si elle voulait effectivement faire une nouvelle guerre, quels territoires elle voulait reprendre et ce qu'on devait faire de leurs habitants, elle devint hésitante, et Kaspar n'alla pas plus loin. Elle resta un moment silencieuse, Kaspar ne sut si elle était déçue par lui ou par elle-même, parce qu'il refusait de partager son opinion ou parce qu'elle était incapable de la lui faire adopter. Mais alors Hitler et l'Allemagne grande et forte étaient déjà oubliés.

Il fallut plus de temps à Kaspar qu'à Sigrun pour s'adapter à ces vacances ensemble et pour se détendre. Les premiers jours, il se faisait constamment du souci : est-ce que Sigrun se sentait bien ? Était-elle trop isolée ? Est-ce qu'elle s'ennuyait ? Faisait-elle autant de piano par plaisir ou par désespoir parce qu'il ne se passait rien ? Est-ce que ce qu'il lui offrait était suffisant ? Puis il se rappela les vacances d'enfance qu'il passait chez ses grands-parents. Il n'avait pas souffert non plus de ne pas jouer avec d'autres enfants, il avait aussi été heureux d'avoir davantage de temps pour lire, et cela lui avait fait du bien que les grands-parents se tournent vers lui chaque fois qu'il en éprouvait le besoin. Ils avaient fait avec lui des promenades et une excursion, visité un musée, assisté à un concert ou à un opéra. Cela lui avait suffi.

Durant la deuxième semaine il lâcha prise. Il n'était pas obligé de lui faire la conversation, de la distraire, de l'amuser, et il ne pouvait pas faire son éducation politique. Si elle voulait quelque chose, elle lui poserait la question.

Ils allèrent à Lucerne au marché, dans une boutique d'alimentation et à la librairie, passèrent le pont en bois avec son toit, s'assirent devant les cafés, mangèrent des glaces et burent des expressos en regardant les gens. Ils passèrent un jour de pluie dans l'appartement et Sigrun fit beaucoup de piano. Sur un morceau qu'elle travaillait elle lui demanda comment il le comprenait ; il ne saisit pas ce qu'elle attendait de lui, et il se rendit compte qu'elle avait avec la musique un rapport plus profond que lui. Dans les *Petits livres d'Anna Magdalena Bach* elle était bien plus avancée qu'il ne l'avait jamais été. Ils passèrent les journées ensoleillées dans le jardin, sur la prairie ou au bord de l'eau, quand l'un d'eux voulait être seul il s'éloignait, et quand il revenait c'était souvent avec un jus de fruits, une pomme, du chocolat. Ils parlaient des livres qu'ils lisaient, des bateaux sur le lac, des montagnes et des nuages. Sigrun voulait que Kaspar lui parle de sa vie et de celle de sa grand-mère, et Kaspar racontait. Les journées étaient faciles.

Ils arrivèrent tard le soir à Berlin. Kaspar avait conduit pendant dix heures et il était fatigué ; Sigrun s'était réveillée peu avant Berlin et était en pleine forme, elle fit une infusion de camomille et ils s'assirent à la table de la cuisine. Autour d'eux tout leur était devenu étranger. Leurs tensions, leurs discussions, les aigreurs de Björn étaient dans l'air de la cuisine comme un relent de tabac froid. Ne les avaient-ils pas laissées derrière eux ? Mais le lendemain allait être une journée comme les autres à Berlin ; Sigrun irait passer deux heures chez son professeur de piano, lui irait faire le point à la librairie, elle viendrait l'y chercher et, lorsqu'il lui proposerait d'aller au cinéma voir *West Side Story* en version restaurée, comme toujours

Sigrun répondrait en invoquant ses parents. Il lui sourit tristement.

« Tu es triste, Grand-père ? Je reviens à l'automne. »

Il fut si ému qu'il faillit pleurer. Il hocha la tête plusieurs fois, dit qu'il était fatigué comme un chien et devait aller se coucher, elle mit un *Nocturne* de Chopin, et il ne tarda pas à s'endormir. Comme Björn, au printemps, n'avait plus interdit expressément le cinéma, le lendemain Sigrun alla voir *West Side Story* avec Kaspar, fut bouleversée par la musique et, n'étant pas habituée au cinéma, par le choc des images, elle souffrit avec Maria et ne se soucia pas de la couleur de sa peau. Le dimanche, sous les yeux de Björn, elle dit au revoir à Kaspar avec un baiser sur la joue.

40

Comme on s'habitue vite ! Sigrun était venue et repartie, une fois, deux fois, trois fois, maintenant elle était à nouveau partie, et bientôt elle serait à nouveau là. Et quels plaisirs peuvent donner les habitudes qu'on prend ! Lorsque Kaspar et Sigrun se retrouvèrent ensemble à l'automne, ils se réjouirent de ce qui était comme toujours, le déroulement des journées, le repas au restaurant italien, la visite à la librairie, Sigrun prit plaisir aux leçons de piano et à pratiquer à la maison, et Kaspar à choisir la musique pour le coucher de Sigrun. À côté des routines communes il y avait les souvenirs communs, et de ceux-ci naissaient des projets. Tu te rappelles la Philharmonie il y a un an ? On pourrait y retourner ? Te souviens-tu qu'à l'automne dernier tu n'avais pas osé faire la randonnée que tu as faite au printemps ? On pourrait remettre ça ? À sa demande ils allèrent encore une fois au musée Berggruen ; et là elle resta longtemps debout devant les Picasso, muette, sans jugement négatif ni positif.

Un soir, après le dîner, Sigrun demanda : « Serais-tu venu à ma Jugendleite, s'ils t'avaient invité ? » Elle lui expliqua ce qu'était la Jugendleite, une fête d'adieux à l'enfance et d'entrée dans l'âge adulte, avec exécution d'une tâche, un grand cercle de famille, d'amis et de compagnons avec des torches autour d'un grand feu, des chansons et des devises, et pour finir une gifle, parce que l'adieu à l'enfance fait mal et que ceux qui étaient adoubés recevaient aussi une gifle.

« Bien sûr que je serais venu. C'était beau ? Qu'avais-tu comme tâche ?

— Il y en a pour les garçons et d'autres pour les filles. J'avais dit à mon père depuis des mois que je voulais une tâche de garçon, pas je ne sais quoi à coudre ou à tresser. Eh bien, il m'a plantée en pleine forêt, avec un couteau et rien à manger, mais pas pour quarante-huit heures comme les garçons, pour trente-six heures seulement.

— Et ?

— Qu'est-ce que tu crois ? En été il y a suffisamment de baies et de champignons, je m'y connais. S'il pleut on est trempé, mais il n'a pas plu.

— Tu as eu droit à une devise ? À la confirmation, chacun a droit à une phrase de la Bible qui est censée l'accompagner toute sa vie.

— “Brûle et brille comme le soleil.” C'est mon père qui l'a cherchée pour moi. Et il a dit que nous vivons à une époque qui exige l'être humain complet. Nous nous sommes approchés du feu l'un après l'autre et avons reçu notre devise, la gifle et une gorgée de vin au miel versée d'une corne, et nous avons chanté *Un jeune peuple se lève*. Oui, c'était beau. Seulement, les adultes ont trop bu. Déjà quand nous sommes revenus de nos tâches ils avaient bu, ensuite ils ont continué jusqu'à la fête, et après encore plus. Pourquoi faut-il toujours qu'ils boivent autant ? »

Il voulut savoir de qui était sa devise, il chercha sur Internet et trouva que c'était une variante d'une citation de Hitler. Il ne lui en dit rien. Qu'*Un jeune peuple se lève* fût un chant des Jeunesses hitlériennes, elle devait le savoir et cela ne devait pas la gêner. Fallait-il qu'il s'habitue à cela aussi ? À ce qu'elle reste celle qu'elle était un an plus tôt ? Qui se plongeait dans son monde à lui avec curiosité, parfois avec enthousiasme, pour ensuite s'en débarrasser comme le chien qui s'ébroue en sortant de l'eau du lac, et rester attachée à son monde à elle et sa vie *völkisch*, comme si de rien n'était ? Est-ce que leur été ensemble, où elle avait oublié Hitler aussi vite qu'elle avait pu s'en souvenir, n'avait été qu'un moment exceptionnel de grandes vacances ?

Il lui avait fait une place dans son cœur – mais à condition qu'elle abjure son monde et qu'elle trouve accès au sien ? Non, il ne voulait pas aimer ainsi. Et comment pouvait-il penser, ne fût-ce qu'un instant, que sa personne, sa présence, son influence pourraient corriger en quelques semaines ce qui avait mal tourné pendant quinze ans ? Quelle prétention, quelle impatience !

Ils firent à nouveau une randonnée, trop facile pour Sigrun mais au niveau de Kaspar, douze kilomètres par la vallée de la Briese. Là où, sur la prairie, l'on voyait quelques vieux pommiers, il demanda à Sigrun si elle aimait les poèmes et, sans attendre sa réponse, il prit plaisir à dire celui-ci :

« Voici un jour d'automne comme je n'en vis jamais !
L'air est serein, comme sans respiration,
Et pourtant tombent en bruissant, loin et près,
Les plus beaux fruits de chacun de ces arbres.
Oh, ne la trouble pas, cette nature en fête !
C'est la cueillette qu'elle-même décide,
Car aujourd'hui ne se détache des branches
Que ce que touche le doux rayon du soleil.

« Lorsque nous avons fait connaissance, ta grand-mère et moi, je lui ai récité un poème de printemps. Maintenant c'est l'automne et tu as droit à un poème d'automne. Il n'est pas beau ? Il n'est pas de circonstance ? »

Ils étaient debout et immobiles, et en effet l'air était serein, il bruissait tout bas, même si ce n'était pas du côté des arbres, d'où les petites pommes fripées ne tombaient pas, le soleil avait des rayons doux et la nature était en fête.

« Oui, c'est beau. » Sigrun chuchotait, ne voulant pas troubler la fête. Lorsqu'ils repartirent, elle demanda : « Tu connais beaucoup de poèmes ? Moi je n'en connais pas. Une fois, à l'école, on en a eu un, que je n'ai pas aimé. Le tien, je l'aime bien. Récemment, c'en était un sur la lune et les choses. »

Cela le mit de mauvaise humeur. Pourquoi ne lui avait-il pas récité davantage de poèmes ? Tout libraire qu'il était, il mettait la musique au-dessus de la littérature, au cours de sa vie il aurait préféré composer un lied plutôt que d'écrire un poème, et pour Birgit, si ç'avait été possible, il aurait rédigé un recueil de musique plutôt qu'un recueil de poésie. Mais ce n'était pas une raison pour priver Sigrun de poèmes, et si elle n'en connaissait pas – il oublia sa mauvaise humeur et se réjouit d'avance à l'idée d'introduire Sigrun dans le monde des poèmes.

Ils retournèrent aussi à la Philharmonie, *Concerto pour violon* de Beethoven et *Symphonie en fa dièse majeur* de Korngold. Kaspar fut ému comme la première fois qu'il avait écouté le concerto pour violon, à la radio, à douze ans, au chevet de sa mère malade, relié à elle dans le bonheur de la musique. Il jeta un coup d'œil vers Sigrun, elle plaquait ses deux mains sur sa poitrine. La symphonie ne l'enchanta pas, mais elle l'écouta néanmoins avec beaucoup d'attention ; cela lui rappela *West Side Story*, ce que Kaspar trouva compréhensible musicalement. Elle ne demanda pas qui était Korngold, Kaspar ne voulut pas entendre à nouveau qu'il y avait aussi des compositeurs de valeur parmi les Juifs, il ne dit rien.

Le dernier jour il faisait froid, et Sigrun alluma le poêle de faïence. La dernière fois que Kaspar l'avait fait, c'était du temps de Birgit, et sans elle il n'en avait plus eu envie. À la cave il y avait assez de bois et de briquettes, et Sigrun eut le plaisir de montrer qu'elle était une maîtresse du feu. Lorsque les carreaux de faïence furent chauds, elle mit des coussins sur le sol, alla chercher la camomille du soir, et ils s'assirent le dos contre le poêle. « Un peu comme quand on campe », dit-elle en riant.

Que voulait-elle pour son seizième anniversaire, demanda-t-il avant que Björn n'arrive le lendemain. Elle ne voulait pas de livres, là elle avait le droit de se servir à sa guise, mais de la musique, de préférence pour piano, d'abord elle avait été intimidée par la perfection des interprétations sur CD, maintenant ça l'aiguillonnait. Puis elle voulut connaître la date de son anniversaire et ce qu'il voulait, et il en fut ému. Ému aussi que pour lui dire au revoir, sous les yeux de Björn, à nouveau elle lui donne un baiser sur la joue, et cette fois en le serrant dans ses bras.

41

En fait, à peine père et fille eurent-ils quitté la maison qu'il se mit à craindre que Björn ne se sente supplanté et s'en prenne à Sigrun. Pour dire bonjour à sa fille il avait posé sa main sur son épaule et elle avait répondu en touchant la poitrine de Björn avec son poing. Peut-être était-ce l'habitude entre eux. Mais peut-être Björn s'était-il demandé pourquoi Sigrun, si elle avait davantage à donner, ne le donnait pas avant tout à lui.

Les premiers jours, il eut souvent l'impression qu'elle était encore là, qu'elle l'attendait à la cuisine avec le petit déjeuner, ou qu'elle allait arriver par l'escalier, ou se mettre au piano pour jouer, ou appeler « Grand-père ! » parce qu'ils allaient partir ensemble et qu'il ne se pressait pas assez à son goût. Quand ensuite il fut clair qu'elle était partie, il eut peur pour elle – que ses parents lui interdisent le piano, qu'ils remarquent chez elle des changements et les punissent, ou encore que Sigrun ne supporte pas bien de vivre dans leur monde en même temps que dans celui qu'elle connaissait chez lui. Ensuite ses peurs allèrent se réfugier dans ses rêves. Elle était suspendue à une corde, cette fois au-dessus d'un abîme, et était à bout de forces, elle se trouvait dans un enchevêtrement de rues et de maisons et elle ne savait plus comment s'en sortir, elle devait entrer en scène comme pianiste et ne pouvait plus bouger les doigts, et c'était elle et en même temps lui qui mélangeait avec ses rêves sur Sigrun ses vieux rêves d'angoisse, où il se perdait ou échouait, et restait suspendu ou se retrouvait incapable de bouger.

À la Foire du livre il trouva un volume de *Poèmes allemands* qui ne prétendait pas révéler des poèmes jusque-là ignorés, mais qui contenait ce que Kaspar connaissait et aimait et qui, il en était sûr, plairait aussi à Sigrun. *Poèmes allemands* – là, les parents eux-mêmes ne pourraient rien avoir contre. Il envoya le volume et six CD, du piano, de Bach à Glass, pour son anniversaire ; en même temps il vira à Björn le versement suivant.

Peu de jours après, Sigrun l'appela. Pourrait-il venir dimanche après-midi ? À cinq heures ? Elle n'avait pas une bonne voix, comme si on la forçait à parler, comme si elle était désespérée ou qu'elle avait pleuré.

« Qu'est-ce qu'il y a, Sigrun ? Tu...

— Rien. » Elle raccrocha.

On était jeudi. Il ne pouvait rien faire, rien tirer au clair, rien arranger, il ne pouvait qu'attendre et avoir peur. Pour le trajet en voiture, le dimanche, il prit son temps ; il voulait arriver détendu. S'il devait y avoir une discussion avec Björn et Svenja, il voulait rester calme. Quelque chose n'allait pas. Que pouvaient-ils vouloir ? Qu'il ne parte plus en voyage avec Sigrun ? Qu'ils n'aillent plus au cinéma ? Qu'elle ne passe plus trois semaines entières chez lui ? Il était disposé à d'autres arrangements dans le calendrier. Prêt à parler de tout.

Il se gara, avança vers la maison et, avant qu'il puisse sonner, Sigrun ouvrit la porte. Elle ne lui dit pas bonjour et ne le regarda pas. Elle avait pleuré. Elle alla jusqu'à la cuisine, il la suivit.

C'était comme à sa première visite, Svenja à droite, Sigrun à gauche, Björn à l'autre bout. Mais tandis que les deux autres s'asseyaient, Svenja le visage dur, Sigrun la tête basse, Björn resta debout, les mains appuyées sur un livre posé sur sa tranche, dont Kaspar ne pouvait pas voir le titre.

« Assieds-toi.

— Qu'est-ce que…

— Je t'ai fait confiance. Je savais que tu lis la presse qui ment, que tu as le culte de la culpabilité et que tu es du côté des baratineurs prônant l'accueil. Tu détestes l'Allemagne. C'est de la haine de soi, c'est une maladie. Tu n'as pas d'honneur en toi. Mais je pensais que tu avais le respect de la famille. C'est quelque chose entre père, mère et enfants, on n'y touche pas et on ne s'y insinue pas pour la ronger. » Björn restait debout, les mains sur le livre, et regardait Kaspar avec mépris. « Vous autres n'avez aucun respect, vous ne respectez rien, ni l'Allemagne ni ceux qui servent l'Allemagne, les enseignants et les fonctionnaires, les soldats et les paysans. Vous vous moquez d'eux. Tout ce que vous êtes capables de faire, c'est vous réaliser vous-mêmes, vous prenez du hasch et de la coke, vous vous êtes baladés dans les institutions et vous avez raflé les postes et l'argent. La famille ? Oui, quand c'est une famille monoparentale, une famille rafistolée, une famille de pédés, sinon : amour libre. Des familles saines, vous n'en connaissez pas. Tu t'es dit allons voir, allons voir si on ne peut pas empoisonner cette famille, rendre malade une famille saine, malade comme tu es malade, alors tu as fourré en douce ce livre dans la valise de Sigrun. » Björn tapait sur la table avec le livre. « Quand elle l'a trouvé dans sa valise, elle aurait dû me le montrer aussitôt. Qu'elle ne l'ait pas fait, c'est la première déception que m'a causée ma Sigrun. Mais ça ne se reproduira pas. N'est-ce pas ? » Björn se tourna vers Sigrun avec un regard sinistre et menaçant, elle leva vers lui des yeux terrifiés et approuva de la tête. « Tu as pensé que tu m'avais acheté ? Avec l'argent de ta femme, la salope, qui a trahi Svenja ? Tu as pensé que, parce que j'acceptais l'argent, je ne dirais rien pendant que tu bousilles ma famille ? Je n'ai pas besoin de ton argent. Tu sais où tu peux te le fourrer ? Dans le cul tu peux te le fourrer. Et ça, là », il prit le livre dans sa main droite, « tu peux aussi te le mettre dans le cul », et il lança le livre au bout de la table, Kaspar ne sut pas si c'était vers lui ou sur lui, « et ne te montre plus jamais ici, et si tu cherches à approcher de Sigrun, je te mets en morceaux, c'est clair ? Je te mets en morceaux. »

Là, Kaspar vit la couverture du livre, le titre *Mon chemin* et la tête d'une jeune femme. Il ne connaissait pas ce livre. « Je ne connais... », commença-t-il à dire, puis il vit le visage de Sigrun. Elle avait peur. Elle savait ce qu'il allait dire. Elle avait peur que son père croie Kaspar et comprenne qu'elle avait elle-même cherché et apporté ce livre, qu'elle voulait savoir ce qu'il y avait dedans. Son père s'était mis dans une colère déjà pour elle insupportable – comment pourrait-elle supporter en plus la colère contre Kaspar qu'il tournerait contre elle ? Tout cela se lisait sur le visage de Sigrun, et elle le suppliait qu'il veuille bien partir, qu'il ne dise rien, qu'il parte.

Il partit. Personne ne dit mot, ni lui, ni Björn, ni Svenja, ni Sigrun. Il referma derrière lui la porte de la maison sans un bruit, alla à sa voiture, s'y assit, posa le livre à côté de lui et eut besoin d'attendre un instant. Ses mains tremblaient. Lorsqu'il put conduire, il roula jusqu'au dépôt de bois près duquel il avait passé une nuit après la fête, et il s'arrêta. Dans le livre, une jeune femme réglait ses comptes avec ses parents d'extrême droite et leur milieu dans lequel elle avait grandi et d'où elle avait finalement trouvé le moyen de s'échapper. Les parents n'y étaient pas à leur avantage, et Björn avait dû se reconnaître en eux, et Svenja avec lui. Il avait dû aussi être effrayé par le sentiment de libération qu'avait ressenti et décrit la jeune femme en s'extrayant du milieu d'extrême droite. Kaspar comprenait que Björn n'ait pas voulu voir ce livre entre les mains de Sigrun – quand pouvait-il l'avoir trouvé, avant qu'elle l'ait lu ou après ? Et avait-il réagi aussitôt après l'avoir trouvé, ou avait-il attendu le prochain virement ?

42

Lorsque Kaspar pensait au rendez-vous avec Björn, Svenja et Sigrun, il était écœuré. Ce moment avait été immonde, laid, vulgaire. Il n'avait rien dit, mais il avait le sentiment de n'avoir pas seulement été sali, mais de s'être sali lui-même. Il n'aurait pas dû accepter d'écouter ces insultes. Si, il avait été obligé de les écouter parce qu'il ne voulait pas perdre Sigrun et qu'il ne savait pas qu'il l'avait déjà perdue. Il avait été obligé de se salir lui-même. Désormais la saleté était dans sa vie. Sigrun n'était plus dans sa vie, il n'y avait plus que la saleté.

Avec le temps, il apprit à porter sur Björn un jugement moins intransigeant. Si lamentable que fût le monde *völkisch* aux yeux de Kaspar, c'était le monde de Björn et il voulait y maintenir Sigrun, qu'il aimait. C'est ce que font les parents quand ils aiment leurs enfants. Si des parents se sont créé un monde parallèle ou adverse, peut-être veulent-ils d'autant plus y maintenir leurs enfants, pour que cette création n'ait pas été vaine. Quant au discours de Björn – peut-être avait-il rêvé déjà depuis longtemps de dire enfin ses vérités à quelqu'un de l'autre monde.

Kaspar se demandait ce que pouvait bien vivre Sigrun à la maison. Le presbytère où il avait grandi avait été lui aussi un peu un monde parallèle et adverse, et à seize ans il s'était rebellé contre l'office dominical, les Jeunesses évangéliques, la lecture de la Bible chaque soir et les conceptions morales de sa mère – est-ce que Sigrun aussi conquérait son autonomie face au monde *völkisch* de ses parents ? Le courage nécessaire, elle l'avait. Mais quelle était la relation entre elle et ses parents, à quel point était-elle proche d'eux, et eux d'elle ? Kaspar avait connu Björn tempêtant et menaçant, et Svenja muette – n'avaient-ils été ainsi que cette fois-là, ou étaient-ils toujours si autoritaires que Sigrun puisse vouloir et pouvoir se libérer d'eux ?

Ses parents à lui l'avaient encore été, les parents de ses connaissances et de ses collaborateurs ne l'étaient plus. Ils ne voulaient pas faire montre d'autorité envers leurs enfants, mais être ami et amie, ils avaient de la compréhension pour tout ce que voulaient et faisaient les enfants, ils aidaient et conseillaient, mais n'exigeaient pas, et ne commandaient et ne punissaient surtout pas. Ils soutenaient les enfants contre les enseignants, contre tous ceux dont les enfants se plaignaient en telle ou telle circonstance, ils suivaient leurs premières amours en prodiguant encouragements, apitoiements et consolations, et quand leur fils recevait sa petite amie pour la nuit, le lendemain les parents leur préparaient le petit déjeuner. Kaspar pensait souvent que cette présence constante, affectueuse et protectrice des parents devait nécessairement empêcher les enfants de respirer. Mais pas du tout. Les enfants se laissaient volontiers protéger affectivement, ils s'attendaient à ce que la vie aussi les protège affectivement, et pour que cette attente soit satisfaite ils restaient encore longtemps à la maison chez les parents. Si Björn et Svenja traitaient Sigrun ainsi, elle aurait de la peine à s'émanciper d'eux. Après un père tempêtant, menaçant, interdisant, punissant, elle pourrait se réfugier dans un monde autre que *völkisch*, auprès du piano et des livres, et avec comme premier amour un garçon tout autre, sensible et doux. Kaspar avait connu Björn tempêtant et menaçant, et il pouvait imaginer Svenja sévère et rogue. Mais il pouvait tout autant estimer possible qu'ils aient encore d'autres côtés, qu'ils les montrent et qu'ils tiennent à Sigrun ; ils avaient besoin d'elle, tout comme les parents de gauche, verts et libéraux qu'il connaissait avaient besoin de leurs enfants.

Sans cesse il pensait à Sigrun. Devant lui marchait une fille en jupe – est-ce que Sigrun ne portait toujours pas de jean ? Devant lui marchait une fille en jean – entre-temps, Sigrun portait-elle des jeans ? Un livre pour jeunes lecteurs arrivait sur son bureau – serait-ce quelque chose pour Sigrun ? Il ne pouvait pas aller au concert ou à l'opéra sans se demander si la musique aurait plu à Sigrun, et à plus forte raison il ne pouvait pas écouter un morceau pour piano sans espérer que Sigrun soit restée fidèle au piano. Il pensait à elle quand il allait au musée, quand il trouvait Lola à la librairie parce que sa collaboratrice avait été obligée de l'amener encore une fois, quand il faisait la cuisine, quand le soir il mettait un CD et que la question lui passait par la tête : cette musique bercerait-elle Sigrun ?

Sans cesse il se demandait s'il pourrait intervenir d'une façon ou d'une autre. Lui écrire ? Lui envoyer des livres, des partitions, des CD ? La guetter à la sortie de l'école ? Parler aux enseignantes et enseignants ? Interroger les professeurs de piano de Güstrow ? Signaler aux parents l'argent qui les attendait ? Mais si Sigrun voulait qu'il intervienne, elle n'avait qu'à saisir le téléphone. Qu'elle ne le fît pas alors que c'était si simple lui ôtait l'espoir qu'elle se manifeste lorsque la domination des parents arriverait à son terme.

Paula non plus ne savait que conseiller. Il lui rendait visite une ou deux fois dans l'année, et quand elle et son mari étaient à Berlin pour un concert ou l'opéra, il les accompagnait et ensuite ils dînaient ensemble. Detlef avait repris le cabinet médical et Nina l'affaire agricole, ils ne s'étaient pas mariés mais ils vivaient ensemble. Paula avait plusieurs fois invité Svenja, mais sans obtenir de réponse. Le cabinet Luckenbach n'avait pas de patients *völkisch*, mais des patients habitant Lohmen, et par eux Paula apprit que de nouvelles familles *völkisch* s'étaient installées et que les Renger économisaient toujours en attendant d'acheter la ferme. Sur Sigrun les patients pouvaient seulement rapporter qu'elle partait le matin en bus pour le lycée et revenait en fin d'après-midi, et qu'on la voyait passer comme les autres filles *völkisch*, en longue jupe et chemisier, et pour les fêtes en *dirndl*. Ils n'avaient pas parlé d'un piano qu'on aurait entendu chez les Renger, mais aussi comment auraient-ils pu, si Sigrun jouait sur le piano électrique en mettant un casque.

Une fois Kaspar crut voir Sigrun. Il était assis dans le bus, elle marchait sur le trottoir, il la voyait de dos, puis il la perdit de vue parce qu'à sa hauteur elle se tourna vers une vitrine, et quand elle s'en écarta elle était trop loin. Il se leva d'un bond, appuya sur le bouton, descendit, revint en arrière en courant, la vit déjà de loin, ralentit pour ne pas arriver essoufflé. Ils marchèrent l'un vers l'autre et se croisèrent. Ce n'était pas Sigrun.

Ce n'était pas une jeune fille mais une femme, déjà d'un certain âge en dépit d'une silhouette et d'un pas juvéniles. Kaspar se sentit trompé et fut en colère. Contre la femme, qui s'était jouée de lui, contre le chauffeur de bus qui l'avait laissé descendre, contre lui-même, incapable d'oublier Sigrun, contre Sigrun qui avait disparu de sa vie.

TROISIÈME PARTIE

1

Elle n'avait pas disparu de sa vie. Deux ans plus tard, elle sonna à sa porte. Il allait se mettre au lit, il regarda l'heure, onze heures et demie. Il passa son peignoir sur sa chemise de nuit, alla à la porte, mit la chaîne et entrebâilla la porte. Tout d'abord la silhouette en pull à capuche noire, cheveux noirs et jean noir ne lui dit rien. « Tu me laisses entrer ? » Il reconnut la voix et décrocha la chaîne.

Ils allèrent dans la cuisine, Kaspar mit de l'eau à chauffer et des sachets dans les tasses, de la camomille. « Tu n'aurais rien de plus fort ? » Il trouva le whisky qui datait encore de Birgit, posa verre et bouteille sur la table devant Sigrun et versa l'eau sur la camomille. Il vit que Sigrun tremblait, elle croisa son regard, se servit du whisky et le but d'un coup en tremblant toujours, puis elle cacha ses mains dans les poches de son pull et garda la tête baissée sous la capuche. « Est-ce que je peux rester ici cette nuit ? » Avant qu'il puisse répondre elle ajouta : « Mais tu dois dire que tu ne sais rien sur moi, si les flics arrivent.

— Pourquoi veux-tu qu'ils arrivent ?

— Les flics, dit-elle en riant, les flics font suer. » Elle se resservit. « Peut-être qu'ils me recherchent. Je ne sais pas s'ils ont déjà été chez Irmtraud et ont trouvé mes affaires. Dans mes affaires, il y a ton adresse.

— Ça ne répond pas à ma question.

— Ta question… Je veux juste rester ici cette nuit. Le coup a foiré bêtement, et il y en a un qui a pris cher, un des autres. Je ne sais pas encore ce que je ferai quand le bazar se sera calmé. Est-ce que je ne peux pas simplement rester ici cette nuit et réfléchir à ce que je dois faire ?

— Le bazar ?

— À cause du type qui a pris cher. Les flics et la presse et la politique – bien sûr qu'il va y avoir du bazar. »

Kaspar s'assit. « Ôte-moi cette capuche et regarde-moi. Ensuite tu me racontes ce qui s'est passé. » Kaspar était furieux. Non pas parce que Sigrun apportait chez lui des ennuis. Qu'avait-elle dit ? Une vie était anéantie ? Pourquoi ? Pourquoi d'abord le délire *völkisch* et ensuite un acte de violence folle ? Sigrun était lucide, intelligente, musicienne, elle lisait et réfléchissait – pourquoi gâchait-elle sa vie ?

Sigrun se redressa et rejeta lentement sa capuche en arrière. S'ils s'étaient croisés dans la rue, il ne l'aurait pas reconnue. Sigrun avait teint en noir ses cheveux et ses sourcils, mis du mascara noir et du rouge à lèvres noir.

Ce n'était pas la jeune fille qu'il avait en mémoire. Non qu'elle parût réellement dure, méchante et menaçante. Mais elle avait mis un masque sous lequel elle voulait paraître dure, méchante et menaçante.

Elle haussa les épaules. Si tout avait mal tourné c'est qu'il y avait sans doute parmi eux une taupe, un traître. Sinon comment les autres auraient-ils pu être alertés et se préparer ! Eux avaient juste voulu mettre le feu à la voiture du conseiller de secteur, de gauche, qui avait encore fait fermer leur bistrot. Lorsqu'ils s'étaient trouvés près de la voiture, les autres étaient arrivés avec des battes de base-ball et des chaînes, et eux n'y étaient pas préparés, et quand Jörg était à terre, Axel avait sorti un pistolet et avait tiré, c'était un fana des armes, elle le savait, mais ils n'avaient jamais utilisé d'armes, parfois une pierre, une bouteille ou un pétard, mais de vraies armes, non, jamais de vraies armes. Ensuite l'un des autres était tombé par terre, et quelqu'un avait crié « Un médecin, vite, un médecin ! », et dans la maison du conseiller de secteur les lumières s'étaient allumées et la porte s'était ouverte, Sigrun et Irmtraud avaient empoigné Jörg et filé. Les autres ne les avaient pas poursuivis. Deux coins de rue plus loin, ils avaient été rattrapés par Axel et Helmut. Axel était comme ivre : « J'leur ai montré, j'leur ai montré ! » Alors ils avaient entendu les sirènes.

« Peut-être qu'il est seulement blessé.

— Il est mort. Ça a été annoncé, je l'ai lu sur mon iPhone. Il était mort avant l'arrivée du médecin. »

Sigrun a raison, pensa Kaspar. C'était une grosse, une sale affaire, qui allait remuer la ville et tout le pays. Depuis des mois il y avait des agressions contre des voitures d'hommes politiques de gauche. La police n'avait pas trouvé les coupables, elle avait échoué. Cette fois un homme politique de gauche avait recouru à l'autodéfense et était allé se chercher des casseurs de gauche, il y avait eu un affrontement entre eux et des casseurs de droite, et quelqu'un s'était fait tuer. C'était de la matière pour la police et pour la presse, la police n'avait pas le droit d'échouer à nouveau et devrait trouver le coupable, à tout prix. Si la victime avait un visage intéressant, sympathique, les vagues d'émotion et d'indignation déferleraient encore plus. Ce garçon faisait pitié à Kaspar. En même temps, tout cela lui répugnait, les agressions, la violence, les affrontements. Sigrun lui répugnait.

Puis il vit qu'elle pleurait. Les larmes lui coulaient sur les joues, des larmes d'un noir sale. Par moments elle avait un petit hoquet. Kaspar se leva, approcha sa chaise de la sienne et posa le bras sur ses épaules. Elle s'appuya contre lui. Au bout d'un moment elle dit en sanglotant : « Je n'ai pas voulu ça. Que quelqu'un meure. Je n'ai pas voulu ça.

— C'était vous ? C'est vous qui avez mis le feu aux autres voitures ?

— Oh, les voitures… » Elle continua à pleurer, fort, sans retenue, sans se protéger. Comme si ce qui était arrivé, ce qu'elle avait fait, elle pouvait s'en laver par ses larmes.

Kaspar posa aussi son autre bras sur elle et la serra. Il fallait qu'elle aille déposer à la police. Ils pourraient auparavant voir un avocat, il en connaissait un, qui pourrait aussi l'accompagner à la police. Mais il fallait qu'elle y aille dès le lendemain. Devait-il le lui dire ? Non, il fallait qu'elle s'endorme en pleurant et qu'elle retrouve ses esprits.

« Pourquoi n'étais-tu pas là ?

— Qu'est-ce que tu veux dire ?

— Pourquoi as-tu simplement disparu de ma vie ? Comme Grand-mère de la vie de ma mère ? Pourquoi ne m'as-tu pas aidée contre les parents, et avec la musique, et avec les livres ? Tu as commencé, et ensuite tu ne voulais plus. »

Kaspar, non, Kaspar ne s'indigna pas, c'est en lui que quelque chose s'indigna, mais il le contrôla, n'ôta pas ses bras qui entouraient Sigrun et ne répondit pas avec la froideur qu'elle méritait et qu'il sentait en lui. Comment pouvait-elle lui reprocher d'avoir disparu de sa vie ! Son regard l'avait supplié de partir. Qu'aurait-il pu faire d'autre ? Et pourquoi n'avait-elle jamais écrit une lettre ou pris le téléphone ? « Pourquoi... » Il n'en dit pas plus. Il ne s'agissait pas de ce qui avait eu lieu ou pas entre eux, à l'époque et depuis lors. Il ne s'agissait pas de reproches, justifiés ou non. Sigrun se sentait abandonnée, seule, et elle avait été seule dans son monde qu'il lui avait rendu un peu étrange, sans pour autant l'installer dans une autre patrie. Quelle que fût la raison qui l'avait empêchée de lui faire signe, elle avait été seule. Il l'attira contre lui. « Je suis désolé, Sigrun, je suis désolé. Je ne te laisserai plus seule. »

Il fit le lit dans la petite chambre et posa dessus une de ses chemises de nuit. Elle démaquilla son visage et, une fois dans le lit, elle fut presque comme la jeune fille qu'elle avait été deux ans plus tôt. Pendant qu'il lui souhaitait bonne nuit, elle s'endormit.

2

Kaspar n'arriva pas à s'endormir. Avait-elle raison ? S'était-il dit trop vite qu'elle pouvait se manifester et que si elle ne le faisait pas, c'était qu'elle nc voulait aucun contact ? Est-ce qu'il en avait été vexé, et c'était pour ça qu'il n'avait plus rien entrepris ? Est-ce qu'il ne l'avait pas guettée à la sortie du lycée parce qu'il était trop vaniteux pour se planter là et attendre et risquer qu'elle l'ignore délibérément ? Avait-il été trop accommodant et trop lâche pour se battre pour Sigrun contre Björn et Svenja ?

Pourquoi n'avait-il envoyé ni lettres ni colis, alors qu'il risquait tout au plus qu'on ne les lise pas et qu'on les jette sans les ouvrir ? Aurait-il dû aussi s'opposer plus résolument à cette image d'un monde d'extrême droite qu'avait Sigrun ? Aurait-il dû dire à Irmtraud, lors de leur visite, ce qu'il pensait des combats contre les antifas et contre la police, au lieu de se faire montrer la croix gammée qu'elle avait à l'oreille ?

Il s'assit dans son lit, s'adossa au mur et alluma la lampe de chevet. Et si Sigrun n'était pas disposée à se présenter à la police ? Parce que son honneur continuait de vouloir dire loyauté et qu'elle ne voulait trahir personne ? Alors devrait-il y aller, lui-même ? Non pour que la police apprenne ce qui s'était passé, c'était du passé, mais parce que Axel était un danger public ? Est-ce qu'il livrerait Sigrun à la police, si elle refusait d'y aller ?

À trois heures il n'y tint plus et se leva. Il alla à la cuisine, rangea, mit la table pour le petit déjeuner, versa de l'eau et du café dans la machine, sans faire de bruit, pour ne pas réveiller Sigrun dans la petite chambre au-dessus. Il rangea aussi dans la salle de séjour, tout en sachant que l'ordre dans la cuisine et le séjour ne pouvait remplacer en rien l'ordre qui faisait défaut dans ses pensées. Il écrivit un message à ses collaborateurs pour les prévenir qu'il ne viendrait pas à la librairie le lendemain. Il ouvrit grande la porte du balcon, remarqua que l'air était d'une douceur printanière et s'avança. Il ne ferait pas jour de sitôt. Même les oiseaux dormaient encore. Il entendit un froissement de feuilles dans les buissons au pied du balcon – un rat, un lapin ou un écureuil. Il tendit l'oreille aux autres bruits nocturnes, pas isolés, qui approchaient puis s'éloignaient, une voiture dans une rue voisine, l'aboiement d'un chien.

Il s'endormit dans le fauteuil face au balcon ouvert et fut réveillé par les éboueurs. C'était peu avant sept heures. Dans le journal il n'y avait encore rien ; aux informations étaient mentionnées l'attaque contre la voiture du conseiller de district, la mort d'un étudiant de gauche, les violences entre groupes de droite et de gauche ; la police n'avait encore arrêté personne. Cela signifiait que le traître savait qu'une attaque menaçait, mais ignorait par qui, ou qu'Irmtraud, Axel, Jörg et Helmut s'étaient mis à l'abri. Est-ce que l'un des défenseurs de la voiture avait photographié les assaillants ? Sigrun n'avait pas parlé de flashs. Est-ce qu'elle et les autres seraient reconnaissables sur des photos prises dans l'obscurité ? Est-ce qu'ils étaient arrivés et s'étaient enfuis par l'express régional ou par le métro, et les vidéos de la gare permettraient-elles de les identifier et de les arrêter ?

Kaspar était assis devant son café à la table de la cuisine quand Sigrun descendit sans bruit l'escalier et vint s'asseoir près de lui. Elle avait l'air accablée. « Tu as sûrement entendu les informations. Ils ont dit qui c'était ?

— Seulement que c'était un étudiant, et de la mouvance de gauche. »

Kaspar lui servit du café. « Tu vas aller à la police ?

— Je crois que je sais qui était la taupe. Timo. Grande gueule et rien derrière. Répétant qu'il était un vrai mec, et tout ce qu'il avait déjà fait, et qu'il n'avait peur de rien, et personne ne le prenait au sérieux. On aurait dû le virer. Mais on a cru qu'il était inoffensif et on ne l'a pas fait. Mais on ne l'a presque jamais emmené avec nous. On ne voulait pas qu'il gâche tout.

— Tu veux dire qu'il ira à la police, lui ?

— Il ne voulait pas mettre la police dans le coup. Il

aurait fallu qu'on voie qu'on avait besoin de lui. Que sans lui on en prendrait plein la gueule. Qu'ainsi nous comprendrions qu'il était une taupe, il n'y a pas réfléchi. » Sigrun était pensive. « Mais, aussi bien, peut-être que ce n'était pas lui. Peut-être que les autres ont soupçonné qu'on ferait quelque chose une fois que le type de gauche a de nouveau fait fermer notre bistrot. »

Il se demanda encore une fois si elle irait à la police. Il la questionna sur ce qu'elle comptait faire. Elle préférait rester quelque temps chez lui. Elle aurait bien aimé aller chercher ses affaires chez Irmtraud, mais comment savoir si la police ne l'y attendrait pas ; c'était peu probable, mais si c'était quand même le cas ? Et que dirait Irmtraud de tout ça, d'Axel et du mort, et que devrait-elle dire elle, Sigrun, et comment se comporter avec Axel ? Ses affaires n'avaient pas tellement d'importance, sauf que s'y trouvait l'adresse de Kaspar ; mais personne ne l'avait vue arriver chez lui, et si la police venait et qu'il disait qu'elle n'était pas là, elle ne se mettrait pas aussitôt à fouiller l'appartement.

« Je trouve que ce serait bien que tu parles de ta situation avec un avocat. Cela restera entre vous. Il faut que tu saches où tu en es.

— Je ne suis pas une taupe. Je n'irai pas à la police. Eux ne me trahiraient pas et je ne les trahirai pas.

— Si Timo a tout de même parlé avec les autres, ils donneront son nom à la police et, tel que tu décris Timo, il parlera. Écoute ce qu'un avocat aura à te dire. Prépare-toi.

— Est-ce que ça veut dire que pour commencer je peux rester chez toi ?

— Il faut que tu te sortes de là, Sigrun. Pour commencer, il faut que tu réfléchisses, je comprends ça. Mais si tu veux continuer à marcher avec eux et juste te planquer ici, je ne veux pas être mêlé à ça. Alors tu t'en vas. »

Elle le regardait, il crut voir du soulagement sur son visage, mais aussi de l'obstination. Le soulagement d'avoir un délai, de l'obstination parce qu'elle refusait d'être une taupe ? Elle se mordait la lèvre inférieure. Quand avait-elle pris cette habitude ? Est-ce que cela signifiait qu'elle n'était pas sûre d'elle, ou qu'elle se retirait intérieurement ?

« J'appelle l'avocat et je l'invite à venir dîner ce soir. Nous sommes de vieux amis. Ensuite, je vais faire des courses – tu as besoin d'affaires, que veux-tu ? »

Il nota ce qu'elle voulait et en quelle taille. Elle l'accompagna à la porte de l'appartement, entoura son cou de ses bras et lui donna un baiser sur la joue. « Merci beaucoup, Grand-père. » Alors qu'il était déjà dans l'escalier, elle le rattrapa. « Du décolorant pour les cheveux. S'il te plaît, rapporte-moi du décolorant pour les cheveux. »

3

Pour lui-même, Kaspar n'aimait plus rien acheter. Les magasins, leur atmosphère, leur musique, leurs dédales, se déshabiller et essayer, se regarder dans la glace, faire la queue à la caisse – cela lui répugnait, et il espérait avoir assez, jusqu'à sa mort, des costumes et manteaux qu'il possédait déjà, à part quelquefois un pull, un pantalon de velours, une chemise, une paire de chaussures, et de préférence, pendant qu'il y était, en double, et par quatre ou cinq pour les chemises. Mais faire des achats pour Sigrun l'amusait, et il acheta volontiers aussi les denrées dont il supposa qu'elle les cuisinerait avec plaisir. De retour à la maison et ayant ouvert la porte de l'appartement, il entendit du piano assourdi : Sigrun avait étendu un tissu sur les cordes.

« Je n'ai pas joué depuis six mois. Ça m'a manqué, je ne me rends compte qu'aujourd'hui à quel point. » En buvant un thé à la cuisine, Sigrun raconta que, l'été après son bac, elle avait encore fait un voyage avec les enfants à Dresde et à Königsberg, mais qu'elle en avait assez depuis longtemps : assez des coutumes, des chants, des vêtements et du bla-bla sur le sol et sur le Reich et sur l'honneur, et de son père qui avait enfin sa ferme mais qui économisait et lésinait, et de sa mère qui à la fois le révérait et le méprisait, ou simplement avait peur de lui. Sigrun leur avait dit qu'elle partait, elle était partie et s'était installée chez Irmtraud, elle avait fait des ménages et des remplacements, peu lui importait comment elle gagnait sa vie, pourvu qu'elle puisse descendre dans la rue avec les filles et aussi les garçons et se battre et montrer que les Allemands ne se laissaient pas faire, ni par les politiciens, ni par les journalistes, ni par les immigrés, ni surtout pas par les antifas. Chez les gens de couleur, ils avaient tabassé les dealers qui pourrissent nos enfants, et comme ils savaient que la police ne les aimait pas non plus, ils n'étaient pas allés à la police. Une fois, ils avaient balancé un cocktail Molotov dans un bar à chicha ; le clan auquel il appartenait devait croire que ça venait d'un autre clan, les Arabes auraient dû s'entre-tuer, mais sans qu'on sache pourquoi ils n'en firent rien. Sigrun savait que Kaspar condamnait ce qu'elle avait fait, et elle le racontait avec un peu de honte. En même temps elle en était fière, et quand elle parlait des voitures incendiées, ses yeux brillaient.

« Qu'avez-vous obtenu, à part un mort ?

— Les journalistes dont nous avons incendié les voitures ont gueulé, ils ne se sont pas laissé intimider. Mais crois-moi, quand ta voiture brûle devant chez toi, tu ne l'oublies pas. Faudrait que tu voies ça.

— Et le mort ?

— Oui, le mort... » Kaspar craignait qu'elle ne dise qu'on ne fait pas d'omelette sans casser des œufs, ou que c'étaient les risques du métier. Mais elle baissa la tête et ne dit rien, et si elle ne se remit pas à pleurer, elle eut l'air aussi malheureuse que la veille.

« Tu penses qu'on peut laisser Axel aller et venir à sa guise ?

— Je ne sais pas ce qui l'a pris hier.

— Ce qui l'a pris peut le prendre à nouveau. Il faut l'arrêter. Il faut que tu l'arrêtes.

— Il a voulu protéger Jörg.

— Pour que le monde voie que les Allemands ne se laissent pas faire ? Mais vous ne vous souciez pas de politique. Vous voulez l'excitation quand ça brûle ou ça craque ou ça cogne. » Kaspar était furieux. Il n'avait plus envie d'épargner Sigrun, tant pis si elle se sentait attaquée et battait en retraite. « Vous avez distribué assez de coups – et vous ne supportez pas qu'il vous arrive d'en encaisser ? Quels personnages lamentables vous êtes, gâtés et douillets ! Vous voulez restaurer la grandeur de l'Allemagne ? Battez-vous contre les antifas, jouez à votre jeu stupide tant que vous voulez, mais les jeux ont des limites. Axel est un danger, ce danger doit être écarté, Axel doit aller en prison, peut-être chez un thérapeute, mais pas dans les rues. Il ne peut tout de même pas continuer à se balader avec son pistolet. Il était comme ivre, as-tu dit, c'est ça qu'il veut retrouver. Vous autres, vous ne tirez pas ? Vous tabassez le dealer nigérien pour qu'il s'aperçoive qu'il n'est pas le bienvenu en Allemagne ? Tu crois qu'il ne le sait pas ? Et les journalistes – oui, ils n'oublieront pas, je ne l'oublierais pas non plus, si ma voiture brûlait devant ma porte. Et alors ? Tu crois que le journaliste va se mettre à écrire autrement ? Ou n'osera plus écrire ? Crois-tu que si vous incendiez ma voiture parce que je ne vends pas de bons livres, j'arrêterai ? C'est quoi, toutes ces âneries, Sigrun ? La vie est ailleurs. La vie, c'est la musique et le travail. Fais des études, apprends quelque chose aux enfants, soigne des malades, construis des maisons ou donne des concerts – tu es intelligente, tu es forte, fais-en quelque chose. Personne ne reprendra la Prusse-Orientale et la Silésie. L'Allemagne ne deviendra pas plus grande, mais elle n'est pas trop petite, et ses coutures ne craquent pas par la faute des immigrés. Et on a besoin d'eux : qui d'autre veut encore ramasser les asperges, faire les vendanges et tuer les porcs ? Si la ferme de ton père tourne bien, qu'il a besoin d'un commis et qu'il ne trouve qu'un étranger, il l'embauchera. Il devra apprendre l'allemand et obéir aux lois comme tous les autres, mais s'il le fait, où est le problème ? Qu'on vive en Allemand *völkisch*, en Allemand tout court ou en immigré devenu allemand, que les noces soient célébrées sur le pré, ou le mariage à l'église, ou que les Juifs brisent un verre à l'abri d'une tente – qu'est-ce que ça peut faire ? Laisse les gens vivre comme ils veulent, laisse-les vivre. » Il venait d'exploser et cela l'embarrassait, mais ça lui avait fait du bien. Il chercha sur le visage de Sigrun un signe d'approbation ou de réflexion, mais avant qu'il puisse déchiffrer ce visage, elle avait baissé la tête.

Il s'attendait à une réaction. Quelle qu'elle soit. Un je

ne sais pas. Ça n'est pas comme tu le dis. Tu ne comprends pas. Tu ne peux pas comprendre. Tu as beaucoup parlé, dis donc. Jamais tu n'as parlé autant, Grand-père. Il faut que j'y réfléchisse. Peut-être aussi des objections : que les autres avaient des battes de base-ball et des chaînes et eux non, ou que son père n'engagerait jamais un étranger, ou que l'Allemagne n'était pas forcément un pays si riche que ça. Mais elle était tout simplement assise là, tête baissée et les mains sur la table comme si c'était un clavier et qu'elle venait tout juste de s'arrêter de jouer. Lorsqu'il eut du mal à supporter plus longtemps son silence, elle releva la tête, chercha dans le sac à provisions le décolorant pour les cheveux, le prit, se leva et dit : « Je… je vais m'occuper de mes cheveux. »

4

Elle sortit de la salle de bains avec une serviette autour de la tête et s'assit au piano, toujours assourdi par le tissu. Elle avait dû beaucoup s'exercer, avant de s'arrêter de jouer voilà six mois. Elle jouait bien. Après quelques morceaux des *Petits livres* pour se mettre en train, elle travailla les variations de la sonate en la majeur de Mozart, ne se pardonnant aucune faute, se concentrant sur ce qui lui posait problème et ne se réfugiant pas dans ce qui lui était facile, s'arrêtant sans cesse, et Kaspar, qui depuis la pièce voisine ne voyait pas ce qu'elle faisait, se l'imaginait travaillant la courbe mélodique dans sa tête plutôt qu'au bout de ses doigts.

Il avait, de son temps, joué le thème et échoué sur les

variations. Mais il les avait dans l'oreille ; Birgit les avait adorées et travaillées pendant des mois jusqu'à ce qu'elles lui coulent des doigts avec fluidité. Sigrun n'en était pas encore là. Mais elle ne s'appliquait pas seulement à la fluidité, elle voulait un rendu méticuleux et délicat, elle jouait par moments avec une minuscule hésitation avant de s'engager dans un tournant de la mélodie, donnait aux variations une grande douceur, faisait se plaindre sans douleur la quatrième variation, et exulter sans triomphe la sixième. Kaspar en fut ému. Cela lui rappelait comment leur chien à Birgit et lui, quand on lui tendait dans la main un petit morceau de fromage ou de saucisse, le saisissait avec une douce prudence pour que ses dents ne mordent pas. Sigrun travaillait aussi les transitions ; elle ne voulait pas juxtaposer simplement les variations, mais les jouer comme un tout. Elle avait une idée de la façon dont le mouvement devait être joué, et cela réjouissait Kaspar encore plus que ses progrès techniques. Il avait prévu de s'occuper de commandes et de factures. Au lieu de cela, il écoutait Sigrun, heureux de l'entendre jouer, attristé par ses errements.

Ils firent la cuisine ensemble et leur dîner était prêt lorsque arriva l'avocat. Un monsieur d'un certain âge, crâne rasé, moustache et petit ventre, qui donna du « vieil ami » à Kaspar et du « mademoiselle » à Sigrun. C'était bien l'allure qu'elle avait, ayant retrouvé ses cheveux roux et passé la robe chemisier verte que Kaspar avait choisie pour elle à cause de la couleur de sa chevelure et que Sigrun avait préférée, pour le soir, aux jeans et t-shirts qu'il lui avait aussi apportés – il avait parlé de « chemise », elle l'avait regardé de travers.

Kaspar avait raconté à l'avocat ce qu'il avait entendu aux informations, et celui-ci s'était un peu renseigné. Les garçons antifas croyaient avoir reconnu quelqu'un, pas le tireur, quelqu'un d'autre, dont le policier n'avait pas voulu dire le nom à l'avocat; il avait été interrogé mais prétendait ne rien savoir et avoir un alibi. Ce n'était pas grand-chose, estima l'avocat, mais il y avait encore la balistique et les vidéos des deux stations proches, express régional et métro, les voisins seraient questionnés et l'alibi vérifié, et puis les indicateurs habituels ouvriraient leurs oreilles. Ensuite l'avocat écouta la version de Sigrun.

« Si le procureur apprend cela il vous inculpera, vous et les autres, pour meurtre en réunion. Est-ce qu'il aura gain de cause ? Il dira qu'en emmenant avec vous Axel et son pistolet vous avez accepté sans restriction qu'il tue quelqu'un. Vous direz que vous n'avez pas cru possible qu'Axel emporte son pistolet. Est-ce qu'on vous croira ? » Il fit une pause. « Si vous dénoncez le tireur, horrifiée qu'il ait pu avoir le pistolet sur lui, qu'il ait tiré, qu'il ait tué quelqu'un, vous avez de bonnes chances que ce ne soit plus qu'une tentative d'incendie et qu'on en reste à une peine avec sursis et mise à l'épreuve. Sinon… Ou avez-vous peur ? Si vous ne dénoncez pas le tireur, est-ce parce que vous craignez pour votre propre vie ? Si vous exposez cela avec conviction… » Il fit à nouveau une pause. « Je n'ai pas à vous dire ce que je vous conseille. Les affaires de ce genre s'éclaircissent, tôt ou tard. Au tireur, vous ne devez rien. Les autres y gagneront, si d'emblée vous affirmez clairement que le tireur avait son propre agenda. »

Sigrun les regardait l'un après l'autre, incertaine, récalcitrante, résolue à décider toute seule, à n'avoir besoin de personne, d'aucun conseil ni d'aucune aide. Être autonome, pour elle c'était primordial, mais sa décision avait besoin d'un contenu, et elle ne l'avait pas, et si elle acceptait conseil et aide, elle sentait que cela empiéterait sur son autonomie. Que devait-elle faire ? Les affaires de ce genre s'éclaircissent, avait dit l'avocat. Peut-être. Mais peut-être ne s'éclaircissent-elles pas. Car enfin, elle ne voulait pas être une taupe ! Elle se mordait la lèvre inférieure, se levait comme si elle avait pris une décision, se rasseyait.

Après le dîner aussi elle resta avec les deux hommes, elle but du vin rouge et écouta. Ils parlaient du passé, comme font de vieux amis. Birgit avait plus d'une fois négligé de déclarer des manifestations qu'elle avait organisées, elle avait été traduite en justice et c'était l'avocat qui l'avait défendue. « Elle était obstinée. Je l'aimais bien, mais elle ne facilitait pas mon travail. Elle ne le facilitait à personne.

— C'est vrai, Grand-père ?

— Toi, elle ne t'aurait sûrement pas facilité les choses. Je n'ai aucun droit de faire ton éducation, elle se serait attribué ce droit. Envers ta mère elle n'aurait pas osé, parce qu'elle l'a abandonnée. Mais envers toi, si. »

Avant de s'endormir elle voulut savoir si elle aurait le droit de lire les carnets de Birgit, qu'il avait un jour mentionnés. Il promit d'y réfléchir. Assis au bord de son lit, il s'était dit qu'en fait Sigrun pourrait retourner chez Irmtraud, puisque la police ne savait rien d'Irmtraud, et il se demandait pourquoi elle n'en faisait rien. Est-ce qu'elle se détachait du monde d'Irmtraud ? Trouvait-elle accès à son monde à lui ? Se sentait-elle trop bien pour prendre le métro pour Kreuzberg à cette heure tardive ? Ne savait-elle pas comment se présenter à Irmtraud, avec les cheveux roux ou bien noirs, habillée de noir ou avec les jeans et les t-shirts de couleur qu'il lui avait apportés ?

« Quand tout cela sera passé – que veux-tu faire de ta vie ?

— Je ne sais pas, Grand-père. Tu penses que je n'y réfléchis pas. J'y réfléchis. Ce que ton ami racontait de son travail est intéressant. Des nôtres, il y en a sans cesse qui sont traduits en justice. Mais, je sais que ça sonne faux parce que je n'ai pas joué pendant six mois, c'est pourtant vrai : je préférerais faire du piano. Je voudrais en jouer assez longtemps pour n'en avoir plus envie. Je n'ai encore jamais fait ça. À la maison j'étais forcée de m'interrompre parce que j'étais obligée de toujours faire autre chose et d'aider, et chez toi je n'osais pas, à cause de toi et des voisins. J'aurais dû apporter mon piano électrique, avec le casque je ne gêne personne. » Elle sourit tristement. « Les grandes pianistes ont commencé à jouer à quatre ou cinq ans. Juilliard, ça te dit quelque chose, le conservatoire à New York ? J'ai lu des choses là-dessus, je voudrais pouvoir y aller. Mais seulement 5 % des candidats sont pris, et il faut plus que la sonate en la majeur de Mozart pour être pris, et ça coûte 50 000 dollars par an. »

À quatre ou cinq ans – Kaspar ne savait pas ça, mais pouvait se le représenter, et que la sonate en la majeur de Mozart suffît pour être pris, il ne le croyait pas non plus. À moins que si ? Elle passait pour facile, mais la famille Mozart la comptait parmi les sonates particulières et difficiles, et les jurés du concours devaient le savoir. Et si Sigrun la jouait comme elle n'avait jamais été jouée ? « Joue demain aussi longtemps que tu veux. Je dois aller à la librairie ; ceux qui habitent au-dessus seront au travail, et en dessous on n'entend rien. Veux-tu que je te mette encore quelque chose pour t'endormir ? »

Elle fit oui de la tête, il mit le premier mouvement de la *Sonate au clair de lune*, lui cria « bonne nuit » et elle répondit de même.

Devait-il lui donner les carnets de Birgit? Il les avait constamment relus ces deux dernières années, et avait parfois voulu les continuer. Il ne savait pas s'il y parviendrait, mais il pensait que Birgit serait heureuse si son roman était achevé et imprimé. Jusqu'à ce qu'il comprenne qu'il n'y avait rien à achever. Il aurait beau inventer et raconter comment Birgit cherchait Svenja et la trouvait, cela ne donnerait pas le roman que Birgit aurait voulu écrire. Il n'existait pas. Birgit ne voulait pas réellement l'écrire. Elle ne voulait pas se chercher et se trouver en cherchant et trouvant sa fille et en racontant la recherche et ses résultats. Elle voulait s'accepter comme celle qui n'en était pas capable, ni de chercher, ni de trouver, ni d'écrire. C'est là qu'elle avait échoué, non dans l'écriture. Est-ce que Sigrun pourrait le comprendre?

5

Ils prirent le petit déjeuner ensemble, puis il alla à la librairie. Elle voulait appeler Irmtraud et ensuite faire du piano – longtemps, jusqu'à n'en plus pouvoir.

Mais à onze heures elle était à la librairie. Kaspar leva les yeux quand la porte s'ouvrit et que de l'air pénétra, vit Sigrun entrer, agitée, bouleversée, elle ne salua personne, vint vers lui et dit : « Il a abattu Timo », et resta plantée devant lui comme si elle attendait un mot ou un geste de sa part.

Il l'emmena, ils s'assirent là où les colis livrés étaient stockés et ouverts, et elle raconta. Elle avait téléphoné à Irmtraud. C'est la compagne de Timo qui l'avait trouvé;

elle avait d'abord appelé la police, et ensuite Irmtraud ; elle était complètement défaite, pleurait et criait et les accusait tous, le meurtrier, les amis de Timo qui ne l'avaient pas aidé ni protégé, le monde qui était mauvais. Elle ne savait apparemment rien de la méfiance que Timo inspirait aux autres, peut-être parce que lui-même ne s'en était pas rendu compte ou parce que, par honte, il l'avait caché. Pour Irmtraud et Sigrun, il ne faisait aucun doute qu'Axel avait considéré Timo comme une taupe et l'avait tué ; elles comprenaient comment il en était venu à cette idée, mais elles étaient médusées par cette démarche solitaire. « Il aurait dû en parler avec nous, on l'aurait dissuadé. » L'amie de Timo ne s'était pas méfiée d'Axel. Mais révoltée qu'ils n'aient pas défendu Timo, elle avait sûrement donné les noms de ses amis, et la police allait les convoquer et les interroger l'un après l'autre. Et la police constaterait que Timo et le jeune antifa avaient été tués avec la même arme.

« Est-ce que l'amie de Timo te connaît ?

— Nous ne nous sommes jamais rencontrées. Elle se tient à l'écart, et je ne suis ici que depuis six mois. Mais elle connaît Irmtraud et ses colocataires et ceux qui sont là depuis longtemps. »

Kaspar fut sidéré de constater que les deux victimes le laissaient indifférent. Cela aurait dû être autrement, ces deux jeunes êtres s'étaient fourvoyés, mais ils avaient encore leur vie devant eux, dans laquelle ils auraient pu trouver la raison et faire des choses raisonnables. Kaspar n'y pouvait rien changer, leurs morts le laissaient froid. Il était indigné par cet imprévisible Axel fanatique de coups de feu, et à cette indignation se rattachait celle que lui causait Sigrun en voulant le couvrir encore et en faisant tout pour qu'Axel l'envoie devant un tribunal et en prison.

Sigrun en cellule pour des années, même si on lui autorisait un piano électrique – c'était absurde, tout ça était tellement absurde et tellement odieux.

« Tu ne dois pas attendre davantage. Il faut que tu ailles à la police ou au parquet judiciaire, nous demanderons son avis à l'avocat. Nous lui demanderons aussi de t'accompagner. Tu ne sais pas ce qu'Axel va encore faire s'il reste dans la nature. »

Sigrun savait qu'elle n'allait pas convaincre Kaspar, elle donnait l'impression de ne pas être convaincue elle-même, mais elle dit tout de même, timide et arrogante : « Pour Axel tout est réglé. Maintenant il se tient tranquille.

— Et sinon ? C'est toi la responsable de ce qu'il fera encore, et que tu peux empêcher mais n'empêches pas. Ça ne suffit pas, de ne pas avoir empêché la mort de Timo ? »

Elle pleurait. À nouveau les larmes lui coulaient sur les joues, à nouveau elle avait les mêmes petits hoquets. Cette fois Kaspar ne passa pas son bras autour de ses épaules.

« Je sais, Grand-père, je sais. Peut-être… peut-être que Timo serait encore en vie. La taupe. Je sais que je dois y aller. » Mais elle ne se leva pas, et ne demanda pas non plus à Kaspar d'appeler l'avocat. « Aujourd'hui je joue du piano. Demain je deviens la taupe et j'y vais et je parle. Mais pas aujourd'hui. Aujourd'hui je joue du piano jusqu'à ce que je n'en puisse plus. » Elle vit le mécontentement sur le visage de Kaspar. « Tu peux me chasser de l'appartement. Alors je ne pourrai pas jouer. Mais ça ne me fera pas aller plus vite à la police. »

Kaspar tira son téléphone de sa poche et appela l'avocat. Sigrun écouta. Oui, il l'accompagnerait au parquet judiciaire. Pourrait-elle être à neuf heures et demie chez lui ? Il fallait d'abord qu'ils se concertent.

Sigrun acquiesça. Elle resta assise et Kaspar ne se leva pas non plus. « Tu es courageuse, Sigrun. Tu fais ce qu'il faut, alors que tu préférerais ne pas le faire et que peut-être tu t'en tirerais autrement. Tu te libères pour ta vie à toi. Ce n'est pas à moi de le dire, mais je suis fier de toi.

— Qu'est-ce que les parents diraient de tout ça ? »

6

Cela préoccupait aussi Kaspar : que diraient les parents de Sigrun, sinon maintenant mais plus tard, que répliquerait Sigrun, quel pouvoir avaient-ils encore sur elle, quelle liberté avait-elle vis-à-vis d'eux ? Voyaient-ils les mois passés par Sigrun chez les Nationalistes autonomes comme sa période de sauvagerie, comme ils avaient eu la leur, et s'attendaient-ils à ce qu'ensuite elle se calme, revienne à la vie *völkisch,* reprenne la ferme, épouse un Aryen et ait avec lui beaucoup d'enfants ? Serait-ce une option, pour Sigrun ? Pas maintenant, mais quand elle aurait été déçue par la vie ? Il l'aiderait : l'argent qu'il lui avait destiné suffirait à payer deux années de Juilliard, et à plus forte raison une formation dans un autre conservatoire. Mais si tout cela ne donnait rien ?

Kaspar ne raccompagna pas Sigrun jusque chez eux. Il fallait qu'elle soit seule devant le piano. Mais il ne put pas non plus rester à la librairie. Il alla au parc. Le printemps faisait apparaître magiquement un premier vert pâle sur les arbres et les buissons, dans les aires de jeu les enfants se bousculaient, sur les pelouses les chiens se couraient après, et sur les bancs étaient assises de vieilles personnes.

Le monde était en ordre. De semaine en semaine la chaleur et la verdure augmenteraient, des fleurs allaient éclore çà et là, sur ses trajets du matin et du soir il sentirait à nouveau l'odeur de la terre, des arbres et des floraisons.

Pourquoi Sigrun n'irait-elle pas au conservatoire ici, à Berlin ? Son professeur de piano devait savoir comment s'y préparer. Kaspar ne pouvait pas s'imaginer qu'avec son amour du piano et sa bonne volonté pour s'exercer elle puisse ne pas être reçue à l'examen d'entrée, sinon cet été, au moins le prochain. Elle pourrait habiter chez lui, ils prendraient parfois leur petit déjeuner ou dîneraient ensemble le soir, iraient quelquefois à un concert, sinon elle vivrait sa vie et il la laisserait faire. Près de lui Birgit aussi avait vécu sa vie.

Il s'assit sur un banc à côté d'un couple. Les deux vieux étaient assis là sans parler, elle avait posé sa main sur celle du monsieur. Est-ce que cela existerait encore une fois pour lui : être assis avec une femme sur un banc, main dans la main, échangeant des paroles ou pas ? Lorsqu'il essaya de se l'imaginer, ce fut Birgit qui fut assise à côté de lui, Birgit qui continuait de lui manquer, quand il se levait tôt et n'avait pas à le faire sans bruit, quand il rentrait à la maison et ne pouvait pas lui raconter sa journée, quand en mangeant il voyait la place vide face à lui, quand en dormant il étendait le bras, la cherchait et ne la trouvait pas. Mais parfois il se rendait compte avant de s'endormir que de toute la journée il n'avait pas pensé à elle. Quelquefois il arrivait même qu'il ne repense à elle que le lendemain matin. Il voulait la garder dans sa vie. Elle s'en retirait.

Il tenta d'imaginer une autre femme assise sur le banc à côté de lui. Deux ans auparavant, il avait recruté une apprentie, une jeune fille joyeuse, solide, spontanée, y compris dans ses embrassades, ses besoins de proximité et de contacts. Elle lui plaisait, ses lèvres charnues et son corps svelte l'attiraient, elle cherchait à lui plaire. Mais il ne voulait ni avoir cette beauté juvénile comme trophée, ni, étant patron, devenir le trophée d'une apprentie. Que cette Laura pût réellement s'intéresser à lui, qu'elle pût réellement l'aimer, il trouvait cela impensable. Était-ce faux ? N'était-ce plus une jeune fille, mais une jeune femme, et une jeune femme est-elle avant tout une femme ? Il n'en savait rien. En tout cas il n'était pas allé plus loin.

Voilà un an, il avait subi un examen médical et avait aussi demandé un contrôle cardiovasculaire. La neurologue était plus jeune que lui, mais pas trop jeune pour lui, comme il n'était pas trop vieux pour elle, et il crut voir sur son visage qu'il lui plaisait. Elle était blonde, avait les yeux bleus, une bouche bien dessinée, des dents blanches régulières, et sous la blouse blanche une silhouette séduisante. Sans les rides sur le front et les petites marques de rire autour de la bouche et des yeux, Kaspar aurait trouvé sa beauté intimidante. Mais elle avait ces petites rides et elle vint vers lui en souriant, indiquant une personne chaleureuse et qui avait vécu.

Elle appliqua son appareil sur le cou, Kaspar entendit le sang dans ses artères, le battement bruissant, le rythme du cœur. Elle lui expliqua ce que ce bruissement disait avant de voir ce que l'aiguille traçait sur le papier. Lorsqu'elle eut fini et avant qu'il ne se lève, elle lui posa brièvement la main sur l'épaule.

Il se mit à parler tout d'un coup. « Pourrait-on se voir ? Aller dîner un soir ? Je vous prie de m'excuser, je n'ai pas même regardé si vous portez une alliance, je ne fais pas ça souvent, interpeller des femmes, à vrai dire je ne l'ai jamais fait. » Sous l'air calme qu'elle avait pour le regarder, il se calma aussi. « Je vois maintenant que vous portez deux alliances. Je suis désolé que vous ayez perdu votre mari. Vous l'avez aimé, sinon vous ne porteriez pas ces deux alliances. J'ai… Mais je parle trop. Je veux juste dire que je serais heureux si vous acceptiez que je vous invite un soir. »

C'est ainsi que cela avait commencé, bien, trouvait-il, en dépit de sa maladresse ou grâce à elle, qui avait été d'emblée comprise et n'avait pas empêché d'accepter l'invitation. Le premier dîner fut animé et confiant. Mais dans les semaines suivantes on n'alla pas au-delà de la vivacité confiante du premier soir. Aucun des deux n'eut la patience de se familiariser avec la quantité de vie que l'autre avait accumulée. C'eût été tout un travail, et ils ne souffraient pas assez de leur solitude pour se mettre à ce travail.

Que pouvait-il encore espérer ? Plus que ce que promettait une vie avec Sigrun ? Plus qu'un face-à-face occasionnel au petit déjeuner ou au dîner ? Plus que le plaisir d'aller parfois ensemble à un concert ? Cela lui suffirait. Et il y aurait son travail au piano, qui ferait vivre l'appartement tout entier.

7

Sigrun avait cuisiné et mis la table. Elle était détendue et gaie, comme si sa décision l'avait débarrassée d'une charge, comme si elle s'était libérée. Elle ne parla pas de ce qui s'était passé, ni de son rendez-vous au parquet le lendemain matin. Elle accepta les propositions de Kaspar. Parler au professeur de piano, évidemment reprendre ses leçons, préparer l'examen d'entrée, habiter chez Kaspar – non, ça ne serait pas rien.

« Tu sais que je te laisserais faire et aller et venir à ta guise.

— Oui, Grand-père, je sais. Nous serions une communauté de locataires. J'aime ça, et j'irai avec toi à chaque concert et chaque opéra où tu iras. Je voudrais connaître beaucoup plus de musique.

— Tu t'es demandé ce que tes parents…

— Mes parents… » Elle lui coupa la parole. « Père ne me pardonnera pas de ne pas vouloir de la ferme. Je suis obligée de vouloir ce qu'il veut, tout ce qui est autre ne va pas. Mais il trouvera un *Völkisch* qui reprendra la ferme et il sera content. Pourvu seulement que des *Völkisch* continuent à venir s'installer. Ma mère aura plus de mal. Elle s'est éreintée pour la ferme, et je crois qu'elle a un rêve : elle dans le coin des vieux, moi à la ferme avec un mari et beaucoup d'enfants qu'elle puisse gâter comme elle aurait aimé être gâtée. »

Kaspar voulut débarrasser et faire la vaisselle, mais Sigrun ne le laissa même pas l'aider. Ce soir, elle voulait tout faire.

Quand ils en furent à l'expresso, Kaspar vint à parler de l'argent.

« Je trouve que tu dois avoir ce que je n'ai pas payé à tes parents ces dernières années, et de toute façon tu dois recevoir ce qui t'est dû à tes dix-huit ans. Cela fait 125 000 euros. Dois-je les virer sur ton compte ? Ou veux-tu avoir l'argent par virements successifs ? »

Elle secoua la tête.

« Je sais par ma mère que tu as dit ça uniquement pour pouvoir nous approcher, eux et moi. Cet argent ne me revient pas.

— Quand on dit une chose, pour n'importe quelle raison, cette chose est dans le monde. J'ai dit que cet argent te revient, donc il te revient.

— Ah, Grand-père, dit-elle en souriant, je n'ai même pas de compte bancaire. Je me tournerai vers toi, bien sûr, si j'ai besoin de quelque chose, et je trouve formidable qu'il y ait assez pour Juilliard, même si je ne décroche pas Juilliard, mais peut-être autre chose qui coûte cher aussi. » Elle se demanda si elle devait dire ce qui la préoccupait encore, et elle se lança. « Quand il y a eu la fête d'été, à l'époque, la fête avec la corde et le feu, je vous ai vus ensemble, toi et ma mère. Vous aviez l'air de pouvoir vous comprendre. Est-ce que tu crois que tu pourrais de temps en temps parler avec elle ? »

Il ne savait pas ce qu'il devait penser de cette proposition. « Elle n'a pas confiance en moi.

— Je lui ai dit que ce n'était pas toi qui avais glissé le livre dans ma valise. À Père je ne l'ai pas dit. À elle j'ai pu le dire, pas tout de suite, mais au bout d'un an, et elle a trouvé bien que je ne te voie plus, mais bien aussi que tu ne l'aies pas trompée.

— N'est-il pas plus important que tu parles de temps à autre avec elle ?

— Ça lui ferait plaisir. Sur le moment elle ne te le montrerait pas. Mais ça lui ferait plaisir. Autre chose. Ce que ta femme a écrit sur elle et ma mère – tu as dit que tu réfléchirais avant de m'autoriser à le lire. Est-ce que je peux ? Cette nuit ? Je pense que ma mère aussi aimerait bien le lire. »

Pourquoi cette nuit ? Parce qu'elle avait pris une décision par laquelle elle clôturait son ancienne vie et en commençait une nouvelle, et qu'elle voulait savoir comment sa grand-mère était passée de son ancienne vie à la nouvelle ? Voulait-elle, cette nuit, devenir définitivement adulte ? À la voir assise en face de lui, elle l'était déjà, sérieuse et sûre d'elle ; son encouragement à parler à Svenja et sa demande des carnets de Birgit s'étaient exprimés fermement, comme s'il ne pouvait pas lui opposer un refus. Elle avait noué ses cheveux roux en hauteur, ce qui lui donnait toujours un air un peu sévère, et sa bouche lui rappelait celle de Birgit quand elle était sûre d'elle. Avait-elle un droit sur les carnets de Birgit ? Non, mais il lui avait promis de ne plus la laisser seule, et il avait le sentiment qu'il la laisserait seule s'il ne lui donnait pas ces carnets.

Ils se levèrent, il l'accompagna tout de même pour la vaisselle, il mit les carnets à sa disposition, et resta longtemps debout devant les CD sans arriver à se décider. Elle s'approcha, saisit le concerto pour piano en sol mineur de Bach et le lui tendit. « Tu le laisseras jusqu'au bout, s'il te plaît ? » Elle lui donna un baiser sur la joue. « Tu n'as pas besoin de remonter. »

8

À dix heures, l'avocat appela à la librairie. Où était Sigrun ? Ils avaient rendez-vous avec le procureur à onze heures et demie, et il fallait absolument qu'ils se concertent auparavant. Kaspar repartit chez lui, plus inquiet et soucieux à chaque pas. Il s'était levé tôt, avait bu son café debout et était parti de bonne heure. Il s'était un peu étonné de ne pas voir Sigrun, d'habitude elle était debout avant lui. Mais elle avait devant elle une journée difficile.

Il ne passa pas par le parc mais par les rues, se mettant sans cesse à courir mais sans y arriver longtemps, marchant vite en toussant, un point dans la poitrine. Était-il arrivé quelque chose à Sigrun ? L'escalier raide de sa chambre ? Une chute devant le métro ? Un automobiliste imprudent ou ivre ? Son pas, sonore sur la pierre du trottoir, ne s'entendait plus sur le tapis de l'escalier, et lorsqu'il fut debout dans l'appartement, ne toussant plus et ne sentant plus son cœur cogner, ce fut le silence total. Un instant il avait espéré qu'elle serait au piano et y aurait tout oublié, mais il avait su que cet espoir n'était qu'une illusion. De même il sut qu'en appelant « Sigrun » il n'aurait pas de réponse.

Rentrer chez soi, chercher, aller d'une pièce à l'autre, ne pas la trouver, finir par la trouver tout de même, morte – il revivait le soir où il avait trouvé Birgit et il ne pouvait pas faire un pas. Il était debout dans l'entrée et avait peur d'aller dans la cuisine ou la salle de séjour ou la salle à manger ou la petite chambre, peur d'aller où que ce fût. Rester debout, ne pas bouger.

Le téléphone le tira de là violemment. L'avocat voulait savoir si Kaspar avait trouvé Sigrun. Non, bafouilla Kaspar, il cherchait encore, il rappellerait aussitôt. Là, il alla de pièce en pièce, et finalement dans la chambre de Sigrun. Sa lettre était posée sur la table, sans enveloppe, une feuille écrite recto verso. Kaspar la prit et s'assit sur le lit.

Cher Grand-père,

Je ne peux pas faire ça. Je sais qu'Axel ne doit plus courir les rues et doit être traduit devant la justice. Mais Irmtraud et Helmut et Jörg et Axel étaient mes camarades, et je ne peux pas les trahir. Je ne suis pas une taupe. Je ne veux plus rien avoir à faire avec eux. Mais je ne peux pas laisser le procureur intervenir entre nous. Je m'en vais.

Tu sais que je sais où tout se trouve dans ton appartement. Dans le coffret en bois sur ton bureau tu as de l'argent et le papier avec le code PIN ; j'ai, cette nuit, pendant que tu dormais, pris l'argent dans le coffret, et dans ton portefeuille la carte de crédit. Tu peux faire bloquer la carte de crédit. Mais je ne dépense pas d'argent pour des bêtises, et je trouverai du travail. De toute façon, la carte sera périmée en septembre.

C'était sincère, hier. J'aimerais bien habiter chez toi et faire du piano et dans un an entrer au conservatoire. Mais mes camarades ne me laisseraient pas tranquille, en bien et en mal, et les parents non plus ne me laisseraient pas tranquille. Tu m'aiderais aussi bien que tu pourrais. Mais jusqu'à quel point ? Peut-être penses-tu que je devrais subir et assumer ça, avec mes proches et les parents. Mais pourquoi devrais-je ? J'ai compris Grand-mère quand, cette nuit, j'ai lu ses carnets. Quelquefois on doit s'avouer de quoi l'on est capable ou incapable. Quelquefois on doit s'enfuir.

Je t'aime beaucoup, Grand-père. Un grand merci pour le piano. Je veux dire le piano en général. Un grand merci aussi pour le piano électrique ; je n'aurais pas dû le laisser à Lohmen, je pourrais maintenant l'emporter. J'en achèterai bientôt un neuf avec ta carte. Il n'a pas besoin d'être cher ; il faut juste que je puisse l'emporter dans une valise, comme les violonistes leur violon.

Ah oui, j'ai aussi pris ta valise, la petite noire à roulettes. Je n'ai pas grand-chose, elle sera juste assez grande. Et puis j'ai pris encore trois livres pour le voyage – tu verras lesquels.

J'ai déjà compris tout ce que tu m'as dit. Lorsque

j'étais seule hier à la maison, j'ai écouté Chopin, Dvořák et Rachmaninov. Un jour je voudrais jouer le troisième concerto pour piano de Rachmaninov. Mais je voudrais encore davantage jouer la sonate en la majeur comme personne ne l'a encore jouée. Je sais comment elle marche. Mais je n'en suis pas encore capable, je n'ose pas encore.

Souhaite-moi bonne chance, Grand-père. Je te serre dans mes bras.

Sigrun

9

Kaspar appela l'avocat, qui l'invita à venir chez lui. Que devait-il dire au procureur ? Kaspar ne pouvait pas l'aider. Il se débattait avec ce qu'avait fait Sigrun, disparaissant de sa vie et l'y laissant tout seul, ne faisant que ce qu'elle avait dû faire ; il l'avait souhaitée adulte et libérée, et elle était désormais les deux, sa tristesse était justifiée et ne s'effacerait pas de sitôt, mais il n'avait à s'attrister que sur lui-même et non sur elle.

L'avocat ne prêta pas l'oreille aux problèmes de Kaspar. Il voulut qu'il lui dise ce qu'il savait et il apprit ce que Sigrun avait rapporté concernant Timo. Il promit de ne pas mentionner Sigrun devant le procureur. Axel, entre-temps, avec les autres proches de Timo, devait se trouver sous le regard de la police. L'avocat se contenterait d'indiquer que, lors d'une fouille chez Axel, on trouverait l'arme avec laquelle deux personnes avaient été tuées. D'où savait-il cela ? Il ne pouvait rien en dire.

C'est ce qui arriva. Le lendemain soir, l'avocat apprit

que la perquisition chez Axel avait été un succès, et il en informa Kaspar. Lequel fut soulagé ; Axel ne pouvait plus être un danger pour personne, Sigrun ne pourrait pas porter la responsabilité d'un meurtre de plus. Si son nom n'avait pas été mentionné jusque-là, il ne le serait pas davantage à l'avenir et elle pourrait, si elle voulait, revenir sans crainte devant le procureur – cela aussi fut un soulagement pour Kaspar. Mais ce soulagement fut comme un sceau apposé sur le fait qu'elle était partie.

Avant même qu'il n'ait pu se décider à accéder au souhait de Sigrun et à parler à Svenja, celle-ci arriva chez lui. Irmtraud lui avait dit que Sigrun n'habitait plus chez elle mais chez Kaspar, et comme elle ne l'avait pas trouvé à l'appartement, en début d'après-midi elle se présenta à la librairie.

Il l'emmena vers l'appartement. En traversant le parc, elle fut pressante, qu'il parle donc. « Où est-elle ? Que fait-elle ? Comment va-t-elle ? » Quand il répliqua qu'il n'en savait rien, elle devint méchante. « Pourquoi l'as-tu chassée ? Qu'est-ce que tu as fait d'elle ? » Ces questions l'irritèrent, il dut se retenir pour ne pas l'envoyer promener. Il alla s'asseoir avec elle sur le banc le plus proche, et il raconta.

Elle écouta en pétrissant son mouchoir des deux mains. « C'est ce qu'on craignait. Que chez les Autonomes elle bascule dans la violence. Il faut la violence pour que l'Allemagne se réveille, dit Björn, mais pas comme des enfantillages, en passant par une révolution, et il faut être patients. C'est pourtant ce qu'il a enseigné à Sigrun.

— Pourquoi Sigrun n'a-t-elle plus voulu rester chez vous et est venue à Berlin ?

— Quand elle était petite, elle et Björn étaient comme

ça », elle croisa son index et son majeur, « et quand elle a pris son propre chemin, il ne l'a pas supporté. » Elle rit. « Si les choses s'étaient passées comme nous l'avions imaginé, et qu'elle ait rencontré quelqu'un, se soit mariée et ait repris la ferme avec lui – j'ai bien peur que la jalousie l'aurait rendu fou. » Elle fit un geste de désarroi. « Qu'aurais-je pu faire d'autre ?

— Sigrun pensait qu'à la fois tu révérais et méprisais Björn. Ou simplement que tu avais peur de lui.

— Sigrun nous méprisait. C'est toi qui lui as mis ça en tête. Que nous ne sommes pas cultivés et n'avons pas beaucoup de livres et pas de musique. Le piano, tu vas dire que ce n'était jamais qu'un piano, mais il ne venait pas de nous, il venait de toi, de l'extérieur, et il a tout démoli. »

Kaspar voulait la contredire. Mais peut-être avait-elle raison. Aussi se garda-t-il de parler de Hans Frank dans la citadelle de Cracovie, ou des semaines, après tout peu nombreuses, que Sigrun avait passées chez lui. Avec le piano, Sigrun avait un monde à elle qui n'avait rien à voir avec le monde *völkisch* de ses parents.

« Non, je ne méprise pas Björn. Je ne le révère pas non plus. Je n'ai pas non plus peur de lui. » Elle riait. « Alors c'est quoi, tu veux le savoir ? Sans lui je serais... Je serais sans-abri, alcoolique et droguée, et comment je gagnerais de l'argent, je ne vais pas te faire un dessin. Non, j'aurais vécu comme ça, et aujourd'hui je serais morte. Je dois à Björn d'être en vie. Et, je te l'ai déjà dit une fois, je peux compter sur lui, je peux lui faire confiance. Tu te dis : tu dois aussi ta vie à Weise et sa femme et pourtant tu ne veux plus rien avoir à faire avec eux. Avec la naissance et les parents et les enfants, c'est une autre affaire ! Mais à qui je dis ça. Ta femme, ma mère, l'a su mieux que personne.

— Sigrun avait-elle le sentiment que tu étais du côté de Björn et non du sien ?

— Je ne sais pas. »

Kaspar ne pouvait pas se l'imaginer. Peut-être ne voulait-elle pas savoir. Irma Weise avait été du côté de son mari et non d'elle, et elle n'avait pas voulu être comme elle. Et le reproche qu'on pouvait entendre dans la question qu'il avait posée, elle ne voulait pas s'y exposer. Il n'aurait pas dû poser cette question.

« La veille du matin où elle est partie, Sigrun a parlé de toi. Elle veut que tu ailles bien. » Il regarda Svenja, mais son visage ne permettait pas de savoir si elle s'en réjouissait ou non. « On s'appelle quand on aura des nouvelles de Sigrun ? »

Elle secoua la tête. « Je ne crois pas que j'aurai de ses nouvelles.

— Mais si jamais… » Il se demanda s'il pouvait raconter à Svenja que Sigrun avait pensé qu'ils pourraient se parler. Depuis qu'il connaissait Svenja, il l'avait trouvée quelquefois prudente et distante, et parfois presque confiante. Il ne savait pas où il en était avec elle, comment il pourrait l'atteindre, comment lui parler. Elle l'intimidait. Mais il prit son courage à deux mains. « J'aimerais te revoir. Toi et moi, nous aimons beaucoup Sigrun et elle nous manque. Du reste, as-tu une photo d'elle que tu puisses m'envoyer ? Je ne prends pas de photos, je n'en ai aucune. »

Svenja ouvrit son sac à main et trouva une photo dans son portefeuille. Sigrun avait l'âge auquel Kaspar l'avait vue la première fois, elle était debout sur un rocher, portait sa robe de fête, le traditionnel *dirndl*, les cheveux et la robe flottaient au vent, et elle riait. « Tu peux la garder. » Elle se leva. « Je vais y aller. »

10

Kaspar pensa que Sigrun avait disparu dans l'inconnu et que si elle ne donnait pas de ses nouvelles il ne saurait pas où elle était.

Mais au début du mois suivant, le relevé de carte de crédit arriva. Sigrun avait pris l'avion pour l'Australie, retiré de l'argent à Sydney, logé dans un hôtel, mangé plusieurs fois pour pas cher dans un restaurant chinois, et acheté un piano électrique. Ensuite, elle avait pris le bus pour Brisbane. Y avait-elle trouvé des amis chez qui elle pouvait loger ? Elle n'avait rien dépensé à Brisbane pour un hôtel, ni rien retiré qui pût ressembler à un loyer. À l'occasion il y avait un repas au restaurant, visiblement pour plus d'une personne. Dans la dernière semaine du mois, elle n'avait plus utilisé la carte.

C'est ainsi qu'il accompagna Sigrun de mois en mois jusqu'en septembre. Elle resta à Brisbane, acheta des meubles d'occasion dans une association de bienfaisance, un matelas, un robot de cuisine, des livres, des partitions et régulièrement faisait des courses au supermarché. Elle retirait si rarement de l'argent qu'elle devait avoir un job ; ce n'est qu'en septembre que les retraits se multiplièrent, sans doute pour se mettre à l'abri une fois la carte périmée. Il avait reçu à l'avance sa nouvelle carte, mais il ne l'activa que fin septembre, le plus tard possible.

Svenja aussi accompagna Sigrun dans ses premiers mois en Australie ; quand arrivait un nouveau relevé bancaire, Kaspar l'appelait et lui en rendait compte. Elle revint aussi une fois à Berlin, rien que pour qu'il lui raconte à nouveau ce qui s'était passé jusqu'au départ de Sigrun pour l'Australie. Kaspar apprit d'elle que le passeport sans lequel elle n'aurait pas pu prendre l'avion pour l'Australie, Sigrun l'avait obtenu pour le voyage à Königsberg, avec le groupe de jeunes. Ce qui aurait dû l'attacher au sol allemand, elle en avait profité pour s'en éloigner, dit Svenja avec un rire méchant. Elle parla de la masse de travail qu'exigeait la nouvelle ferme, de Björn qui se sentait trahi par Sigrun et ne voulait plus entendre prononcer son nom, et la rendait responsable, elle Svenja, de Birgit et de Kaspar et de la trahison de Sigrun. Kaspar lui proposa de lire les carnets de Birgit ; elle refusa, disant qu'elle pouvait s'en faire une idée et n'avait pas besoin de les lire.

Ils étaient à nouveau assis sur le banc dans le parc. Svenja ne voulait pas aller avec Kaspar dans l'appartement ni dans un restaurant. Elle ne voulait pas rester longtemps. Elle était absente et ne se montrait ni attristée par le départ de Sigrun, ni contente qu'elle ne se soit pas égarée, mais qu'elle soit arrivée en Australie et y soit à l'abri. Elle était fatiguée et amère. Elle faisait pitié à Kaspar, il souhaitait, pour elle et pour lui, la proximité que leur avait souhaitée Sigrun, et il passa son bras sur son épaule. Elle ne repoussa pas ce geste, mais n'y répondit pas non plus. En se levant, elle dit à nouveau : « Je vais y aller. » Elle le dit en souriant, mais dans ce sourire il n'y avait aucune promesse.

Kaspar lut beaucoup. Sur l'histoire de l'Australie, sur la société australienne, sur la littérature et la peinture australiennes. Qu'il y avait un impressionnisme et un expressionnisme australiens et un Australien couronné du prix Nobel, que beaucoup d'acteurs et d'actrices, de musiciens et de musiciennes venaient d'Australie, que l'Australie était l'un des pays les plus riches du monde – tout cela l'intéressa. Quels beaux tableaux avaient été créés à Melbourne par l'école impressionniste de Heidelberg ! Quelle abondance de romans contemporains pleins de vie et d'originalité ! Kaspar savoura un mois d'octobre ensoleillé, s'assit pour de longues pauses de midi sur le balcon avec un livre sur l'Australie, et eut le sentiment que la distance entre Berlin et Brisbane ne cessait de diminuer.

Sur Internet il trouva qu'il y avait à Brisbane deux conservatoires, le Queensland Conservatorium of Music et la School of Music de l'université du Queensland. L'année prochaine, Sigrun se porterait candidate, il en était convaincu, et il prendrait l'avion pour l'Australie et il la trouverait dans l'un de ces deux conservatoires. S'il ne la trouvait pas à Brisbane, alors dans l'un des autres conservatoires d'Australie ; il y en avait douze, on pouvait se renseigner sur chacun, c'était faisable. S'il tombait sur un concert donné par les étudiants, comme il en connaissait à Berlin, il prendrait place dans la salle. Ou bien il demanderait tout simplement où elle prenait ses cours et s'il pouvait venir écouter un peu. Le concierge dirait non, que sinon tout le monde voudrait entrer ; lui dirait être le grand-père de la pianiste, alors le concierge sourirait et le conduirait jusqu'à sa petite-fille.

Composition : Soft Office
Achevé d'imprimer
sur Roto-Page
par l'Imprimerie Floch
à Mayenne, en janvier 2023.
Dépôt légal : janvier 2023.
Numéro d'imprimeur : 101872.
ISBN 978-2-07-299531-6 / Imprimé en France.

546242